# THE WRETCHED OF MUIRWOOD
# 米尔伍德的贱民

[美] 杰夫·惠勒 著

吴悦舟 译

上海文艺出版社

致詹娜

贱民与孤儿不可混淆。孤儿虽失去双亲，甚为可怜，但他们依然可以通过亲信或者监护人知晓父母是何人，可以继承何种神力？他们可以参与某些仪式，通过灵力与自己的世代祖先建立纽带，并承担家族之重任。

贱民看似孤儿，可他们没有家庭和亲信。无人愿意领养照顾他们。他们的父母或许还活着，或许早已死去。他们的出生如谜团一般，即便降临人世，也不被世人所知晓，除了那些可怜的灵魂，正是他们在黑暗中来到大教堂门前的台阶上，发现这些被遗弃的孩子。我翻阅许多过去的资料，认定"贱民"两个字最原始的意思便是——可怜之人。据此，本国的许多孩子将被赐予合适的名字。

——卡斯伯特·雷诺登于比勒贝克大教堂

# 第一章
## 墓穴中的指环

莉亚住在米尔伍德大教堂的厨房里，大主教是最高掌权者。她渴望学会识字，其他事一概不关心。可是她没有家人，便没有权利识字，也没有人愿意教她识字的诀窍。对于她来说，一切毫无指望，因为——她只是个"贱民"。

九年前，她被遗弃在大教堂门口的台阶上。从那一刻起，她所有的憧憬本该画上句号，但她并没有就此罢手。就好像在这甜香四溢的厨房里，看着那南瓜面包、辣苹果汤，还有蛋浆馅饼，又有谁能忍住口水，肚子不会咕咕叫起来。在米尔伍德大教堂里，所有人都想学会两项本领——阅读与雕刻。掌握这两项本领才算拥有智慧。

雷声隆隆，原本泥泞的土地被雨水浸透后更加湿滑。莉亚和索伊睡在厨房的阁楼上，索伊这会儿正睡在她边上。电闪雷鸣也不会吵醒索伊，更不要说大主教和帕斯卡正在楼下厨房里窃窃私语了。任何情况下，都很难叫醒她，她实在太喜欢睡觉了。

雨滴飞溅进来，弄湿了她们的毯子。厨房地板上的罐子接满了雨水，发出滴滴答答的声音。雨水总是有办法散发自己的味道——衣服、奶酪、麻布袋，无一例外都湿漉漉的。即便是厚木板和屋檐，都散发出一股潮湿的霉味。

大主教的灰色长袍和袍裾都湿透了，还不停滴着水。两根又粗又黑的眉毛拧在一起，神情焦躁。莉亚躲在阴影中，偷偷看着他。

"我给你倒一些苹果酒吧。"帕斯卡在一堆罐子、筛子、长柄勺子里一阵忙活。"刚刚压了一批新摘的苹果，煮了才两星期不到。你喝点儿吧，振奋一下。咦？那小鬼把杯子放哪儿去了？哦，找到了，好吧，看来又有人用这杯子喝东西了，你知道我都会在上面做记号，可能是莉亚干的，她老是偷偷摸摸的。"

"你的观察力真够敏锐的，"大主教忙不迭地说道，"我没那么渴。如果你……"

"没关系。事实上，你还挺幽默的。她们怎么把鸡蛋摆成这样？我真应该在她们两个人的头上各敲一个鸡蛋，真的。可是那样太浪费了。"

"帕斯卡，求你了，来点儿面包。把两个姑娘叫醒，开始做面包吧。把火烧旺点儿。看样子，你得烤一晚上面包了。"

"大主教，现在这般刮风又下雨的，难道还有客人要来？即便有桥，可马夫再有本事，也不一定能赶着马车趟过沼泽地。这样的暴风雨我见过好几次。要是今晚还真有人能冒着风雨过来，就吊死我，然后再把我救活吧。"

"帕斯卡，没有客人，这河水怕是要泛滥。我会叫醒其他人帮忙，大概圣学徒们也要一起来帮忙。要是洪水泛滥了……"

"你觉得洪水要泛滥？"

"我觉得，我刚才已经说清楚了。"

"十二年前，也是这样，雨下了四天四夜。那会儿大教堂可没被淹。"

"帕斯卡，我觉得今晚恐怕难逃一劫。我们地处高地。到时候大家都会指望我们帮忙。"

莉亚捅了捅索伊，想叫醒她。可索伊嘟囔着，翻了个身，拍了拍自己的耳朵，依旧睡得死死的。

大主教声音有些粗哑，像是在克制自己不要咳嗽，透着些许不耐烦。"如果洪水泛滥，村子就会有危险，庄稼也会遭殃。哦，面包，快去做五百个面包，我们应该准备……"

"五百个面包？"

"对，我说'五百个'。我真要感激上苍，你没听错。"

"用我们仓库里的材料来做五百个面包？可是……要是洪水没有泛滥，这该多浪费。"

"我现在不是在征求你们的意见。我觉得今晚，我们应该要对洪水有所准备。这事儿现在就好像角落里那口大锅，压在我心上沉甸甸的。我一直在等待它的到来。等着那些脚步声和警报声。今晚肯定得发生点儿什么。我有些担心。"

"那就喝点儿苹果酒吧，"帕斯卡有些担心，哆嗦着说道，"它能让你平静点儿。你觉得今晚真的会发洪水吗？"

大主教猛然挺起背脊，大吼道："你还不明白么？我要面包！最起码五百个。还要我请你来帮忙吗？还是要我自己动手和面？帕斯卡，你快点去烤面包！我不是来和你浪费时间，也不是来花力气说服你的。"

莉亚觉得大主教的声音比雷声还要恐怖——你可以感受到怒火的那种温度。她的心一下子沉了下去。她为帕斯卡感到难过，她知道被别人当着面大吼大叫，感觉有多糟糕。

索伊突然坐了起来，抓着毯子捂住嘴巴，满眼恐惧。

又是一记惊雷，连墙壁似乎都摇了摇。

随后一阵沉默。帕斯卡回道："大主教，你大喊大叫一点用都没有。我听得很清楚。是，你声音够大了，你把我当成聋子好了。面包我会准备好的。成天发牢骚的老东西，来到我的厨房对我大吼大叫。你就是这么对你的厨子的么？！"

这时，一阵大风吹开了厨房大门，一个人跌跌撞撞地冲了进来。每走一步，靴子上的泥浆便四处飞溅。头发、胡子、鼻子统统滴着水。从头到脚没一处干净地方。他手里抓着什么东西，正靠着胸口。

"乔恩·亨特！你把自己弄得脏兮兮的，谁让你闯进来的！"帕斯卡骂骂咧咧道，"你看你踢出来的泥巴！你最好和我说，教堂门口有个贱民快被淹死了，否则我就用扫帚打你。谁让你这么随便闯进我的厨房！和野狗一样脏，你看看你！"

乔恩·亨特看上去和野人没什么两样，湿透的斗篷胡乱贴在身上；头发上缠着细枝和树叶，腰间别着一把短刀。"大主教，"他上气不接下气，抹了把胡子，便压低声音，"墓地那边被洪水淹了，山体滑坡。"

没有人说话。闪电一道接一道，亮得让人睁不开眼，紧跟而来的便是一阵滚滚雷声。大主教一言不发，只是静静地等着。

乔恩·亨特像是终于知道怎么说话了。莉亚透过梯子的隔断，偷偷往楼下看去。她那又长又卷的头发拂过脸颊，痒痒的。索伊想把她拉回来，不想她被看见，可莉亚把她推开了。

乔恩·亨特额头靠着胳膊，低头看着地板，说道："低矮处的山坡已经垮掉了，一些墓穴被冲到了山下。到处都是散落的墓碑标记，还有许多……"他哽住了，话都说不全，"尸骨罐子都破了。它们都……我的天……它们……它们都是空的，里面只剩下些烂麻布……然后……然后……还有金指环。"

乔恩一只手放在切菜台上，另一只手里仍然攥着什么东西。"我正在废墟里找那些金指环，山突然就塌方了。我当时想……我想我大概是活不成了。我掉了下去。也不知道摔了多远，天色还没有那么暗，我应该是摔在一块石头上。然后一道闪电划过，我才发现……我竟然悬在半空中。你明白我在说什么吗？我居然掉在一大块尖利的石头上，可石头悬在半空中，下面什么都没有，居然没有东西托着它。我动弹不得，只好大声喊救命。又一道闪电划过，我看清了上面的山坡，还有一棵橡树凸出来的枯树根。除了那些橡树，旁边什么都没有。我跳过去，爬上了山，便来到这边。"

大主教依然一言不发，表情古怪，像是尝了一口苦味的食物一样。他闭上眼睛，肩膀垮了下来，"今天晚上，你周围还有其他人吗？有谁看见你吗？"

"只有我，"乔恩·亨特伸出脏兮兮的手，摊开手掌，原来是几枚满是污泥的指环。"大主教，尸骨罐子里怎么都没有骨头？怎么只留下金指环？今晚发生的一切，太匪夷所思了。"

大主教拿起指环，就着忽闪忽亮的台灯仔细端详。突然，他捏紧指环，怒气冲冲。

"从现在开始到黎明前，还有许多活要干。现在关闭墓地，严禁任何人入内。牵两头驴子，拉一辆手推车，去收拾那些墓碑标记和尸骨罐子，再运到一个地方去。我待会儿告诉你运到哪里。我也会去帮忙。我不希望圣学徒发现你做的事情。这座教堂里的所有人，现在不允许靠近那块区域。都听清楚了吗？对我说的话，还有问题吗？"

"大主教，没有问题了。现在这儿大风大雨的。我一个人干就可以了。您还是不要因为这些琐事，影响健康。告诉我该做些什么，我会照做。"

"这雨连着下了好几天了，也折磨我们够久了。雨会停的，就是现在。"大主教举起手，像是要安抚一匹烈马。

不知是他方才说的话，还是那个手势，又或者是两者一起发挥了作用——雨停了。只剩下屋檐天沟里冲刷而下的哗哗水声，还有雨滴落在鹅卵石上扑通扑通的声音，橡树枝在风中来回摇动。莉亚的耳边一阵嘶嘶作响，胸口如火烧一般，头晕眼花。长这么大，她一直听闻灵力的力量是何等强大。它可以掌控风雨，驯服火焰和大海，复原已经失去的东西。它甚至可以让人死而复生。

现在莉亚恍然大悟，那些传闻全是真的。空的尸骨罐子只能说明一件事情。尸骨早已复原成活生生的人，他们又重生了。之后，那些人何时离开米尔伍德，早已成为秘密，无人知晓。莉亚迫切地想要去那片禁忌之地一探究竟——去亲眼看一看漂浮着的石头，搜集那些藏在烂泥里的指环。

原来灵力真的存在，莉亚内心一阵激动，甚至有些控制不住自己。电光火石间，大主教转过头，往梯子上方看过来，两人竟四目相对。

一眨眼的工夫，莉亚便摸清了他的想法。她一个小姑娘，堪堪度过第九个赐名日，又是怎么知道老于世故又厌倦尘世的大主教在想些什么，这早已不再重要。他最害怕的便是今晚的这一刻。他从不担心那些被冲走的墓碑标记、空空如也的尸骨罐子、指环还有麻布。他害怕的，是这个小姑娘——一个米尔伍德的贱民知道了今晚发生的一切。而这一刻也永远地改变了莉亚。

帕斯卡和乔恩·亨特也知道大主教发现了莉亚。

"我就应该拿鞭子抽你,最好背上起水泡,你这个小兔崽子。"帕斯卡说完,便大步往梯子走来,莉亚立马爬了下去,"你就是这么偷听的吗?像只该死的小老鼠,就想着那点奶酪。不,大老鼠还差不多,鬼鬼祟祟,偷偷摸摸的。"帕斯卡抓住莉亚那瘦得皮包骨的胳臂。

"我谁也不告诉,"莉亚死死盯着大主教,看都不看帕斯卡和乔恩·亨特。她想要抽出自己的胳膊,可是无奈帕斯卡的手像铁一样箍住自己胳臂。"如果你让我学识字,我就不告诉任何人。我想要成为圣学徒。"

话音刚落,帕斯卡扇了莉亚一个巴掌,一阵刺痛袭来。"你这小混蛋!你这是在威胁大主教吗?他会把你赶出村子的。你会饿死的,我的小乌鸦,你经历过真正的饥饿吗?你绝对不愿亲身体会那种感受的。真是个忘恩负义的家伙,太自私了……"

"帕斯卡,让她去吧,你说什么都没用。"大主教的双眼闪着怒火,他紧紧盯着莉亚的眼睛,"只要我还是米尔伍德的大主教,你便休想学识字。你太抬举自己了。"他眯起眼睛,"就今晚,做五百个面包。食物可以让你分心。"说罢,他起身离开,走到一半,又停了下来,转过来意味深长地看了莉亚一眼,眼神中透出几分严厉与胁迫,"即便你告诉别人,大家也不会相信你的故事。"暴风雨早已停下,他走出厨房,满头白发逐渐消失在夜色中。

乔恩·亨特从头发里拽出一根树枝,看了莉亚一眼——像是在警告她,要是胆敢告诉别人一个字,就会抽她。然后便跟着大主教离开了厨房。莉亚不在意被鞭子抽几下,她知道这是什么滋味。

帕斯卡一整晚都没让莉亚和索伊睡觉。黎明到来前,因为要起出五百个面包,两个姑娘不是揉面,就是拍面,肩膀和手指一阵阵抽痛。可是第二天早上，莉亚没觉得特别累，在大主教房间里的时候，还从他的盒子里偷了一枚指环。她把指环绑在一根结实的绳子上，套进脖子，藏在衣服下面。

之后，莉亚再没有把那指环拿下来过。

## 第二章
## 圣骑士

四年过去了。大主教和莉亚都遵守各自的诺言。不论是那些漂浮的石头，还是莉亚和索伊在山坡上发现的凹室，抑或是墓地里的指环，莉亚没有向其他人透露半个字。此刻，屋外的风雨又让莉亚想起了数年前的那一场暴风雨。这次，她没有和索伊躺在阁楼上睡觉，而是坐在地板上，尽可能往壁炉那儿靠，这样可以更暖和舒服点儿。

雷声阵阵，教堂的地板被震得摇摇晃晃，连厚实的石墙都跟着一块儿晃。雨不停从屋顶的瓦板上落下来，打在垫子上，莉亚怎么也睡不着。是抓起几只罐子去接雨水，任凭雨滴打在罐子底上发出滴答滴答的声音呢？还是用毯子将耳朵捂得严严实实，两耳不闻窗外事呢？她也不知道哪一个选择会更糟糕。

黑暗中，有什么东西猛地撞到了大门。刹那间，莉亚又想到那一年，乔恩·亨特一头撞开门，带来山崩的消息。她立马坐起来，因为动作太快，一下子撞到了桌上的搁板，头上擦破了点皮。"嘭"——就像是格特明或是瑞布斯在用力推动装满豆子的大桶。莉亚听到门外有人在低声说话，还骂骂咧咧的，很有可能是两个圣学徒。有些晚上,圣学徒们会从房里偷偷溜出来,在外面游荡,但很少有人敢闯进大主教的厨房。她赤着脚,轻轻走过去,从墙壁的挂钩上拿下一只长柄锅,铁打的锅底又大又平。只要拿着这口锅,往那些圣学徒头上重重敲下去,就足以奏效了。

"我们到了,"是一个男人的声音,"放轻松,小伙子。让我看看。嗯,还在流血。我来看看厨房是不是开着。"

门把手"嘎啦嘎啦"摇晃起来。

"门锁上了。要是我继续呆在这儿,就没法再过河了……我再试试能否打开它。"一把匕首从两扇门的门缝中探了进来,一点一点撬动门闩,莉亚吓得直往后退。圣学徒不可能会带着匕首啊!

"对,就这样……哦,见鬼,这门闩怎么这么重。抱歉,老兄。你大概要在这儿等着血流干为止了。教堂里的帮工要是在门口看到一具尸体,大概也挺乐意的,反正比看到贱民好。但是现在该怎么办呢?好吧,我试试看敲门吧。"

莉亚两手紧紧抓住平底锅的长柄,正在犹豫是否要开门。突然传来"咚咚咚"的敲门声,吓了她一跳。"看在爱的名义上,屋里有人在吗?我这儿有个人受伤了。有人在吗?"

莉亚咬着嘴唇,考虑要不要从后门溜出去,叫醒帕斯卡。这老女人的呼噜声震天响,这么远的敲门声是无法把她从美梦中唤醒,虽然有时候她也会被自己的呼噜声给吵醒。外面还有"砰砰"的撞击声,像是马刺碰在一起的声音。可是,有谁的马会戴着马刺呢?很少会有士兵买得起马匹啊。不过,圣骑士应该可以。至少他们和贵族是能买得起的。

她又想到,是不是要去找大主教,但这也不能让现在复杂的情境变得简单。不论她怎么做,到头来都会是一顿臭骂。"**莉亚,你在想**

**什么，谁准许两个粗人在深夜进入厨房？莉亚，你在想什么，难道你要任凭一个人在米尔伍德大教堂的门口流血而亡？"**

这么看来，莉亚觉得她只有一条路了。她怎么可以让一个人就这么死去呢？要是这个人是个圣骑士呢？如果国王的骑士死去，国王难道不会大发雷霆吗？更何况国王本来就残暴冷酷。可是为什么会有两个骑士在米尔伍德游荡呢？晚上，大门总是被锁上，他们肯定是从后面溜进来的，应该没有从村子里借道。这是为什么呢？如果有人帮了他们，能得到什么好处吗？比如几枚金币？还是说会有更好的？

莉亚决定了。

她把长柄锅放到桌子上，抬起门闩，推开大门——一个人跌跌撞撞地冲了进来，把莉亚撞了个满怀，直接摔倒在地上。

"我的伊渡米亚啊！"那个人喘着粗气，乱舞一通绕开莉亚，免得压到她。他全身上下都在滴水，闻上去一股猪圈的味道，长得比野猪还要丑。门外又是"砰"的一声，有个人倒在了地上，莉亚看到那个人的脸上正有鲜亮的红色液体流下来。

"小姑娘，你吓了我一跳。这么风风火火的，可是会吓到别人的。"他站稳后，又迅速抓住莉亚的手和胳膊，扶她起来，非常绅士。他抹了一把嘴巴，发出一阵难听的声响，便转过身走到门外，双手从那个人的胳膊下穿过，抬起他的身体，一路把他拖进厨房。他在忙活的时候，莉亚看到他腰间别着一把剑。这可是一把好剑，剑柄在微弱的壁炉火光下闪烁着光芒。上面还有个标志——两个正方形叠加而成的一个八角星。

"你是圣骑士！"莉亚压低声音说道。

他猛然抬起头，看着莉亚说道："你是怎么知道的？"

"你的剑，它……好吧，你知道，我听别人说过……"

"小姑娘挺聪明啊。脑子转得够快。帮我把他拖到那边的垫子上去。你抓住他的腿。"

莉亚照他的要求,帮着把门外受伤的那个男人搬进了厨房,将他安顿在草垫上。受伤的男人比莉亚一开始想的要更年轻一些,脸色苍白,胡子刮得很干净,黑色的头发上还滴着水。

她蹲下来,仔细观察他。"我可以帮忙,"顿了顿又说道:"帮我把那盏台灯拿来。就在那儿。"她迫不及待想要施展自己的护理才能。两年前的冬天,教堂里的人都因为高烧纷纷病倒,她就是在那会儿学到了许多医护知识。骑士把台灯拿了过来。

受伤的这个最多十七八岁的样子——是个男人了,但还年轻,脸上还长着痘痘。脖子后面发根处被剃得短短的。身材和格特明有些相像——格特明是铁匠的助手,特别喜欢折磨莉亚。

"他是你的护卫吗?"莉亚问道。"我们最好把他抬过去,离火炉近一些。他身体冰凉。我很快就能生个火。"

"护卫?哦,他是……他可是个好孩子。不是我的护卫。他爸爸是个大好人。姑娘,你几岁了?十六岁有了吗?"

"我十三岁了。我觉得至少有十三岁吧。我是个贱民。"

"你十三岁?我可不信。你的个子看上去够高了,都可以在五月柱下跳舞了。"

"希望今年我可以去吧,如果大主教允许的话。我快十四岁了,他应该会同意的。"年轻人的眉毛那儿有一道伤口正在流血。莉亚拿了块布,紧紧压住伤口。伤口比较深,要花点儿时间才能止血。她抬头瞥了一眼阁楼,内心窃窃地希望索伊会缩在上面往下看,可现在上面连个人影都没有。幸好索伊睡着了。

"我一直想来米尔伍德过圣灵降临节。那一天总会有很多的收获。"

"你说的是骑士比武还是集市?"

"对,没错,是骑士比武。当然不会是那种把人撞得一屁股坐在地上的把戏啦。我郑重地向你道歉,刚才撞到你了,实在抱歉。哦!天呐!看这伤口,挺严重的。"他看着莉亚的眼睛,那眼神让她的内心突然感受到了一丝温暖。"他骑着匹小马,直愣愣地朝着橡树撞了上去。姑娘,这儿的树林太密了,天色昏暗,还刮风下雨的,太糟糕了!感谢灵力,我们都还活着。我再去拿块布,把你手上的这个给绞干。在这儿等着。"

莉亚跪在虚弱的年轻人身旁,有些犯恶心,便更加用力地压住伤口。转过头,看到骑士走到叉着的烤猪那边,割下一条猪腿,塞进别在腰间的皮袋子里,然后又往里头塞了三个奶油卷和一整个樱桃馅饼。

"这些都是大主教明天的晚餐。"莉亚有些害怕,便压低声音,她知道帕斯卡会责骂谁。"这野猪还没烤好呢!"

"来了,给你一块布!"骑士一把扯下一块上乘的麻布餐巾,急匆匆跑过来,舔着自己的手指,把餐布交给莉亚,换走她手中的那一块。

"这可是大主教的餐巾啊!"

"一个男孩子的命在这里就这么不值钱吗?我们必须把血止住。现在,你把手放在这儿,牢牢摁住。麻布的止血效果要好一些。"他抓过莉亚的手腕,教她把手摁在流血的伤口上。

"不是这么干的,"莉亚说道,"你来摁。我先去拿些东西。我能把他治好。"说罢,便跑到长凳了那儿,抓了几块干净的抹布,又从炉子上提了一壶热水,取了一枝菘蓝。这时,又看到那个骑士抓了两

The Wretched of Muirwood   015

三只馅饼，几串葡萄，一小桶糖浆，一股脑儿全部塞进他的皮背包。

"你在干什么？"

"嗯？拿些吃的呀，小姑娘。我会在那边的斗篷上放上一小包钱的。"他指了指炉火说道。

"帕斯卡会大发雷霆的。"莉亚一边小声抱怨，一边把药品摆在年轻人的脑袋旁边。她先把抹布放在热水里浸了浸，绞干后，擦去他脸上的血迹。他一动也不动，但是眼珠在眼皮子底下动来动去。他的身体开始颤抖。莉亚抓住他的手。

"他太冷了。他的斗篷呢？"她又倒了些热水，绞干抹布，又擦了擦他的脸，然后把抹布揉成一团，压在眉毛的伤口那儿。要是索伊醒了的话，还可以帮忙把菘蓝捣碎。可现在莉亚只好自己来做。

骑士走到莉亚的身后，长长的影子盖住了她。她便转过头，望着他。

他点点头。"是菘蓝吗？你同时在医生和厨子手下做学徒吗？菘蓝还是挺有用的植物。你可真是个好姑娘。照顾好他，让他好起来吧。三天以后，我会回来接他。如果可以的话，把他藏起来。"

莉亚害怕了，真真切切地感觉到了害怕。

"你说什么？你不会……你不会丢下他的……"

"姑娘，这一路上，门登豪尔的治安官一直在跟踪我们，我得去甩掉他们。圣骑士在这里，特别是这百里区，很危险。"骑士快步走向大门，雨不停打在门廊上。"你要确保他的安全。如果阿尔马格过来，你得尽全力把他藏起来。现在，他的命就在你的手上了。我相信你。"

"不！他不可以留在这儿。我只是个帮佣的。我没法……"

"姑娘，尽你所能吧。你可以做得很好。我相信你。"他握紧圣剑，一头冲进瓢泼大雨中，消失了。

所有的大教堂都沿袭一个不成文的传统：待一个贱民被体面的家族收养以后，他便会被赐予一个姓氏。如果一个女孩的名字叫宾妮，一直在洗衣房干活，那么她的名字就叫宾妮·娜梵德。如果一个男孩在铁匠铺做帮工，他就叫吉尔伯特·史密斯。所以，很多人的姓氏都是一样的。比如，在裁缝铺干活的，就叫泰勒；在厨房打杂的，就叫库克；在外面放羊的，就叫谢泼德；在肉铺宰杀牲畜的，就叫布彻尔。若灵力开恩，体面的家族便可能会收养贱民。也正是灵力的力量，使得他们与这个家庭紧紧相依。他们的血统就此改变，出生时的耻辱烙印则被洗刷得一干二净。

——卡斯伯特·雷诺登于比勒贝克大教堂

# 第三章
## 菘蓝

索伊睡下去和死猪没什么两样，不管是打雷、打呼噜、还是叮叮咣咣、嘎吱嘎吱的声音对她统统没有用，即便有人尖叫也不一定能把她吵醒。最糟糕的是，她沾床就睡。所以，她从来就不是个好伙伴，特别是当莉亚有很重要的事情要告诉她的时候。就像上次，莉亚的水罐挡了格特明的道，格特明不由分说将水罐扔进了水井里。随后，她便想了个办法，以牙还牙，往格特明的脸盘和头发抹上菘蓝，留下一道非常明显的蓝色印记。菘蓝还算是一种很有用的植物，可不光是用来愈合伤口的。

"醒醒，索伊！快醒醒！"莉亚用力摇晃索伊。

索伊呻吟了两声，嘴里咕哝着，听上去像是在说"桤木"什么的，可随即翻了个身，又睡了过去。

"你醒醒啊，索伊！快醒醒。你得帮帮我。"莉亚使劲摇晃索伊，最后实在没办法，只好拧了一下她。

"我恨你，莉亚！"

这话听着，莉亚着实挺伤心的，但潜台词就是"我的好梦被你给搅黄了"。莉亚便马上原谅了她。

"有人受伤了,我们必须把他藏起来。索伊,你看,那边地板上躺着一个骑士。好吧,严格说来也不算是。但是他的同伴可是一个圣骑士啊。快看,他受伤了。"

"莉亚,我都累死了。明天早上再说吧。"

"怎么可以!等不到明早了。我们必须得把他藏起来。门登豪尔的治安官正在搜捕他。现在又下着大雨,外面没有地方可以把他藏起来。你来帮帮我,把他抬上来。帕斯卡没法爬上这个梯子,把他藏在这儿最安全。"

索伊转了下脖子,把长发拨到一边。她的头发又直又黑,莉亚的却是又卷又黄。这两个姑娘在很多方面完全相反。索伊依然迷瞪着眼睛,撅着嘴说道:"地板上哪里有骑士啊。"

"就在那儿啊。你不相信我,你就睁开眼看看嘛。"

"肯定又是你那些愚蠢的把戏。莉亚——我真的很累。你干嘛非要这样?明天还有一大堆活要干,我们每天的日子已经够惨了。"

"你还是不相信我。索伊,你睁开眼看看。就看一下。"

索伊叹了口气,用胳膊肘撑着自己,挪到梯子边上。"这几个晚上你都睡在地板上不来吵我,我睡得可香了。虽然没有你,被窝里头的确有些冷……我的天!他是谁?"

"我早告诉你了。快,帮我把他弄到梯子上来。"

"爬上梯子?就他?和我们一起待在阁楼上?不是吧,我觉得这不太好吧。他打哪儿来的?他是谁?"索伊的眼睛瞪得滴溜圆。

"我也不知道。但应该是个护卫。带他过来的那个圣骑士说,他撞到了树枝,眉毛这儿划了一道口子。不过我已经用菘蓝替他止血了。看到没?我的手指全都染成了蓝色。我想把他抬起来,但是他太重了，我一个人抬不起来。"

"那我们还是告诉帕斯卡吧。"

莉亚摇摇头。"恐怕帕斯卡会立马报告大主教。那个骑士说，这个人要是被抓住的话，就有生命危险。他保证，三天之后会来接他的，还会奖励我。明天早上，他可能就醒过来了。到时，我们多问一些就是。难道你能昧着良心，对他不闻不问吗？"和这个护卫的危险比起来，她更在乎的倒是自己有没有可能拿到骑士嘴里说的那点奖励。

索伊一双手绞来绞去，低头看着那个人，然后对莉亚说："可是，莉亚，我们睡在上面。我们没法……你知道……没法让他也睡在上面。"

地板上传来一阵窸窸窣窣的声音，紧跟着一记咳嗽。

"他醒了。"索伊尖叫起来。

莉亚赶紧冲到梯子边，急忙爬下去。那个护卫吃力地站了起来，身体还有些摇摇晃晃，往后退了几步后，又撞到了搁板桌上。他轻轻摸了摸自己的伤口，发现上面盖着块纱布。

"你受伤了，"莉亚走到灯光下，"被树枝刮伤的。"

护卫听到她的声音后，身体僵了一下，眼里透出一丝恐慌。莉亚便站住了。他瞪着莉亚，眼里憎恶的神情不加任何掩饰，好像无法相信自己居然如此倒霉。他猛地拍了一下桌子，好让自己站稳。

莉亚咬了咬嘴唇，说道："你安全了，先生。"

护卫的膝盖像是立不稳似的，全身跟着颤抖了起来。他环视厨房一周，灯光照在他脸上，如刀刻般棱角分明的五官显现了出来。干透了的血迹已经被擦干净，可头发依旧乱七八糟。

"我在哪儿？这儿是大教堂吗？"

"是米尔伍德,先生。"

护卫点了点头,没一会儿,脸部又扭曲起来,猛地弯下了腰。莉亚上前扶住他,就在这当口,他犯恶心,吐得两个人身上都是。一个趔趄,又摔倒在地板上,吐得更加厉害。声音又大,味道又难闻,莉亚不得不转过脸,自己都被熏得差点要吐出来。

索依爬下梯子,蹙着眉头,惊慌失措的。

"给他喝点水,"说罢,莉亚在他身边蹲下身。豆大的汗珠从他脸上滑落,身体不断在抽搐。莉亚扯了一块抹布,擦去留在他下巴上的呕吐物。"你浑身发冷。"

他脸色苍白,双眼紧闭,胡乱地摇摇头,喃喃自语道:"米尔伍德。"用袖管抹了下嘴巴后,他一动不动地盯着莉亚,满脸怀疑,"你还告诉谁了?"

"什么意思?"

"我在这儿的事情,你还告诉谁了?你们都是贱民吧。再问你一遍,你还告诉谁了?"

莉亚内心蹿起一股无名之火,心想:"你的那位朋友可比你贴心多了。""是的,我是贱民。我生来就是,我能有什么办法。先生,今晚是我救了你。我干嘛还要冒这个险,去告诉大主教你在这儿?你的朋友说,他三天内便会来接你。所以我们会把你藏起来。"

"什么朋友?"

"就是那个把你带到这儿来的人,是个圣骑士。"

年轻的护卫眨了眨眼,冷冷地看着她:"他叫什么名字?"

"他没告诉我。"

"当然,"他顿了顿,"我也不会告诉你我叫什么。你就随便猜吧。如果猜不出——你只要知道我挺有钱的,就行了。我在米尔伍德这件事情……不能让其他人知道。你可以……可以让我藏在这儿吗？决不能让大主教知道这件事情。如果我逃过搜捕，一定会厚赏你。"

索伊走上前，哆嗦着递给他一把水壶。他从她手里接过水壶，往嘴里大口大口灌水，呼吸声很重。

喝完一大罐水以后，他抹了下嘴巴，又弯下了身。不知道是因为疼还是冷，他的身体不停地在抽搐。"我再说一遍，"他压低了声音，"不能让任何人知道我在这里。"

"要保守这个秘密太难了。"莉亚看着他，"什么都逃不过帕斯卡的眼睛。其他帮厨也会发现你的。如果你想要我……"

"我完全明白你的意思，"他的嘴角也扭曲了起来，看着有些凶狠，"我向你再次保证，你会得到一笔极为丰厚的奖赏。"

"先生，你还是没有明白我的意思……我……"

"我当然明白。你是贱民，如果你帮我藏起来，就要付出极大的代价。教堂会将你驱逐出门，再也不能干活，收养你的人尽管可怜你，最终也会丢下你。你想要的，你不配拥有，你只能拿钱。我会感谢你的，因为我绝对信守承诺。如果你帮助我，你就可以获得一笔奖赏。这一笔奖赏，我也不会吝啬。我说明白了吗？别假装可怜我。也别费尽心思想其他原因来粉饰你那些自私的理由。我很了解。大家都坦诚点儿。"

莉亚看着他的表情，恨不得跳起来反驳他。可他说得一点没错。她确实想要这一份奖赏……不，准确地来说，她期望能获得一笔奖赏。双方都心照不宣。

"我们明白，先生。"莉亚站起来，抓着他的胳膊想扶他起来。

"不要碰我，"他嘟囔着自己站了起来，像一只刚出生的小马驹一样，颤颤巍巍地站不稳。又抹了一把嘴之后，环视了一圈厨房，便说道,"哪里呢……我要藏在哪里?"

"你自己可以爬到阁楼上去吗?"莉亚昂起头,觉得有些鲁莽,"还是继续对着我吐?"

# 第四章
## 帕斯卡的厨房

大教堂的厨房就在大主教的宅邸附近,他一般都在宅邸休息。厨房和其他房子没什么两样,又大又重的雕花石头堆砌成一个非常宽敞的正方形外立面,四周是突出于墙面的立柱,屋顶有一个尖塔。厨房里头不是一个规整的正方形,每一个角落都砌了一个火炉,烟道隐蔽在墙体中,这样黑烟就可以直接排到厨房外。有两个火炉非常高,莉亚和索伊甚至可以站在里面扫灰。另外两个比较小,就用来烤东西。

厨房一前一后有两组又宽又大的双开木门,一组正对教堂,正对面另一组就是后门,很少开启。木门上镶有铁花,上方开了玻璃窗,但只有特别高的人,才可以透过窗玻璃往里瞧,比如大主教;矮一些的人,比如帕斯卡或者其他帮工,就没有办法了。靠上方的石墙上也开凿出许多窗口,阳光洒进来,厨房便更加亮堂。阁楼上方,是由八根大柱子架起的屋顶,坡度很大,上面还有一个圆顶。从圆顶到厨房里的石头地板,这中间便无任何其他支撑,正方形的厨房很讨巧,火炉可以把整个房间都烘得非常暖和。

两个姑娘一直住在这里,甚是惬意。她们的阁楼是用木梁搭建的，下面铺了一层很坚固的地板。厨房地板上有一把梯子直通阁楼的地板。阁楼上堆满了各式香料——肉豆蔻、肉桂、白豆蔻，一袋袋面粉，成捆的燕麦，南瓜，还有小桶装的糖浆。更重一些的大桶和袋子就放在阁楼下厨房的地板上。

宏伟的大教堂就在大主教的宅邸边上。要是莉亚坐在阁楼上，就能透过石墙上方的窗户，看到大教堂的恢弘景致。在厨房的东面，穿过一排枯瘦的橡树，就是著名的苹果园。园子里的苹果酿出的美味苹果酒，远近闻名。穿过苹果园就是鱼塘。莉亚和索伊呆的这个厨房是大教堂的厨房，在它的正北面，穿过一个小公园，便是圣学徒的厨房，里面住着为圣学徒准备一日三餐的厨师和大教堂的其他帮工。他们不用服侍大主教和他的贵宾。

大主教的后院有一个小房间，帕斯卡就住在那儿，还有一张床——这已经算是一种奢侈了。她的房间离厨房也就二十来步的距离。每天一早，天还蒙蒙亮时，她就踏进厨房，开始烧火，和面，支使两个姑娘做这做那，整整一天，一刻也不得闲，直到深夜。只有到整个厨房只剩下炉火里那些许余火，一整天的忙碌才会趋于平静。

帕斯卡用屁股一下撞开厨房的大门，灰白的头发梢上还滴着水。看到莉亚一个人在磨面，一幅昏昏欲睡的样子，便沉下了脸。

"索伊！你这个懒虫，快给我下来。还有一大堆儿的活要干，我可不想……"说到一半，她突然停了下来，发现有些不对劲。她的脸上带着一丝困惑，像是要抓住这些不对劲的源头。就好像乔恩·亨特在树林里研究动物脚印一样。

门口地板上的草垫子是新的，没被人踩过，也没有摆得歪七扭八，帕斯卡用脚踩了踩。空气里弥漫着一股酸唧唧的味道——一种人生病的味道。她使劲嗅了嗅，厨房原本的那种味道她可是一清二楚的。但是就是哪里有些……不对劲。迅速环视一周后,眼神从大锅飘到旁边的烤肉,最后看向了莉亚。

"索伊病了,"莉亚打了个哈欠,转过身走到磨盘边,把稻谷扔进自己的围裙兜里。"她昨晚上爬下来说胃痛,吐得我俩全身都是。我已经把垫子都换过了。"

"她发烧了?"

"没有,"壶里水已经开了,莉亚把稻谷全部倒进这小水壶里,搓了搓手,又捏了一小撮盐,加了进去。"今天可以从其他厨房调些人手过来吗?我昨晚上睡得不太好。裙子也难闻,我想去洗一下,今天就能干。"

莉亚小心翼翼地观察着帕斯卡。从帕斯卡疑神疑鬼的动作和警惕的表情就知道,她还是觉得空气里有什么东西,自己没有抓到。她关上厨房门。莉亚继续干活,她便支起耳朵仔细听着。火炉里蹿起的火苗,嘶嘶舔着小圆木,除此之外,唯一的光源便是莉亚身边那一盏油灯了。索伊睡在阁楼上,投下一圈阴影。

帕斯卡注意到了桌子。莉亚知道她迟早会发现的。

"她是不是偷吃了樱桃馅饼,然后就生病了?"帕斯卡气炸了,声音都有些抖。"索伊,现在生病了是吧?没法干活了是吧?眼前摆着一大盆好吃的,你长能耐了啊,觉得大主教的东西也能吃了是吧?"

莉亚转过身,忧心忡忡得眯起眼睛,小心翼翼地说道:"我没有看到她吃。"

"我真想拿鞭子抽你们两个,"帕斯卡撩起袖子,露出圆滚滚的手臂。自顾自地抱怨起来,她自以为压低了声音,但其实声音依旧特别大。"两个没良心的贱民。平时吃得还不够好吗?一会儿,帕斯卡你看有小偷;一会儿,帕斯卡,你看这一小撮面团。恨不得捏你们俩的屁股，瘦不拉叽的。"

莉亚试着打断她的愤愤不平，"艾尔萨·库克过来讨了一条烤猪腿，说是要给圣学徒的午餐做个汤。"

"你给了吗？或者我非给不可？还是我自问自答吧。你呢，就让她自己从烤架上割下一条腿，没错吧？还拿去了一块好的。"

莉亚耸耸肩。

"你肯定希望她派一个帮工过来，分担掉你的活儿。事实就是这样。好吧，莉亚，你们俩等着受罚吧。"

"我没有吃那些馅饼。"

"但是你知道它们不见了，脸皮真是够厚的。我进来的时候，你就应该告诉我，但是你却帮着她隐瞒。你们俩真是厚颜无耻。现在清醒清醒。今天你得干两个人的活。等索伊病好了，她也逃不过惩罚。我说到做到。"

阁楼上传来嘎吱一声，特别响。帕斯卡马上捂住自己的胸口，往上看了看，很害怕的样子。莉亚心里紧张得要命，那种恐惧她自己都揣摩不透。即便是莉亚，也马上意识到索伊个子那么小，怎么能弄出这么大声响。

莉亚怒气冲冲地往阁楼望去，抓起一只碗，大步走到梯子那儿，"不要翻来翻去了。"

帕斯卡依然很警惕地抬头望向阁楼上的投影。天渐渐亮了起来。"去煮些荨麻，"帕斯卡说道，"荨麻可以让胃舒服点儿。或者煮点薄荷吧。在茶里放些薄荷，也可以让她好受一些。要是她睡不着，就喂她点缬草。"

莉亚爬上梯子，消失在了阁楼里。她正好当着帕斯卡的面，好好说一说索伊，怎么能发出这么大的声响。

到现在为止,她的计划进展得还不错。

"太讨厌了,"索伊呜咽道,"现在都是我的错了?我没有吃过那些馅饼。你干嘛怪到我头上来?"

"那我还能怎么说?帕斯卡从来都是疑神疑鬼的。"

"她老是怀疑你,是因为你总是想要骗她。"

"现在一切都在我的计划之中,最起码表扬我一下吧。"

"没错,莉亚,一切都很完美。我看起来就是个贪吃鬼。我谢谢你。"

"如果可以做得更好,那就无论如何也要试试呗。今天,除了要干完自己的活,还得包下你的活。你就在这儿睡上一天吧。"

"我没法睡。"

"什么?"

"我没法睡。"索伊的声音越来越轻,有些难堪。

"怎么就不能睡了?"

索伊把声音压得更低,"因为他在上面。"

莉亚揉揉眼睛,"这也太滑稽了吧。他睡在麻袋后面,你根本看不到。"

"可我能听到他的呼吸声。"

"不可能吧。"

"当然可以听到啦!"

"你也太孩子气了。你什么时候被我的呼吸声吵醒过?他不会对你图谋不轨的。他得这么一动不动,直到帕斯卡晚上离开这儿。不能发出一点儿声音。"

"他呼吸的时候,声音可大了。"

莉亚眼珠一转，"有机会的话，你就告诉他，我洗裙子的时候，会顺便把他的衬衫一起洗了。我还需要你的裙子。"

"我才不会在阁楼上换裙子呢！"索伊压低声音，愤愤然说道。

"那我就拿上你干净的裙子去洗吧，"莉亚有些恼火，"我得洗两条裙子。最好挑给圣学徒送早饭的时间去洗衣房。那个时候，洗衣服的人不太多。而且，现在还在下雨。要是再拖下去，可就没机会了，今晚衣服就干不了。帕斯卡离开厨房回自己房间的时候，你就让他准备好。"

"我不想和他说话。"

莉亚瞪了她一眼。

"我害怕！"

帕斯卡在厨房里大声嚷嚷了起来，"莉亚！肉汤都煮开了！不要再和索伊瞎闹了，快给我下来。把碗塞给她就行了，你个蠢姑娘！圣灵降临节还没到，我们还有一堆活要干。快点下来，让她一个人待着吧。"

索伊一把抓住莉亚的手，满眼的无助，"别丢下我一个人在这儿。你也假装生病就好啦。"

莉亚抽回自己的手，"要是我也装病，其他帮工就会过来。好了，现在开始假装痛得叫起来。"

"你让我假装痛得哇哇叫？"

"对，就是哇哇叫。"

索伊半是呜咽，半是啜泣地发出了些许声响。

"太惨了。"莉亚嘟囔着爬下梯子。

无法读懂典籍的人总是困惑于何为"灵力",它的确衍生出许多不同的含义。未曾受过教育的人不明白,完全可以理解。我用最简单的语言概括如下——之所以选择"灵力"这个词,正是因为它包含多重含义。它可以是一种纽带,连接互相独立的两种力量,比如圣骑士可以将火种从地底下召唤而出。它也可以是一种中间物质,任何现实的,或者潜在的力量,都可以借此传播。它还可以是一种交流的媒介。蚀刻在石头或稀有矿石上的文字,对于那些能读懂的人来说,便是灵力的显现。雕刻的同时,灵力便发挥力量,能读懂它的人便可破译其中的含义。灵力对世间一切握有绝对的掌控权,不管是已经死去的或者健在的都听命于它。它还可以为现世与冥界架起沟通的桥梁。灵力可以让人死而复生。即使肉身早已灰飞烟灭,随风散去,灵力依然可以找到每一片灵魂碎片,重新拼凑出新的生命。有人说,这个王国历史最悠久的大教堂——米尔伍德,便曾发生过这样的事情,尽管知道此事的人凤毛麟角。

——卡斯伯特·雷诺登于比勒贝克大教堂

## 第五章
## 瑞奥姆·娜梵德

　　吃过早饭后,莉亚会留出一些时间洗衣服,或者拍打已经醒好的面团,为晚上烘烤面包做准备。米尔伍德的圣学徒基本都会在房间里学习。大雨仍未停,很少会有圣学徒跑到外面。帕斯卡偷偷溜出厨房,跑到自己的卧室去了——她每天都要去十次,因为厨房里只有尿壶,她嫌恶心。莉亚终于等到了机会。门刚关上,她赶忙爬上梯子。

　　索伊睡着了,尽管刚才还在不停抱怨。可是先前说的衬衫连个影子都没见着。莉亚找了半天,跨过依旧酣睡的索伊,爬上一只大木桶。"我准备去洗衣房了,把你的衬衫给我。"

　　"不。"

　　雨停了,天色渐亮,阳光透过窗户射进阁楼的角落里,空气里弥漫着的尘埃也清晰可见。他的脸上恢复了一点血色,皮肤黝黑,有些暗沉,下巴上胡子拉碴,不太光滑。眉毛上的绷带又浸满了血渍——看来需要换一根了。

　　"呃……你身上可真是难闻,吃点奶酪吧。"她把奶酪递给他。

　　他接过奶酪,正准备吃起来,又问道:"面包呢?"

"还在醒面团。把你的衬衫给我。看看那些污渍,真够脏的。我现在要去洗我的裙子了。"

"你不用帮我洗衬衫。我在这儿不会待很长时间的。"

"这么臭的衣服哪里撑得过三天。我不会偷你的衬衫的。我可解释不清楚。"莉亚伸出手,皱了皱鼻子,"我在这儿都能闻到这股酸味。"

他还有些犹豫。

"快点!帕斯卡一会儿就会回来的。"她冲他打了个响指。

他咬牙切齿,怒气冲冲地说道:"好吧。你转过去。"

莉亚觉得他精神失常。他好歹是一个骑士——或者说护卫——随便是个什么,在她面前怎么如此腼腆。突然,她注意到他的衣领下闪过一道银光,之前她并没有发现。

"你穿的是银丝软甲!你也是圣骑士?"

他闭上了眼睛,脸上的表情活脱脱像是连皮吞下了一整个柠檬。虽然气得发抖,但还是克制住了自己。他睁开眼,不满地看着她,"你不是个贱民么,怎么知道这些事情?"

鉴于他们现在的地理位置,他的反应的确有些蠢。"先生……这里是米尔伍德大教堂。每过两周,圣骑士就会到访。我们还有自己的银匠,有获得资格的圣学徒,便可以为他打造一件银丝软甲。其他的圣学徒,还可以通过继承……"

"对,父亲传给儿子。我这件是我父亲的。"

"你现在穿着他的衣服,就说明他要么已经去世,要么年纪非常大了。"

他的脸沉了下来,"不准如此轻慢死者。"

"怎么?怕伤了他们的感情?可以把你的衬衫给我了吗?如果这

个头衔会给你带来麻烦,我不会告诉任何人你是圣骑士的。"

他解开衣襟前的带子,脱下银丝软甲,扔给莉亚。这件银丝软甲非常漂亮,做工精美,比米尔伍德自制的银丝软甲要好上许多。那些微微闪着光的锁链从脖子那儿一层层垂下来,延伸到前臂。包边上面刻着两个正方形互相交错而成的八角形标记,莉亚在他的剑柄上也见过这个标记。包边的下面还缀着流苏。

"别这样看着我,"他的语气有些生硬,"把衬衫上面的脏东西都洗干净,然后还给我。"说完,便一头扎进窗台下的阴影中,用力抱紧双臂。窗外的阳光让莉亚睁不开眼睛。不论他做什么动作,银丝软甲都没有发出任何金属的碰撞声,反而如丝衣一般柔顺。如果圣骑士穿戴了银丝软甲,就说明他可以听见灵力的低语,并且通过考试,获准进入大教堂内部的圣所。

莉亚一边往回走,一边将衬衫叠好,然后转过身看着他,"既然你是一个圣骑士……你应该可以到大教堂寻求庇护。没有人能强制你离开,即便国王也不可以。大教堂自古以来便拥有这个特权。你不知道吗?"

他依然沉默着。

莉亚转过身,往梯子那儿走,盘算着是不是在洗衣服的时候,往里头加点菘蓝,让衬衫变花,才能出口恶气。正往下爬的时候,听到他小声咕哝着些什么,但是听不清。

莉亚从阁楼下的橱柜里拿出一条索伊的裙子,连同自己那条脏兮兮的裙子一同扔进篮子。她自己那条裙子上面的呕吐物和护卫衬衫上的也差不离了。她从挂钩上取下自己的蓝色斗篷,把斗篷的帽子翻上来,盖住乱蓬蓬的头发,挎起篮子,走进雨中。

空气里透着阵阵寒意,夹杂着细细密密的雨丝。她走下通往宅邸的石径，踩过又湿又软的草坪，然后又取道另外一条石径，往苹果园的方向走去。到了园子里的时候，鞋子上早已糊满了烂泥。从前，她总是害怕去洗衣房。但是今天，一切都犹如新生一般，让她兴奋无比。要知道，现在有一个护卫藏在大主教的厨房里！而且国王的治安官正在搜捕他！天上乌云密布，连花朵都仿佛暗沉了下来，可这些都不能平息她内心的激动。莉亚迈开大步，尽力在淋湿前走到洗衣房。她暗自高兴，帕斯卡虽然谨慎，但是她天天这样。莉亚知道她没法爬上阁楼下的那把梯子。三天其实不长，给那个护卫送点吃的也并不难。现在她让他又是吃又是住的，到时候不知道他会给什么奖赏。

正走着，莉亚透过雨帘看到了大教堂的回廊。圣学徒都在里面上课。回廊和大教堂的四堵墙是平行的——上面没有塔顶。四根廊道砌上平顶，以花园为中心，围成一个正方形。出入口的门一直都锁着，不准帮工进入，因为圣学徒在进修的时候，会用到非常昂贵的金属。每到下课，或者雕刻结束的时候，圣学徒才可出门闲逛，时不时捉弄一下帮工，总之就是不让别人好过。

只有在这个回廊里，男孩女孩才可以了解阅读的秘密，学会雕刻一卷又一卷的圣书。每个人对这些秘密都守口如瓶。莉亚望着回廊，从小到大，她嫉妒能走进这里的每一个人。她多么渴望自己也能拥有一本圣书，可以在上面雕刻古代文字，一边阅读，一边聆听来自远古时代的声音。

米尔伍德的洗衣房小小的，四周没有墙，只用六根结实的立柱支撑，上面用木板架起一个斜面的屋顶，可以防雨。屋顶面积很大，足够大家在洗衣房躲雨，因为下雨在大教堂这儿是常事。屋顶连着一根泄水道，雨水可以通过这根管道排进湿地。起初，莉亚料想洗衣房应该没人，可她听到有人在那儿哼歌。定睛一看，居然是瑞奥姆，她沮丧极了。

瑞奥姆十七岁，是个浣衣女。莉亚从来不相信她这种喜欢八卦的姑娘。她说起别人来毫不留情——从来不考虑别人的感受。比如，她刚在人前夸一个姑娘刺绣的手艺怎么怎么精湛，转过身，又在人后嘲笑这姑娘的辫子编得怎么怎么难看。

这样的事情，莉亚碰到过许多次了，不过她很少成为瑞奥姆嘴里的那个倒霉鬼。当然，她偶尔也会讥讽莉亚，怎么长得比其他同年的姑娘要高一些；又或者是，她的头发既不是棕色，也不是黑色，反而是干枯的亚麻色，而且又卷又乱——当然莉亚对这两点无能为力。对付瑞奥姆这种人，最好的办法就是无视她的奚落和赞美，什么都别指望。莉亚走进洗衣房，放下篮子。脱下斗篷，甩了甩帽子上的水，把它挂在一根立柱的钩子上。这样，在她干活时，斗篷就可以晾干。

瑞奥姆正坐在靠近水边的石阶上，搓着一条长裙，随后把裙子浸入水里漂洗。她满手都是泡沫，皮肤已经起皱了。捞起裙子后，又把裙子扭起来绞干水，一连串动作和扭鸡脖子如出一辙，随后再把裙子抖开，又绞一遍。她的双手力气很大。莉亚曾经亲眼看到她在一个姑娘身上直接拧出一个乌青块，那姑娘痛得眼泪直流。

"你好。"莉亚想让瑞奥姆知道她也在边上。

没有回应。莉亚早就料到了。

她跪在另一头，就在瑞奥姆的斜对面。莉亚从篮子里拿出满是污渍的裙子，浸到水里。因为下雨，石头水槽几乎都满了。每到夏天，老师或者大主教会用灵石召唤出水。一次偶然机会，莉亚和其他帮工便看到了这个过程，那些帮丁都看呆了，不停地倒抽冷气。现在，莉亚看着那块灵石，上面那双冷冰冰的眼睛毫无生气，也没有发出任何光亮。可是，即便莉亚跪在那儿，离它有好几步远，却依然能感受到沉睡在石头内部的那一股强大的力量。她现在还不能唤醒这一股力量，至少当着瑞奥姆的面不行。

她从木桶里拿出一块肥皂，在衣服上不停拍打，同时不断翻动衣服，用肥皂再搓一遍后，便跪下来，就着石头搓起来。她一个人安安静静地洗衣服，完全忘记了瑞奥姆，只希望她快点离开。

也不知是什么原因，大教堂的男孩子们从来都不知道瑞奥姆有多么恶毒。他们都争着帮她拎篮子，莉亚觉得烦透了。他们还会在瑞奥姆面前，一步跳过井眼，好博取一个薄情的笑容。去年夏天，瑞奥姆拿了一根皮绳串上一块光滑的河石，戴在脖子上。有个圣学徒也会自制这种不长不短正好能圈住脖子的项链，再搭配同宝石一样闪闪发光的坠子。瑞奥姆显然是依样画葫芦，但是贱民也只能学到这一步了。渐渐地，这种项链便在洗衣工当中流行了起来。然后厨房的帮工也开始跟风——当然莉亚和索伊除外。男孩子们便开始打磨皮革，或者到河里找石头。有些女孩子不顾一切地想得到这种项链，男孩子也屁颠屁颠地帮着找材料，实在是有够蠢的。

过了一会儿，莉亚听到瑞奥姆把湿衣服折起来，堆进篮子里。雨水不断滴在水槽里，头顶上方的木梁上传来滴滴答答的声音。空气里弥漫着一股肥皂和薰衣草的味道。她自顾自地继续搓着自己的裙子，一会儿绞干一会儿漂洗。瑞奥姆正准备走的时候，又停下了脚步。

"我知道，谁会在圣灵降临节集会上邀你跳舞。"瑞奥姆说道。

真想咒她，莉亚有些阴暗地想着。"嗯？"她假装自己不在意，但心里仍不痛快。

瑞奥姆把篮子挎在身体的一侧，"谁都知道，肯定是那个最无聊的尼沙·杜尔登。只会读书，逮着机会就和姑娘打招呼。他说他走在回廊里的时候，只和姑娘打招呼，从来不和男孩子打招呼。但是他还是会问候我们的，即便我们都是贱民。看来，你篮子里的是他的衬衫。是他让你帮忙洗的吗？他付你钱了？还是你就是做好人帮个忙？"

莉亚擦了擦额头，脑袋飞快地转起来。瑞奥姆其实是对着她嘲笑杜尔登。他是一年级的圣学徒，尽管十三岁了，但无论是个头还是外表，看上去像只有十岁。他是大教堂里性格最好的年轻人，考虑周全，待人友好，对所有人都一视同仁。不管这个人是贱民，还是老师还是其他圣学徒。莉亚喜欢杜尔登，他会解释给她听词语的真正含义。当然他不会教她怎么雕刻，但是他从来不介意同其他人分享知识。

"不管谁请我跳舞，我都会很高兴的，"莉亚打了个哈欠，"杜尔登很慷慨。我才不会因为他是个圣学徒，就觉得不好意思。"她暗暗希望瑞奥姆不要把衬衫翻出来，因为她很快就会发现这件衬衫对杜尔登来说，明显太大了。

"是，但他还是个孩子，那么小。你们两个人在一块，真是太滑稽了。他站在你边上，就和一根棍子似的这么矮。莉亚，你太高了。男孩子才不喜欢比他们高的女孩子呢。你有大主教这么高吗？我觉得差不多。"

莉亚把裙子又绞干一遍，更加用力地搓起来。"要是你知道有什么好办法，可以不长这么高，就劳烦告诉我，我很乐意。"

"你这么高，大概只会有一两个高年级的男孩子会可怜可怜你。但他们也不会和你跳舞。老师要求他们请我们这样的女孩子跳舞。你太瘦了，不然就能冒充十六岁的人。帕斯卡每天晚上都给你吃奶油醋栗泥么？在她手下干活实在太恐怖了。"

"帕斯卡对我很耐心。"**求你了，瑞奥姆，赶紧走吧。把话说完，你就赶紧走吧！**

"帕斯卡一开口就骂人，才吐不出什么好话。谁都知道，都不用我说。今年，她有没有让你为五月柱舞会准备？还是她在忙着准备做买卖的东西，完全没时间教你？"

"瑞奥姆，我很早就知道五月柱舞会了。"莉亚气得全身汗毛竖起，拼命绞干裙子里的最后一滴水，恨不得现在就飞回厨房。

"真的？谁教你的？还是你在卖蛋糕的时候，偷偷看着别人跳舞就学会了？又或者是优雅的帕斯卡拉起你的手，手把手教你的呢？我还真想看你们两个跳舞的样子呢！"

莉亚回头看着她，怒火中烧，感觉自己像被一只乌鸦啄来啄去。瑞奥姆就是有本事让人觉得自己又蠢又笨，手脚不知该往哪儿搁。莉亚没有告诉她，其实在她十岁的时候，乔恩·亨特就教她跳五月柱舞了。他还教她射箭，命中园子里的苹果。莉亚甚至可以完美地复制帕斯卡的拿手菜——奶油醋栗泥。

"那又是谁教你跳舞的？"莉亚试着调转话头。

瑞奥姆抱起篮子，搁在自己肚子那儿。"格特明还没去学打铁之前，有一个男孩子教我的，他现在已经是村子里的铁匠了。"她的眼睛闪烁了一下，像是沉浸在那些如糖浆一般甜蜜的美好回忆中。随后，这份甜蜜便消失得无影无踪，取而代之的又是一副调皮的表情，"反正你说随便哪个做舞伴都可以，那我让格特明和你跳舞怎么样？"

这个问题摆明要激怒莉亚，大教堂里还有谁不知道她和格特明是死对头。

"还是不要了吧。我从来不怕他，他应该还没有原谅我吧。"其实莉亚心想，他这么横行霸道，我才不会原谅他。

瑞奥姆刚要离开，又站住了。她从自己的篮子里翻出一把薰衣草,扔进莉亚的篮子。"你身上一股怪味。像是小豆蔻还是醋和香烟混在一起的味道。要么在晾干衬衫以前,把薰衣草夹在衬衫里。要么把衬衫和薰衣草挂在一块儿晾着。不管你心里怎么想,你这么做,他应该会感谢你的。"她的脸上浮现出一丝狡猾的笑容,便走入雨中离开了。

瑞奥姆走后,就剩莉亚一个人,她从篮子里拿出那一束散发着香气的紫色花朵,觉得应该提醒杜尔登,他也好在瑞奥姆嘲笑他的时候有点准备。可这也意味着,她今天还得再撒一个谎。莉亚心里又是挫败,又是窘迫,气得不行,恨不得捏碎攥在手里的花朵,然后扔掉。但最终她也没这么做,而是把花朵轻轻放在篮子底部,带上洗好的裙子走到灵石那儿。

灵石有许多功能,取决于它们是怎样被雕刻出来的。厨房里的灵石,可以从嘴巴里吐出火舌。洗衣房的这一块可以流出水来,还有一些则可以发光。它们表面的图案千奇百怪——有些是狮子或者马,有些是男人或者女人,还有些是太阳或者月亮——每一块都有不同的脸,表情也截然不同。有些凶神恶煞,有些胆小害羞。有些看上去很温顺,有些则很愉悦,还有一些充满痛苦。每一块灵石都会表现出一种情绪。

莉亚看着这块灵石,上面雕刻着一张女人的脸,脸上带着那种充满好奇的无辜表情。她从不当着别人的面使用灵石,只有独自一人或是索伊在身边的时候才会使用。因为只有圣学徒或者圣骑士可以通过灵力,召唤出它们的力量。她盯着石头上的眼睛,集中自己的意念。石头上的眼睛开始泛红,水便从嘴巴里汩汩地流了出来。水很烫,蒸腾出的水蒸气从洗衣房里往外冒,好似春天早晨的薄雾一般。莉亚一边搓着衣服,手也被烫疼了。可是,热水能把脏衣服洗得更干净些,也更省时间，比泛着一股酸味的冷水好多了。

只有圣骑士和一些圣学徒可以驾驭大教堂里的灵石。

还有一个人也可以——那就是莉亚。

## 第六章
## 灵石

"下回你要是再敢犯事儿,就想想这回肚子有多疼。"帕斯卡凶巴巴地责备道。

索伊低下头,省得别人看见她脸红,低声回答:"是,帕斯卡。"

"再喝一杯缬草茶,明天就会舒服点儿。"帕斯卡洋洋得意地扫了一遍料理台,就着围裙擦了擦手。"莉亚,你睡觉前磨点儿新鲜的肉豆蔻。明天早上再用燕麦、糖浆、糖还有奶油,为大主教做些配菜。现在要是苹果成熟的季节就好了,不过好在还有一些其他当季的水果,有什么就用什么吧。"

"是,帕斯卡。"莉亚夸张地打了个哈欠。

"你们一定是累了。但我希望你们学聪明点,要不然大主教就会让你们再等上一年才能绕着五月柱跳舞。"帕斯卡顿了顿,往四周看了看,像是忘记了汤勺放哪里,还是其他的什么事情。"我不在的时候,把门锁好。好了,莉亚,你别在我眼前晃来晃去了。"

帕斯卡走到门边,从挂钩上拿下自己的斗篷,走出门消失在浓浓夜色中。"砰"的一声,门在她身后关上了。

莉亚拍拍手上的灰尘，把门闩插上，转身看着索伊，"要是你非抱怨不可，就抱怨两句吧。这样心里会好受些。"

"她还会再回来吗？"呆在阁楼上的护卫幽幽地说了一句。

"今晚不会。帕斯卡巴不得整天呆在自己的卧室里，除非厨房着火，否则她才不会踩着烂泥再回到厨房。"

"我的衬衫在哪儿？"

莉亚走到阁楼的立柱边上，手伸进篮子里摸了摸。"还湿着呢。我不能当着帕斯卡的面，烘干衬衫。不过现在就没有问题啦。用火烤一烤的话，干起来就快了。要是你走得动的话，就爬下来吧。"

墙角已经拉起一根细绳子，绷得紧紧的，就在烤面包的炉子边上。上面还夹着一只只木夹子。莉亚已经把之前洗好的裙子烘干折好了。她拿出篮子里的衬衫，抖开后，又从篮子里拿出薰衣草，和衬衫一起晾在绳子上。她盯着壁炉内墙上的灵石。墙面上沾满了油烟和灰尘。灵石上的整张脸都黑乎乎的，嘴张开，扭曲得厉害，像是因为痛苦不停在嚎叫的样子。莉亚盯着它的眼睛，集中自己的意念去唤醒它的力量。那双眼睛渐渐发出橘红色的光芒，紧接着，嘴里吐出火舌点燃了壁炉。莉亚的脸颊被火光映得红扑扑的，心满意足地笑了笑。有了灵石，就不用往壁炉里扔木头烧火了。

"你在做什么？"索伊急匆匆跑了过来，转头看到那个护卫正从梯子上往下爬。"莉亚，你从来不在外人面前使用你的能力。他会看到的。"

"他会去告诉谁呢？"莉亚自信满满地反问了一句，然后弯腰绕到衬衫另一边，把衬衫抚平。

护卫爬下梯子，站定后盯着两个姑娘，一脸愠怒，"你们怎么这么快就生起火来了？"

莉亚决定忽视这个问题，可发现他早已注意到壁炉里熊熊燃烧着的火焰，"这样你的衬衫可以干得快一点儿。"护卫走过她身边，来到壁炉前，一手搭在壁炉上方的石头上面，仔细看了看，而后又转头看看莉亚，再转头看看石头。"呼"的一声，火灭了，这块灵石安静了下来。

"你再试一次。"他命令道。脸上的表情很复杂，恐惧中又夹杂着愤怒。

莉亚挠了挠脖子，便盯着石头上那双透着痛苦的眼睛，不一会儿，火苗又蹿了起来，这回烧得更加烫了。莉亚又尽力集中意念，让火烧地更加旺，最好烫得他往后退，或者干脆烫伤他。他的银丝软甲在火光下的映衬下闪闪发光，一双眼睛紧紧锁住莉亚的眼睛，火又熄灭了。

他的目光游移到莉亚的脖子上，"让我看一下你脖子上的护身符。"

很多年前的那个晚上，暴风雨过后，莉亚就一直把这个金指环戴在脖子上。"不过是个小玩意儿罢了。为什么要给你看？"

"让我看看。"

莉亚从紧身马甲里掏出指环，让它露在裙子外面。他眯起眼睛，仔细看着这只金指环，脸上渐渐露出可怕的表情。他眉毛边上的伤口，血迹已经发黑，绷带也歪在一边。莉亚蓦然感觉到了一丝害怕，像是有一条小虫在她心里钻上钻下，闹得她心神不宁。难道他要把指环从她脖子上拽下来？

"可以拿给我看一下吗？"他问道。

"我从没摘下来过，"莉亚答道，"但是可以给你看一下。"她拿起指环。就着火光，指环光滑的边缘便清晰可见。索伊倒吸一口冷气，瞪大了眼睛。

护卫试探着拿过指环,伸出头又凑近了些,好看得更加清楚。"只是一个指环么?金的指环?"

莉亚把指环套进自己的小指,又拔出来。松开手,又让它荡在自己胸前。她集中意念,这回都没有直接看灵石,壁炉里便又生起了火。护卫吓了一跳。

"召唤灵力这门技能,你练习多久了?"他问罢,便又转身盯着火苗。

"随时。我觉得不难啊。"

他转过身,又看着莉亚,双眼亮晶晶的,"很多三年级的圣学徒都不能如此轻松地控制它!"

"他们没这个能力,与我有什么关系。我告诉过大主教,我也想成为圣学徒,可是他发誓,让我断了这个念头。"

"但你是怎么——我是说,你是怎么学会的?如果没有人教你,你怎么学会的?"

莉亚耸了耸肩,走到料理台边,这也是厨房里最重的一张桌子。其他的都只是在支架上搁一块板,方便收拾,还能码放起来。她拖过一把杵和一个石碗。"还小的时候,有一年冬天,我亲眼看到大主教召唤灵力。这样我们感到冷的时候,就可以烘烘手了。"

"你看他召唤过一次?"

莉亚又耸了耸肩。"对,一次。"她还看到过大主教用灵力平息了一场暴风雨,当然她没有提。

壁炉里,橘色的火焰透着些微金色的光芒,蒸腾出一阵又一阵的热气,衬衫"滋滋"作响,冒出水蒸气。索伊蹑手蹑脚地走过去,打开坛子,掏出两枚核桃般大小的肉豆蔻种子。"我来捣碎它。"她轻声说道。

莉亚对着她微微一笑,转身看着护卫,"你得换一根绷带。先去火边,坐在那儿的小凳子上吧。我去打些热水来。"

护卫照做了。莉亚拎来一只热水壶,再捎了些抹布用来擦洗伤口。她站在护卫边上,解开绷带上的结,轻轻把它从结痂上撕下来。他皱了皱眉,但依然纹丝不动,不过看得出来,是极力忍住的。

"那不过是个指环,你看上去一副很不可思议的样子?"莉亚问道。

"也没那么吃惊。或许当初,你被遗弃在这儿的时候,这枚指环就挂在你脖子里了。"

"那你为什么非要看呢?"

"姑娘,你可以不要这么好奇么?"

"人生就是充满了好奇啊,难道不是么?我喜欢不懂就问。现在,请回答我。我会召唤灵力这件事儿,为什么让你这么忧心忡忡呢?肯定不是因为这事儿有多难,而是你感到害怕了。"

"因为,召唤灵力只有两种方法。第一种,继承而来,然后激发自己的潜能,方可运用自如。第二种……强迫灵力听命于你——也就是控制它。我刚才只是想确认,你没用第二种方法。那些生来并不具备这种能力的人,通常会戴着魔徽,才能强迫灵力听命于他。"

"魔徽长什么样?你是害怕魔徽么?"

"我不怕它。但是,我受过专业训练,得时刻提防着它。我见过类似的,可实在想不出用什么词来形容,好像都不太合适。这种魔徽是圆形的,上面的花纹,就像是一圈一圈编起来的辫子,被压得平平的,和五月柱上的叶子或者飘带差不多。"

"我明白了。所以它看上去应该不像这种指环。既然你不怕它们,那要是我戴着魔徽,你会怎样呢?"

"我会马上把它从你脖子上拽下来,"他抬头看着莉亚,眼神非常诚恳,"如果你带着魔徽,你可能会试图控制我。"

莉亚用指尖捏住指环,仔细观察,"谢天谢地,它不过是一枚普通的指环而已。不然我肯定会挠你的脸,留下更多伤疤了。你肯定不会喜欢的"

索伊站在桌子边上,咳了两声,"砰"的一声,把石碗往桌上一放。

莉亚假装没有听到,继续清洗护卫的伤口。"你刚才说,大部分两年级或者三年级的圣学徒也没能召唤出火,"她用浸湿的抹布轻轻摁住他的眉毛,"那你是什么时候学会的呢?"

"一年级的时候。"护卫答道。

"那你还这么惊讶?我刚才也说了,我看大主教召唤过一次。"

"我能做到,是因为在我进入自己百里区的大教堂以前,已经接受了父亲多年的训练。我的族人都非常善于召唤灵力。这一点很重要。我太爷爷、我爷爷都是这么过来的。我还是个孩子的时候,父亲就开始教我使用灵力了。成为盔甲侍卫之前,我便能召唤灵力了。"

"什么是盔甲侍卫?"

护卫闭上了眼睛,龇牙咧嘴地说道,"替我的圣骑士拿武器。"

莉亚觉察到他有些尴尬,却又感到奇怪,"我明白了。我不能读书写字,只有在四下无人的时候,才会练习使用灵石。它们能干的活儿可多了。"湿抹布把护卫伤口上的结痂弄软了,便不再流血。她用海绵擦了擦他的额头,把干透的血迹抹掉。

"我很讨厌你们这群人把灵石叫作怪眼灵石或者斜睨灵石。这种叫法并不恰当。"

"我觉得再恰当不过了啊。"

"我怀疑你究竟是否知道'斜睨'的意思?"

莉亚咬了咬内脸颊,"狡猾的意思呗。"她眯起眼睛查看伤口,再用干净的麻布把伤口周围擦干,随手把换下的绷带扔进了壁炉,看着它们在炉火的舔舐下慢慢烧成灰烬。"有个圣学徒告诉过我这个词的意思。怪眼灵石就是刻在石头上的脸。有些是太阳的样子;有些是月亮的样子,圆缺不一。还有些是照着星星的样子刻的。但是每一块都有一张脸,上面的眼睛都会盯着我们。"

"那为什么不叫'瞪眼石'呢?因为'斜睨'有其他的含义。"

"比如?"

"我不想再讨论下去了。"

"为什么?不屑告诉我么?"

"它的衍生意义,还有形容的那种行为不太体面。"

"什么意思?"

护卫变得更加不耐烦了,有些不高兴,"每个词语都有明确特定的含义,但是也有其他很多意思。'斜睨'字面上就是盯着看的意思,但也是用某种特别的方式盯着别人看。"

莉亚挑起眉毛盯着他,问道,"就像我现在这样?"

护卫的脸色愈发阴沉,像是因为不太舒服而变得暴躁起来。双手放在大腿上攥成拳头,"早知道就不和你这么讨论了。"

莉亚又拿起一块麻布,叠成一个正方形,压在他的伤口上,再用一根长条麻布把它固定住,最后打了个结。

"你还真是猜不透啊,"莉亚睥睨着他,"好吧,大部分圣学徒都和你一样。你们可以学习词语的真正含义。还会有人教你们怎么把它们刻出来,学会运用和理解它们。但是你们都不愿和别人分享你们所学到的知识，碰到像我这种搞不清楚的人，就只会在那边洋洋得意。你是不是觉得，我只是个贱民，所以就没法理解那些很深奥的知识呢？"

"不，不是这样。"

"那你为什么不告诉我呢？如果你讲了一遍，我还是不明白，你大可以嘲笑我。但你却选择一个字也不说。"

"因为我觉得不那么舒……因为'斜睨'描述的，其实是男人看女人的一种方式。并非调情，和一般的爱意也八竿子打不着。"护卫的双手微微有些颤抖，"也不是那种怀着敬意的眼神。我看到过，你看到也就知道了。贱民有时就会这么看人，骑士也不例外。"他站了起来，攥起拳头却又松开，显然在做激烈的思想斗争，"石头上的雕刻不过是某种象征。它们有专门的名字，叫嘎咕怪石。"

莉亚有些茫然，便摇了摇头，"我不认识这个词……"

"没错，你当然不知道。嘎咕怪石来源于达荷米亚语，是'喉咙'的意思。如果你仔细想想，就能明白为什么要如此命名了。大部分贱民根本不知道达荷米亚这种语言的存在，更不要说准确发音了。"

"你刚才说它们是'象征'，这个词是什么意思？"

"象征是用具体事物来表现某种意义。石头上的花纹象征着我们内心灵力的力量。它们可以是男人或者女人的脸，甚至是一只野兽的脸，表明我们两个人与灵力的力量是有联系的。其实并非是你从这块石头里将火召唤而出，而是这块石头助你一臂之力，将你自己体内的火召唤而出。它们都异常强大，若是理解有误，或者使用不当，还有发音不准，都是不允许的。"

听完他的一席话，莉亚仿佛觉得有一股热流，流便全身。她既兴奋又激动，脑海里只萦绕着一个问题，越是思考越是觉得一切皆有可能。按照护卫的说法，她可以生火，引水，甚至引发一场瘟疫或者让人起死回生,这种能力并非沉睡于那些石头中,而是她生而有之。

莉亚往前靠去,低声说道:"你的意思是,我并不需要灵石,就能生火。"

"不,不是。你想歪了。你得明白,你没法完全控制它。问题就在这儿。你召唤灵力的能力是继承而来的,与此有关的,便是你的父母、祖父母还有你的祖先,甚至是最早的始祖,和你自己可是一丁点关系也没有。"

莉亚瞥了一眼索伊,她正看着他们两个,一会儿摸摸杵,一会擦擦钵。然后便低下头,又开始捣碎肉豆蔻。"所以,即便我成为圣学徒,也并不能说明,我可以轻松学会控制是么?如果血统世系不够强大的话,就不能……"

"连一杯水都没法加热,不管他学习多么刻苦,"护卫接道,"可你是贱民,除非你知道自己的父母是谁,否则你永远都不会知道自己潜力的极限在哪里。圣学徒一般都会花很长的时间去了解他们的祖先是谁,然后才能知道祖先们所拥有的各种神力,是如何在时间的推移中不断融合,最后遗传给他们。"

莉亚不明白为什么她能做一些圣学徒都无法做的事情,正想问这是怎么回事的时候,突然有人敲门,把他们吓了一跳。

受伤的护卫正想爬上梯子,躲到阁楼上去。莉亚一把抓住他的手腕,"那儿有窗户,有人会看见你的。快躲到那块屏风后面去!"

他赶紧跑到阁楼下方的木质屏风后面。可屏风不是落地的,底部和地板之间留了个缝隙,正好露出他的靴子。莉亚心里骂了自己一句。外面的人又重重地敲了敲门,莉亚穿过厨房走向门口。

"我们该怎么办?"索伊小声说道,怕得要死。

莉亚瞪了她一眼,索伊便闭上了嘴。她想到了一个办法,"索伊,你拿上水壶,躲到屏风后面去洗头发。让他躲在浴桶里。"

"我才不会洗……"

莉亚狠狠地看了索伊一眼,表情堪比那种满脸阴沉严肃的灵石。索伊立马拿上水壶,迅速跑到屏风那儿,一个字也不敢说。不一会儿,莉亚便看到他的靴子不见了,然后听到他钻进小木桶的声音。那是她们平常用来洗澡的小木桶。

莉亚提起门闩,把门打开一条缝,还好厨房的玻璃上满是烟尘油渍,什么也看不清。借着厨房的灯光,她看清了那张胡子拉碴的脸,原来是乔恩·亨特。他的外衣脏兮兮的,衬衫松松垮垮地堆在腰带上,领口也敞开着,头发乱蓬蓬地耷拉在脖子里。

"莉亚,给我点燕麦。"说完,便开始把莉亚往厨房里推,不过莉亚紧紧拉住门,只露出一条缝,强行卡在门口。

"索伊在洗头发。你要是饿了,就到艾尔萨的厨房里去要燕麦嘛。"

乔恩叹了口气,"莉亚,我都到这儿了,我才不会再走到另外一个厨房去呢。"

"为什么不去?她是要亲吻你,还是要做其他什么事情?还是她特别小气,不愿给你蜂蜜?"

乔恩又叹了口气,眼里闪闪发光,"你是不是和瑞奥姆混多了,讲话一个样。那儿的燕麦又不是为我准备的。"

"那是为谁准备的?"

"我谁也不告诉。所以我才来你这儿。"

"好吧。但你也知道,帕斯卡有规矩,她离开以后,除了大主教,谁都不能进厨房。"莉亚歪着头靠在门上,挑了挑眉毛。

乔恩语气放软了一些,"那大主教知道你偷了墓地里的一枚指环吗?"他轻声说道,而后低下头朝着莉亚裙子前面扬了扬下巴。

莉亚一下慌了神,她忘记把指环塞回裙子里了,可乔恩已经看到了。她故作镇静地说道:"在米尔伍德发生的任何事情,都瞒不过大主教,你不也知道吗?你为什么要问我拿燕麦?我嘴巴可紧了,乔恩·亨特,不会告诉别人的。我的为人,你最清楚了。"

乔恩叹了口气,"好吧,我告诉你。但你一定不能告诉别人。"莉亚拼命点头。"我今天在树林里发现一匹马。"

"真的吗?我可以看看它么?"

乔恩得意地笑了笑,"莉亚,你可不能告诉别人哦。"

"也不能让帕斯卡知道?"

"当然不能啦。你也知道,大主教很信任她。"

"我先去拿些燕麦过来。"莉亚抓着门,定了定心神,便大声嚷道:"索伊,你先别出来。是乔恩。"

说罢,她立马奔进房间,爬梯子上阁楼,拿下一包燕麦,一把塞进乔恩的手里。正准备关门的时候,乔恩用脚挡住了门。

"炉火边晾着的衬衫是谁的?"

莉亚的脑袋"嗡"的一下,一片空白。乔恩是一名猎手,他眼力敏锐,观察细致入微,先是看到了莉亚的指环,现在又是这件衬衫。她木木地站着,心里生出一丝负罪感,什么应对的办法都想不出来。嘴巴还有些干。到底该怎么说?想个什么理由来搪塞乔恩呢?

"那可是我的秘密,"莉亚不由自主地脸红了,然后灵光一现,"我才不告诉你呢。你真想知道,就去问瑞奥姆吧,她知道。"

乔恩满脸狐疑地看着她,转身消失在夜色里。

莉亚关上门,把额头靠在门上,心想:把一个男人藏在身边三天,还真是不容易啊。

"大主教"一词最被大众所熟知的词源来自《索利文》圣书第三卷。该卷是最晦涩高深的圣书之一,圣学徒总会在第一个学年废寝忘食,花尽心思,才能理解书中字里行间的含义。其中有这么一段:"每一个家族中的大主教由兄弟姊妹中甄选而出,接受圣油涂抹礼,穿戴银丝软甲被奉上圣坛。就他本人来说,智慧不可显山露水,衣物不可损毁;不可与尸体近身,也不可离开大教堂围地半步,更不要说亵渎大教堂围地上的一分一毫。这一切都只有一个原因,他受过圣油的洗礼。"这一段之后又叙述大主教应该与怎样的女人结婚,而又是怎样的污点瑕疵会杜绝他接受涂油礼的一切可能性。

上述即是大多数圣学徒对"大主教"词源的最初理解。许多圣学徒便以同样的高标准严要求,成为圣骑士。而那些骑士、盔甲侍卫和护卫则效忠于国王,对他人残酷剥削,最终踩着敌人的尸体面对自己的死亡。

我听说《索利文》圣书中还有一段也提到了"大主教"一词,但是语境完全不同。那是一段有关原始圣族时期西底家国王的描写。书中写道,年少时的国王,早已具备强大的灵力,可震慑凶猛的狮子,也可扑灭熊熊大火。正是他,将"大主教"三个字授予原始圣族的祖先,告诫他们,通过世代维系的纯正血统,借由灵力锤炼出强大的力量,以劈山分海,以涸泽引流;面对王国的军队,不惧挑战;沐浴在阳光之下,划分大地。所有的一切都要遵循灵力的意愿,听凭灵力的旨意。灵力凌驾于所有准则和一切力量之上。

　　对于圣学徒来说，如果无法找到第一段叙述，那我认为，他们也可取用第二段的含义。

——卡斯伯特·雷诺登于比勒贝克大教堂

## 第七章
## 国王的护卫队

莉亚和索伊当晚都睡在阁楼上,而那个不愿透露姓名的年轻人坚持躺在垫子上,睡在厨房硬地板上,还抱怨白天睡太多,一点也不累。莉亚待在阁楼上,看到他在漆黑的厨房里来回踱步,就好像这里是座监狱似的。

索伊没一会儿就睡着了。他拿起一把扫帚,开始练习击剑,挥剑的时候,动作一气呵成,优雅不凡。当然,偶尔也会被水桶绊一下,或者往下挥扫把的时候,扫把头碰到桌子,样子还是挺滑稽的。他时常喃喃自语。莉亚看了很久,直到困得眼睛再也睁不开,便沉沉睡去。

天蒙蒙亮时,莉亚醒了过来,发现他正坐在小烤炉边上,眼睛盯着炉火,一手摸着嘴巴,脸颊被炉火映照得亮亮的。他把洗干净的衬衫罩在银丝软甲外面,非常合身,特别是肩膀那儿。他抬头正看到莉亚顺着梯子往下爬,便又转头盯着炉子里的火。

莉亚注意到,他眉毛上的绷带不见了,伤疤又红又肿,便问道:"你后来睡觉了吗?"

"有什么关系么?反正白天我什么也不能做,只能睡觉。"

莉亚坚信,他现在心里一定不是个滋味儿,于是决定还是在帕斯卡来厨房以前,为他准备一些吃的。人再镇定,也会因为饥饿变得焦躁不安。她系上围裙,取了些燕麦,往锅子里添水,开火煮了起来,随后又找了些香料扔进去,这样燕麦粥更加好吃。水很快就沸腾了起来,莉亚把燕麦扔进锅子里,拿出前天做好的长条面包,切了一块,抹上一些黄油和蜂蜜,放在炉子边上烤热,黄油就能融化。他拿过面包边吃了起来,也没对她说声谢谢。

他的表情有些闷闷不乐,莉亚有些打退堂鼓,可是看着他,便愈发生气,反倒更加坚决,"乔恩·亨特发现的那匹马应该是你的吧。"说着,便递给他一碗热气腾腾的燕麦粥和一把木勺子。

"不是我的还是谁的。"他接过莉亚手里的东西。

"我可以帮你把马弄回来。"莉亚舀了一勺面粉,倒在餐垫上,往里头敲了个鸡蛋。"乔恩一定是把它关在自己小屋后面的马圈里了。小屋在另一头,不太远。如果马认识你这个主人,它大概不会发出什么很大的声响。"

"我又不怕你说的那位猎人。"

"他有一副弓箭和一把短剑,而你呢?什么都没有。"

"什么,短剑?那谁训练他呢?"护卫嗤笑一声,转过头看着莉亚,毫不留情地说道:"你就不能闭上嘴巴么?"

莉亚恨不得一把拍掉他手里的那碗燕麦粥,但依然克制住了自己。她皱着眉,很生气,眉毛点火就能着,但手上不停地揉着面团。"我要是有错,自己就会改正,还轮不到你来指指点点。"

"说话说累了,休憩片刻,又没有什么错。'休憩'的意思是……"

"我知道'休憩'是什么意思,"莉亚把面团往桌上一扔,狠狠盯着他,"你明白你现在是在哪儿吗?这里是大主教的厨房。他每天都来这里吃饭。我每天都要看见他,还要为他准备吃的。你觉得他会因为我是个贱民,就改变说话的方式,好以此和我的身份相称么?才不会呢!他用的一些词,说不定连你都得费脑筋想一想呢。要是我不明白,我就张嘴问。他一般都会一一回答——即便有时候不回答,还会有圣学徒告诉我。我知道'休憩'是什么意思。"

"我让你感到难堪了。"

"你很聪明,盔甲侍卫先生。"

"要么现在,你让我一个人安静待一会儿。"

莉亚顿时火冒三丈,"你都安静一整个晚上了!我倒是想问问,你还要怎么安静思考?"

他转头看向自己手里的碗,用勺子狠狠舀起一勺燕麦粥,大口吃起来。"即便现在我让你感到难堪,你尽管问吧。我只是想知道你几岁了。"

莉亚一下子有些受宠若惊,莫非这个圣骑士觉得她那么高,所以该有十六岁了。"那个把你拖到门口的人,可比你有礼貌多了。你要是真想知道,你就问我啊!"

他有些为难,"这么问是不是不太合适?"

"所以你就让我难堪是不是?你干嘛要关心我几岁了?"

莉亚边揉面团,边往里头加调料,随时留心阁楼上的声响。不一会儿,索伊揉着眼睛,悄悄从梯子上爬下来,躲进屏风后面。好吧,他们两个吵架声太大,索伊都被吵醒了,真是奇事一桩。

护卫恼火起来,眉头拧成一个川字。他看着莉亚,脸上的表情像是看到一个蠢货一样,所以每一个动作得特别夸张才行,"现在,我的命被捏在一个爱唠叨的贱民手里,我有些担心。你那个朋友倒是挺安静的，又礼貌又顺从。不知道谁在刚才还说，自己可以保守秘密，可显然这个人话特别多。"

莉亚哈哈大笑，只不过压低了嗓音，"索伊那么安静是因为她害羞，特别是在男孩子面前。大主教来的时候，她说话一般不会超过两个字。"

"我觉得这点值得我尊敬。"

"那么，你是害怕我把你的秘密透露给别人吗？还是怕我不小心摔一跤，这秘密就从肚子里摔出来？是么？"

他的眼神看着足够诚恳，可从嘴里说出来，听着就是目中无人了，"我不怕。"

莉亚满手都是面粉，便用围裙擦干净，挖出一块面团，开始捏面做面包。额头上一些细碎的小卷发荡下来贴在了脸颊上，只好用手背把它们捋开。

"我不喜欢那些喜欢在洗衣房里嚼舌根的姑娘，"莉亚说道，"可能你也不习惯。"

"凭我的经验，一般女人都不太会保守秘密。我是死是活，就看你能否保守秘密了。"

"可我没那么不靠谱。不管你信不信，这个大教堂有一个秘密，我已经守了很多年了。大主教不允许任何人知道这个秘密。请你相信我，我不会告诉任何人，即便是大主教。"

他紧抿双唇。看上去，是开始相信她呢，还是依然在怀疑她？

"我不会相信任何人，"他的语气有点放软了，"除了我妹妹。"

莉亚耸了耸肩，"至少你还有个妹妹。现在你最好马上爬到阁楼上去，帕斯卡就快来了。"

他点了点头，舀起碗里最后一勺燕麦粥，拿上面包和蜂蜜，便往梯子上爬,可爬到一半又停了下来,看着莉亚。

"谢谢你帮我洗衬衫,一定惹了不少麻烦。"

"不麻烦。"莉亚回过身,把面团放进碗里,又往上撒了些面粉。"我十三岁了。两个礼拜后,就是我的赐名日了,所以我很快就要十四岁了。别费心猜我究竟几岁了。希望一切都顺利吧,明天你的圣骑士朋友就可以来接你了。"莉亚心想,你终于可以离开我们了,实在是太难伺候了。

"希望吧。"他爬上梯子,消失在一堆瓶瓶罐罐和布袋子当中,前面还放着几颗南瓜。

"那是当然,"莉亚喃喃自语道。她走向大门,放下门闩。不一会儿,帕斯卡就回来了。

天蒙蒙亮的时候,空气凛冽,地上飘着一层浓浓的雾气。因为索伊一起来帮忙了,厨房里的杂事很快就做完了,生梨馅饼也烤得差不多了。帕斯卡让莉亚趁热把馅饼送去给大主教。她披上斗篷,便往宅邸走去,一路上,馅饼散发出肉桂和肉豆蔻的香味,惹得莉亚心痒难耐,便偷偷掰下一点馅饼的硬边,尝了尝。她从后门进的宅邸,进去之前,先往垫子上搓了搓鞋底,免得在地板上留下烂泥,然后轻车熟路走进大主教的书房。那儿一般都很安静,可今天却意外地吵闹。

莉亚先敲了敲门,再把门打开,发现大主教正和他的老管家——普雷斯特维奇商量事情。这老管家是个秃头,只剩下头顶边上一圈银灰色的头发。乔恩·亨特也在一边,好像正在和他们解释些什么。

"我看得可仔细了。缰绳、马鞍,还有褡裢上什么记号都没有,没有护臂也没有印章,也没有圣骑士的标记。但考虑到,如果是一桩谋杀的话,就都不奇怪了。从马鞍的质量上判断,像是骑士或者……

护卫的。"

大主教往后靠向椅背,示意莉亚进房到餐桌边上。一只手稍加示意,乔恩·亨特便住嘴了。莉亚发现,他特别喜欢这样。他的手由于常年劳作,早已粗糙变形,紫红色的皮肤上满是凸起的血管,但是这双手依然如此有力,隐约透出他的威望。

"莉亚,谢谢你。过来吧,孩子。"

莉亚听话地走向大主教,试图不去看乔恩,就怕自己忍不住笑出声。她特别想大声说:"我早就知道这匹马是怎么回事了。你们请继续。"这样一来,乔恩就有麻烦了。

大主教瞥了一眼莉亚,摸了摸自己的耳垂,耳边有几缕灰色的头发支出来,"有件事情需要你转达给帕斯卡。下面注意听我讲。"

莉亚站定,支起耳朵。

"有客人要过来。国王的使者昨天晚上已经到达村子。他们住在斯旺,不在朝圣驿站。帕斯卡很注意细节,你千万别漏了。他们要来大教堂的事情,是别人告诉我的。我事先也没有接到任何消息。替我向帕斯卡道歉,因为她没有很多时间准备了。"

莉亚的心怦怦直跳,肠子都搅了起来。她想起之前那个骑士的警告:如果阿尔马格过来了,你最好把他藏起来。

她尽量装着天真的样子问道:"大主教,我们要准备多少份食物呢?"

"告诉帕斯卡,大概至少有二十个随员。"

"'随员'是什么意思呢?"莉亚问道。

"每个随员都有一个他们衷心爱戴的主子。他们服从命令,跟随主人到各处去。看来有很多张嘴等着我们喂呢。我知道,圣灵降临节马上就要到了,让帕斯卡拿出仓库里的东西,她肯定各种不愿意。她非要闹的话,就让她过来和我商量。我们需要拿出待客之道。"

楼下大厅传来一阵急促的脚步声,有人嚷嚷着撞开书房的门。原来是只有十岁的阿斯特力德,他负责跑来跑去为大主教传消息。

"大主教!有马队正从村子里过来!"他大口喘着粗气,"我们告诉他们,您会在约好的时间亲自去问候他们,可是他们……他们等不及了。老爷,他们骑着马直接飞奔过去,都不是用走的!他们当中还有个人问我……厨房在哪里。"

大主教"噌"地站起来,脸色铁青,"现在,立刻带我过去。"

莉亚顿时被吓得根根汗毛都竖立起来。她两耳通红,膝盖直抖,肚子也绞得难受,简直和瑞奥姆手里的湿衣服差不多。还差点把烫手的锅子从餐桌上碰倒。现在的一切,只说明了一件事情。

所有的可能,现在都已成真。

国王的护卫队已经过来搜查大教堂了。如果他们现在已经走到厨房的大门,又会怎样?她赶过去的时候,如果一切都来不及,等待她的又会是什么呢?

# 第八章
# 苹果园

　　莉亚脑袋里一团乱麻，心神不宁。当初，她决定把那个年轻人藏起来的时候，始终坚信自己不会被识破。她对自己的聪明才智有足够的信心，可眼下事情的发展和她最初的计划背道而驰。现在她脑子里只有一件事情——必须要把这个护卫弄到厨房外面去。虽然帕斯卡不能爬上阁楼的梯子，但毫无疑问，士兵们肯定能爬上去。等到了那个时候，如果她再假装自己不知道这么一个大活人藏在厨房里的话，鬼才信呢。后面一定会跟来一大堆麻烦，她都不敢往下想。那么现在，她能把他藏到哪里去呢？

　　莉亚赶紧跑了出去。绕过宅邸，跑过正方形的回廊，只怕自己去晚了。

　　一路上士兵和战马的影子都没看到。早晨的浓雾还未散去，她看不真切，却能听到他们的声音——战马的嘶叫、马刺叮呤咣啷的声音，还有士兵断断续续的说话声。即便是空气里也弥漫着一股奇怪的味道——那种铜锈味混着花草的味道。

　　莉亚赶到厨房，发现帕斯卡正在料理台前准备午饭。"士兵来了!"莉亚上气不接下气。索伊瞪圆了眼睛,吓得脸色惨白。

帕斯卡抬起头,怒气冲冲地说道:"小鬼头,你在胡说八道些什么?"

莉亚明白,她现在必须立刻把帕斯卡从厨房支开。"士兵正从村子里往这赶。这会儿应该到了。大主教说,他们是国王的护卫队。我想他们当中应该还有贵族。大主教让我们为他们准备吃的。"

"给他们准备吃的……他们刚到?好吧,那就让他们吃生鱼片吧。圣灵降临节就要到了,他不知道面包发酵要多长时间么?真是太讨厌了。"

莉亚想了想,支着耳朵好听清马蹄声。"帕斯卡,大主教说要和你谈谈。立刻,马上!就是他差我过来的。"

"立刻?是,我这就过去。我现在就过去,撕烂他的耳朵,拿上我的大汤勺,朝他头顶上砸过去。好了,姑娘们,别傻呆呆地站在那儿,开始干活!先煮些汤,应该够很多人吃了。我们还剩下一些肉汤,快点切一些蔬菜扔进去。快快快!"帕斯卡匆匆奔出大门,嘴上一边骂骂咧咧,一边用围裙擦着手。

"莉亚?"索伊吓得全身打战,声音里满是绝望。

"阿斯特力德说,他们正在往厨房这儿赶,"莉亚大叫道,"我们必须把你藏起来。就现在!快下来。"

"藏在哪里呢?"索伊抓住莉亚的手央求道。

护卫从一大堆木桶和布袋子后面探出头,脸上愁云密布,但是反应依然敏捷。眨眼间,他便从梯子上跳下来,"他们来了多少人?"

莉亚看着他的眼睛,"我想大概有二十个。没有人知道你在这儿。我谁也没有告诉。但如果发动整个大教堂的人来搜你的话,我们只能把你藏在一个地方——旧墓地的废墟那儿。那儿发生过一场泥石流,之后严禁任何人前去随意走动。只有索伊和我知道那边有什么。"

他点点头,"我不会拿你们的安全去冒险。怎么去那儿呢?"

"雾这么大,你找不到的。我带你过去。"

索伊抓紧莉亚的胳膊,"你不能把我一个人留在这儿。"

看着满脸惊恐的索伊,莉亚必须马上做出选择。她只能跟着他们。如果国王的护卫队来了,索伊没办法保守秘密。随便谁给她一个脸色,她就全招了。

"你也一起来。快拿上你的斗篷。"

索伊去拿斗篷的时候,莉亚赶紧穿过厨房,跑向后门,拉起门闩。因为后门不常开启,莉亚紧紧抓住门把手,费了好大劲才把门打开,铰链发出一阵"吱吱呀呀"的声音。她探头往外看了看,发现还没有人,心想,真是感谢伊渡米亚,这场大雾来得真是及时。

"赶紧啊,索伊。"

三人从后门离开大教堂的厨房。索伊跟上前面两个人,双手绞来绞去,低声啜泣着。盔甲侍卫仔细地观察每一条路,他咬紧牙关,脖子上的肌肉都绷紧了起来,拳头一会儿攥紧,一会儿又松开,像是手里握着把剑一样。可即便是有武器,以一敌二十这种事情,疯子才会干。莉亚带着他俩穿过一片草地。大雾浓得什么都看不见,只听见鞋子踩在草坪上发出的嘎吱嘎吱声,还有斗篷边缘掠过青草时那种细细的沙沙声。从远处传来阵阵吵闹声,还有此起彼伏的喧哗声,夹杂着马蹄跺在地上的声音和马儿粗粗的喘气声。莉亚听着刀剑从剑鞘中抽出来的滋啦滋啦声,有些害怕。

"快散开去搜人。每个房间都要搜。别犯蠢,布雷克姆,你们两个往那个方向去搜!"

莉亚开始跑起来,护卫和索伊也跟着一块儿跑了起来。迷雾下隐藏着各种模糊的轮廓,可莉亚现在一心只想尽快跑到橡树林的入口。那里,粗壮的树干拔地而起,树枝有如群魔乱舞,像是一个个巨人挡在前面,怪吓唬人的,但这也可以掩护他们三个人。会有人发现他们吗?莉亚尽管有些担心,却又莫名希望有人会冒出来警告他们。三人穿过橡树林,跑进苹果园。好吧,现在可不是来摘苹果的,要不然她肯定会捡几个前晚掉落在地上的苹果。苹果树又低又矮,为他们提供了绝佳的掩护。

　　苹果园就像是一个由苹果树搭建起来的巨大迷宫。和周围那些张牙舞爪的橡树比起来,苹果树的枝干更细一些,树皮光滑发灰。米尔伍德的苹果和其他百里区的苹果不一样,这些苹果酿出的苹果酒远近闻名。莉亚带着另外两个人,穿梭在树影婆娑中。索伊大口喘着粗气,突然间绊倒了,好在盔甲侍卫及时抓住了她,才避免趴下摔个狗吃屎。三人在树林里不停奔跑着,莉亚的心跳得很快,双脚也跟着心跳亦步亦趋地往前迈开去,心里开始不断祈祷。

　　那天早晨的苹果园似乎怎么跑也跑不出去,就像这世界一样摸不着边际。每到春天,微风拂过,吹落枝头的苹果花瓣,它们比玫瑰花的花瓣还有柔软,那唯美的场景就好似冬雪纷飞一般美丽,引得一片花香四溢。他们现在每走一步,便往苹果园的中心更深入一步。越往前走,雾气也愈发浓重,空气变得更加潮湿,散发着一股霉味。莉亚嗅到空气中混杂着一股蕨草、浮渣和鱼的味道,她意识到他们跑错了方向,如果再往前面跑,就是鱼塘了。

　　"往这边走,"她一边说,一边往另外一个方向跑去。他们还未离开苹果园,只是越跑越深。穿过这一片苹果园,就是一大片密密的橡树林。她知道他们离目的地越来越近了。

　　莉亚放慢脚步,开始走起来。路况愈发复杂,如果跑得太快,就有可能掉下山崖。索伊走得气喘吁吁，盔甲侍卫也大口地喘着粗气。莉亚虽走在前面带路，耳朵也听得一清二楚。走着走着，脚下的土地变得硬实起来，莉亚便停了下来。

她转过身，面对着她的朋友和那个年轻人，跺了跺脚，"你能感觉到下面的石头吗？这里其实是一条小径，但是因为杂草丛生，所以连路都看不见了。大教堂的人都不能来这儿。"

"为什么？"他问道。

"这就是我之前和你提到过的那个秘密。快跟上我。"她带着索伊和护卫沿着那条蜿蜒的小径，穿过橡树林往前走去。小径特别窄，窄到都不能称其为小径。各种张牙舞爪的树枝横亘在眼前，莉亚和伙伴们只好猫下腰，飞奔着穿过去。最后，小径突然间就到了尽头，一块灵石挡在那儿。石头刻着一张严肃无比的脸，眼睛发出沉闷的红光，好似在向人们发出警告，不允许任何人再往前进一步。这块石头不是远古时期留下的石头——上面的脸是大主教自己刻上去的。莉亚还小的时候，看着他花了好几个月的功夫才雕刻完成。

"爬下去的时候，抓着树根就行，"莉亚说道，"索伊，你就呆在这儿，留神国王的护卫队。我带他去山洞。"

索伊点了点头，双臂环住自己的身体，回头看着他们来时的路，双脚不停地踩来踩去，浑身发抖。

莉亚带路。下面就是山崖，好在崖壁上有凸起的橡树树根，她可以抓着这些遒劲的树根稳住自己。肥沃的泥土混合着树根，散发出一股特有的香味，闻着非常愉悦。莉亚从来不介意手上沾满脏兮兮的泥土。她屈膝，慢慢蹲下身，先伸出一只脚，够着一块稳当的石头。

"这么走是挺难的，因为你不知道脚下踩得是什么，但是它的确可以托住你。"莉亚告诉护卫。

"还要往下面走多久？"他一边问，一边跟着莉亚爬下山崖。

莉亚挡住了他的视线，但这样也挺不错。他俩之间有足够的距离，但是莉亚小心翼翼地迅速往下爬，只为离他更远一些。护卫的脚却先一步下来，站在她旁边的石头上。

"天哪！石头下面居然什么都没有！"当他意识到自己正站在一块悬在半空中的圆石上面时，倒吸一口凉气，一个没站稳便往后倒去，所幸莉亚一把抓住他的衬衫。

"那儿有个空当，"她说道，"从这儿走比较安全。你往下看，看到了么？那儿还有另一条石阶，下面紧跟着还有一条。这些大石头就好像是一块一块石阶，组成一条路，通往山脚下，到了山脚下，你便能看到一条小溪。每次只要下雨，山坡上的脏东西就会被冲刷地一干二净，这些石头便露了出来。它们全部悬在半空中。往下走就可以看见一个山洞，里面有可以发光和生火的灵石，这样你就不会冷了，看东西也不成问题。如果情况允许，索伊或者我会过来给你送吃的。如果不能保证安全，就只好等帕斯卡睡着以后再过来。你找一找，或许能看到树莓或者蘑菇，还有豆荚。我们会把食物留在上面，再做个记号。"

他紧张兮兮地探头往下看了看，"还有……多远才能到那个山洞？"

莉亚坐在石头上，一点点往前挪动着，"不远了。有些石头比较大。暴风雨把山坡冲干净的时候，我爬过。索伊和我经常来这儿探险。我记得我们好像还在下面留了一块毯子。当然我们得确保没有人看见我们，否则大主教就……这么说吧，要是别人知道这儿有这样一个地方，他会勃然大怒的。"

"杀人灭口。"他跟着莉亚往下走了几步，喃喃自语道。一阵微风吹来，他一下子没站稳，猛地抓住一块石头。

莉亚继续往下走,"这也证明灵力是真实存在的。不然,这些石头怎么能像现在这样,悬浮在半空中,而无任何支撑呢?它们一定是很古老的石头,来自另外一个时空,或者另外一个星球。我觉得,我可以使用灵石是因为我相信灵力是真实存在的。我对此毫不怀疑。快看,那边就是入口。你看到了吗?"

莉亚跳上另外一块石头,把下方飘在半空中的一块圆石推到一边,眼前便是一个凹室的入口,像一个山洞的样子。她集中意念,让刻着太阳的灵石生起火来,灰暗一扫而光,山洞里渐渐生出一些暖意。这小小的一方空间开凿在山坡壁上,墙面非常光滑,留着斑斑点点的黑色地衣。与厨房比,这儿要小得多,但是暴风雨来临的时候,可以来这儿避难。

他摸了摸靠近洞顶的石头,指尖抚过刻在墙上的圣符。

"生火的灵石在那儿,"莉亚环视四周,"那边还有一条毯子。太好啦。索伊和我之前还坐在毯子上吃浆果。我得回去了。如果帕斯卡一直不见我们的踪影,就会怀疑我们,而且会非常生气。"

"你需要……需要我帮你爬出去吗?"他犹豫了一下。

"你是担心我,所以才害怕吗?你大概会觉得爬上爬下很容易,但是千万别在晚上乱爬。如果月亮不出来的话,会非常危险。"莉亚正准备离开的时候,被他拦住了。

"你做的这一切,我不会忘记的。"说着,他闭上了眼睛,"刚才有那么一瞬间,我想他们是看到我们了。没有你,我大概已经被他们杀了。"

"这场浓雾简直就是天赐良机。没有人会比一个贱民更了解这里的地形了。如果你没地方躲了,就到山脚下去。那边有成堆成堆的空尸骨罐子,都是些很大的石头做的罐子。我知道尸骨罐子这个词,你不奇怪吗?"

他皱皱眉头,"不奇怪了。"

"我以前会藏在那些罐子里头,和索伊玩捉迷藏的游戏。"

"你们就这么藏在一堆尸骨当中?"可能是因为觉得恶心,他的表情很难看,还有些瑟瑟发抖。

"才不呢,你个呆子。那些死去的人早就复活了。罐子里都是空的,就只剩一些素色麻布。"莉亚把手伸进自己的紧身马甲,掏出指环,"还有这些。"

他死死盯着她,"我不知道这儿的习俗,原来死人被埋的时候会带上金指环。那么你……你拿走了一个?"

"既然那些死人把它留在这儿,就很明显,他们不再需要它了。"她把指环又塞进自己的裙子,对他眨了眨眼,警告他别掉下山崖,随后便急匆匆地冲出这个临时充当避难所的山洞,攀着浮在半空中的石头往上爬。爬到最上面以后,莉亚不停喘着气。

索伊几乎都快疯了,"你怎么去了那么久!"

"别像个六岁孩子似的。快回厨房。"她俩手拉着手快步往回走,这样索伊就能跟上莉亚。

"如果士兵都集中到厨房那边,我们该怎么办?"索伊轻轻说道。

"什么都不要说。我来回答他们的问题。"

"那如果他们问我,我怎么办?"

"那就假装你很怕他们。"

"我就是很怕他们!"

"那你演起来也不费力了,不是吗?如果帕斯卡问起来,我们去哪儿了,我就会说,我们溜出去偷看士兵了。小心树枝。"话音刚落,两人便猫下腰。

穿过苹果园的时候,两个人都没有说话。浓浓的雾气中,她们紧紧抓住对方的手。太阳慢慢升了起来,浓雾渐渐消散,透过前方层层橡树林,大教堂厨房的轮廓隐约可见。莉亚的心快提到了嗓子眼。

她们穿过草地,回到厨房后门时,忽然有两个人影从墙壁后冒了出来,走到她们面前。两个人都拿着剑。

"奉门登豪尔治安官阿尔马格之命,请你们站住!你们就是厨房里不见的那两个帮工?"

"是。"莉亚说道。索伊紧紧抓住她的手,莉亚觉得手都快被捏肿了。

士兵大步上前,抓住她俩的胳膊,"现在,阿尔马格大人想要和你们两个谈一谈。跟我们走!"

很久以前，在某个大教堂里，有一位大主教允许一个贱民享有特权学习阅读和雕刻。这个贱民很有天赋，擅长使用灵力。他没有地位却如此能干，惹来了圣学徒们的妒忌。大主教鼓励他不断进步，坚信他的能力可以为大教堂带来无上的荣耀。然而这个贱民内心却只在意一件事情。他想要通过阅读，明确自己祖先的身份。他毫不在意摆在眼前的古圣书，只是钻研大教堂的档案，寻找他父母的蛛丝马迹。他从大教堂的历史中，发现了许多线索，最终也确认自己母亲的身份。原来他的母亲也是一位贱民，曾经在大教堂里做帮工。他放弃学习后，前往邻村寻找母亲的踪迹，强迫她告诉自己父亲的身份。原来他的父亲也曾是大教堂的圣学徒，但并未成为圣骑士。他与赋予他生命的这个男人当面对质，最终弑父复仇。因此，时至今日，大主教们严禁学员和帮工有任何瓜葛，决不允许贱民有任何特权。

——卡斯伯特·雷诺登于比勒贝克大教堂

# 第九章
# 阿尔马格

士兵们拽着莉亚和索伊,推开厨房的后门。看着门登豪尔的治安官,莉亚最先注意到他那谢了顶的脑袋。不多的头发像刺毛一样短短的,一块块贴在头皮上,像是一块被糟蹋过好几遍的草地。他比大主教高一些,但是更年轻,胡子不是灰色的,泛出一点青色。他正和大主教以及帕斯卡谈话,此时便转过头,满脸笑意。看上去很高兴,可是眼里的神情却不是那么一回事儿。他的眼神中透出一丝狡猾,就好像那些躲起来偷偷数银子的人。

"大主教,你瞧,我的手下一定可以找到她们。"

"准确来说,不是我们找到的她们。"抓着莉亚的士兵答道。

"她们仗着雾大,鬼鬼祟祟的。"抓着索伊的士兵接着说道。

"我们才没有鬼鬼祟祟呢,"莉亚挣脱开来,狠狠瞪着抓住她的士兵,"我们想要看看马。我就和你说吧,不能乱跑。"莉亚冲着索伊凶巴巴地说道。索伊的脸色比牛奶还要惨白,两条腿直打战。

厨房里还有另外四个士兵,正在翻弄布袋,搜查每一个木桶,拿着剑在炉灰里挑挑拣拣。

"看来,十有八九是这个年纪稍长一些的姑娘想出来要去看马,"大主教说道,"我们现在不如把这个不合时宜的小插曲尽快了结吧。那么,治安官,你问问这两个姑娘,她们有没有见到过一个受伤的骑士或者护卫。或者在这片地方还有没有见过其他任何人。干脆准确点说,在我的厨房里还见过其他不相干的人么?你的指控已经让米尔伍德出现了骚动。我希望一切可以尽快解决。"

治安官直奔莉亚走去,撇开身形不说,还算落落大方。他满脸戏谑,但透着一丝防备。他盯着她的脸,莉亚没有料到他会带着这样一种表情,看着有些古怪——可却有一种奇怪的熟悉感——就那么一眼,仿佛已经道出良多,但莉亚不明白。

"我也希望,这出闹剧尽快结束。可是,大主教,劳烦您允许我单独和姑娘们谈一谈。"

莉亚愣了一下。他居然敢要求大主教离开?

"我不同意,"大主教很坚决,"我不允许任何人威胁大教堂的人。"

"威胁她?"治安官逼近莉亚,"你误会我了,大主教,哦……我的玻璃心呀。如果我的情报没错,你的厨房的确窝藏了一个在逃的不法之徒,我问姑娘问题的时候,你最好避嫌,这样她就不会受你的影响。我相信,她会竭尽全力保护你的。"

"如此胡说八道,忘恩负义,"帕斯卡像个刺猬一样炸了起来,抓起一把长柄勺当武器,"这是我的厨房。每天晚上门都会上锁。我才不要听你继续胡说八道。你是要当着我的面,把这边弄得鸡犬不宁么。现在,你的手下就在我的仓库里抢东西。你们这群无赖,赶紧滚出去!不准你们碰这些孩子。现在,你放开她!快放开她!"说罢,便拿着长柄勺,往抓住索伊的士兵身上狠狠拍下去。士兵立马躲开了。帕斯卡便站在他们当中。

"我希望可以和这两个姑娘单独谈一谈。"治安官的语气很平静,眼神非常诚恳。

"我不同意,"帕斯卡说道,"你问就问吧,我不会离开的。"

"大主教,你的厨子,胆子还挺大啊。"治安官说道。

"大教堂的每一个人都很勇敢,"大主教答道,"莉亚,如果有个受伤的士兵藏在这个厨房里,你能发现吗?"

"回大主教,我能发现,"莉亚只看着大主教,没有理会治安官,"只有两扇门可以进入厨房,你也看到了,能藏人的地方很小,我们……"

"每天晚上,这两扇门都会锁起来,"大主教接着说道,"你的手下也搜过了,没有人藏在厨房里。也没有任何士兵,或者圣骑士,或者流犯到大教堂来寻求庇护。这儿是有法律保护的,我想你应该知道。阿尔马格,我先前已经表明了我的态度,我希望如此无礼的闹剧可以尽快收场。圣学徒和帮工会因为这件事情嚼舌根嚼上好几个月,希望不会是好几年。你来到大教堂之后,没有发生任何事情。你那迷人的骑士精神也展示过了,武器也耍得不错,除此之外便是彻头彻尾地挑战我在大教堂的权威。我想,我需要再提醒你一次,你无权过问这儿的一切事务。"

"我是门登豪尔的治安官,"他怒气冲冲地说道,"在这块地方,我就是国王的代言人。"

"治安官仅有权过问向国王缴税的地区。米尔伍德大教堂自建立之初,从未也从不需要向国王缴税。我欢迎你来,我们的铁匠、苹果园、我们的商店,甚至是我自己的厨子,都欢迎你。如果你愿意来参加今年我们为圣灵降临节举办的庆祝活动,现在我便向你发出邀请,请你成为我们的座上宾客。今后也不例外。否则，我会向国王禀告你的无端行为，向他如实说明，你是如何在毫无证据的情况下，随意挑战我的权威，仅凭空穴来风的情报——还是个什么醉汉？你听明白了么？如果没有明白，我可以再重复一遍。要么同我们愉快地过完今天，不然你休想再踏上大教堂方圆百里一步。"

莉亚看着大主教，无比震惊，一丝隐隐的笑意忍不住爬上嘴角。她瞥了一眼治安官，发现他从未将眼神从她身上移开，根本没有在看大主教。

他收起怒容，敛去眼里的深思，换上一张笑意盈盈的脸，说道："谢谢你的诚恳邀请，大主教，好的。"他跟着大主教准备离开厨房，走了几步后又停了下来，转过身看着莉亚，"她是什么时候被遗弃在大教堂的台阶上的呢——算一算，差不多有十四年了吧？"

大主教的眼中顿时燃起怒火。他双唇紧闭，握紧双拳放在身侧。莉亚瞬间觉得口干舌燥——她的内心在咆哮着，渴望知道一切。

"应该是十四年前吧，"治安官继续往下说，显然无视大主教已经生气的事实。他轻抚胡子，很温柔地对莉亚说道："我想，我认识你父亲。"

大主教一字一顿，冷冰冰地说道："治安官，我想你今天已经说得够多了。"

这一整天都是忙忙碌碌的。两个厨房的人一起拼命准备，才好喂饱这突然冒出来的几十张嘴，当然帕斯卡的厨房历来担当重任。帕斯卡、莉亚和索伊三个人，忙得像陀螺一样停不下来，不是揉面团，就是准备酱料，要么就是在切肉。屠夫沃伦纳·布彻尔杀了一头牛，切成许多块，送到两个厨房。大厨房里的帮工也过来帮忙，还打发一些小家伙帮忙刷刷罐子，洗洗勺子。

"这儿真的藏了一个骑士吗？"有人问道。

"大主教对治安官使了灵力么？"另一个人说道。

通常这个问题被抛出来后，帕斯卡便大声嚷嚷，反复强调根本没有男孩子藏在厨房里。整个厨房都能嗅到她那股火药味。莉亚只好盯紧这个经验丰富的厨子，免得她把盐当成糖，撒进正在准备的甜点当中。帕斯卡嘴里骂骂咧咧的，因为她现在得使出浑身解数准备最丰盛的餐饭，可客人却是那些毁了她的厨房，踩烂厨房地板的士兵。

莉亚拼了命地干活，可内心却异常兴奋。脑子里只有一句话在盘旋：**我想，我认识你父亲**。

国王的护卫队离开厨房后，帕斯卡立马让莉亚忘了治安官说过的话。她对莉亚说，这人是个治安官，最擅长用小计谋或者酷刑让人屈打成招。索伊心里很难过，莉亚又让她为自己根本没做过的事情背锅，这回是偷偷溜出去看马。可索伊却又妒忌她。每一个贱民内心都渴望碰到一个认识她父亲的人。她那么嫉妒也是一种很自然的反应。

莉亚尝了一口热汤，又想到了治安官。她爬上阁楼，拿上一只南瓜准备做菜，突然想到了躲在山洞里的盔甲侍卫。贱民总是在思考，自己为何被遗弃。可莉亚很少顾影自怜，也不会因为自己没有丰富的知识就心生不满。

除了在厨房里做帮工，莉亚还要招待前来拜见大主教的宾客。不一会儿，大厅里就坐满了人，除了治安官和他的随员，还有所有的圣学徒和老师。这种场合，大家坐在一起开开玩笑，总是又吵又闹，尽是欢声笑语。因为环境变得宽松了一些，圣学徒们一个个都特别轻浮。老师们看上去则小心谨慎，特别矜持，偷偷看向大厅最前面，坐在那儿的大主教正在沉思什么。

莉亚往一个圣学徒的碗里舀了一勺炖菜,一个声音忽然从她边上冒出来。

"莉亚,你好。"

原来是杜尔登。他埋在椅子里,莉亚压根就没看见他。她转过身,往他盘子里舀了一勺汤。

"国王的护卫队都说了些什么?"莉亚轻声问杜尔登。

"傻事呗——战争。国王组建了一支军队。简直就是浪费上缴的税收。"杜尔登抿了一口杯子里的苹果酒。

"哪里?"莉亚在他椅子边上站定,眼睛在大厅里扫来扫去。她看见阿尔马格坐在长桌另一边,正和一个老师谈话。他没发现莉亚进来了。

"莉亚,你说什么在哪里?"

"军队在哪里聚集?他们要去哪里?"

"我不确定'聚集'这个词用的对不对。'集合'或者'集结'要更好一些哦。"

莉亚很想叹口气,便耐心地又问了一遍,"那么,军队在哪里集结呢?"

"他们声称,叛军正在温特鲁德集结,嗨,管它在哪里呢。可能不久又要硝烟四起了。那可是一整支军队啊——那得花多少钱啊。如果这谣言不是真的呢?这也太费钱了。"

莉亚的脑子飞速转了起来。温特鲁德——她从来没听说过这个地方。这也不奇怪,她自打记事起就没离开过大教堂。每每有宾客来厨房,就会带来外面的消息。最近大家都在传这件事情。一般圣学徒总是第一个知道的,然后各种小道消息就会传进帮工的耳朵里。莉亚喜欢杜尔登,因为他待她就好像自家人一般。

"圣学徒需要上战场,为国王战斗吗?"莉亚又为杜尔登舀了一勺汤。

他掀开面前篮子上的布,拿出一片面包咬了一口,边嚼边说:"我觉得大概只有鲁文年龄够格了。这面包真好吃。"

莉亚走到他椅子的另一边,给坐在杜尔登边上的圣学徒舀饭菜。这姑娘叫艾洛安,脖子上戴着一根缀有宝石的颈链。她凶巴巴地盯着莉亚,因为莉亚到现在都没给她舀汤。

莉亚弯下腰,在杜尔登耳边轻声说道:"明天放学后在野鸭塘那边和我碰头,和我说一说有关这场战争的所有事情。"

杜尔登一脸迷茫地看着她。

莉亚哀求地看着他,"求你了,杜尔登。今年的圣灵降临节,如果你愿意,我会做你的舞伴。"

杜尔登脸红了。莉亚便匆忙赶去为下一个圣学徒舀汤。她时不时抬眼,看到治安官正在和那个老师说话——可这次,他却在看她。不知道他有没有发现她在和杜尔登说话。

大汤罐一会儿就被舀空了,莉亚便从后门离开大厅,回到厨房准备往罐里再添些汤。

"莉亚。"大主教在背后叫住她。

现在,大主教卧室外的走廊里,只剩下他们两个人。莉亚两只胳膊抱着汤罐,看着他答道:"是。"

"今晚,你就呆在厨房里。"

莉亚咬紧嘴唇,好半天没说话。"我做错什么了?"

"治安官已经注意到你了。"

她冷冰冰地看着大主教,"他说,他认识我父亲。"

大主教的表情没有任何波澜,可是眼里的怒火却出卖了他,"即便他知道，又能如何？"

"什么叫又能如何？"莉亚用力把汤罐抱得更紧，"你为何要这样说呢？"

大主教走进一步，声音压地很低，她几乎都听不清楚，"你觉得，自己知道一切后就能活得容易些了么？孩子，你别忘了，我在米尔伍德很久了。我看着一个个贱民长大，然后离开。有些会回来，要一些在这儿学到的技能。有一些，或者说很少人，可以找到他们一直在寻求的那个答案。他们当中，没有一个人会因为找到那个答案而心生安慰，根本没有。他们反倒希望自己从来不知道这个秘密。千万不要被治安官的话所迷惑。他们只想要伤害你，不管你愿意与否。"

莉亚不自觉地颤抖起来，但强迫自己冷静下来，"所以，他是在说谎？"

"不论他是否在说谎，都没有任何区别。我已经说得很明白了。我希望你今晚待在厨房。他们明天一早就会离开。好了，到此为止。"

## 第十章
## 盖伦·德蒙特

莉亚做了一个梦。梦开始的时候，有人在她脸上落下一个轻柔的吻，她的心底渐渐升起一股暖流。可随即，周围迅速一片漆黑，恐惧和羞愧袭遍全身。她猛地惊醒，惶恐无比，全身发抖。莉亚眨眨眼，或许是因为太过恐惧，连呼吸都觉得异常困难，只好试着慢慢平复自己。梦里的那种感受萦绕在莉亚心头，怎么也赶不走。空气变得黏稠，像是有人在喃喃自语。已经很晚了，厨房角落里的壁炉中本该只有奄奄一息的余火，现在那块可以生火的灵石却吐出火舌，熊熊燃烧着，把周围都照得亮堂堂的。莉亚坐起身，匆匆爬到阁楼边，想探个究竟。发现治安官正跪在炉火边，一手放在胸口，双眼直愣愣地盯着火苗。他转头往上看，眼睛和莉亚对个正着。那双眼睛在黑暗里发出明亮的银光。

他双手捧着一条金链子，上面串着什么东西，像是一个圆环，表面没什么光泽，点缀着叶子还是花瓣，互相交缠在一起，看上去又像是蜗牛背上的壳。他把这玩意儿塞进衬衫，在火光映衬下，莉亚注意到他的胸口有一个文身。他扣上衣领，便看不见了。

"你在这儿啊。"说着,他便站了起来,往阁楼下走过去,眼中的光芒渐渐褪去。

"你不可以——"莉亚几乎说不出一个字,她清了清喉咙——"你不能来这儿。大主教严禁闲杂人等进出这里。"

"你和你祖母一样漂亮,她的美貌可是出了名的。你鼻子的弧度,还有脸蛋儿,都和你祖母一模一样。她的儿子们当然也是英俊潇洒。你父亲长得的确标致。我很好奇,他知道你的存在吗?"

莉亚止不住地发抖,呼吸变得愈发困难,"你说的每一个字,我都不相信。"

他走到阁楼梯子边上,站定,"真是年轻啊!太年轻了!"他盯着莉亚,那眼神让莉亚觉得胃里一阵翻江倒海,头晕目眩,好像整个地板都在不停旋转。

"你走!"莉亚低声说道。她想放声尖叫,可是他暗暗发光的眼睛里,冒出非常可怕的东西。那银光背后,暗藏着一道乖戾的黑色阴影。

"你的祖父和叔叔死掉的时候,我就在现场。我曾亲身经历那一场战役。那是一场荣誉之战,你家族中许多被诅咒的人都战死了。我根本不曾想过,他们中还会有人留下一个贱民。他们总是故作清高,认为自己不可取代。你和他们简直一模一样。你的脸……真是甜美。这张脸居然跨过死亡的边缘,现在正看着我。孩子,你不是普通人。"

他一只手搭在梯子上,准备爬上来。

"你想知道他们的名字吗?你难道一点也不好奇,自己为何被抛弃吗?因为耻辱!哦……耻辱的滋味,他们定是觉得那也闪着无上的荣光!"他在梯子上,每往上踏一步,莉亚就害怕一分。"他们咽下自己酿的苦果时,一定是快要窒息了吧?"

"你走开!"莉亚口干舌燥,声音变得沙哑,无法大声说话或者尖叫。索伊背对着她,正在她边上睡觉。他的脸快凑到了楼上的地板上,莉亚的心都缩成一团。

"我可以告诉你一切。我知道你的父亲在何地死去,也知道他何时死去。我的剑上,依旧沾着你族人的鲜血。尽管它早已被擦净,可那一声又一声的哀嚎,并未就此消失殆尽。但我还是会告诉你,他们是如何背信弃义。死了以后,又接受了怎样的惩罚。你的祖父,你的叔叔,他们的头被长钉穿过。我们作践他们的尸体。哦,孩子,我们该如何为你复仇!"

他双手戴着手套,抓住梯子顶部的两端,呼吸散发出一股恶臭。他一步一步逼近,莉亚就快要窒息了,觉得自己就像是被金钟罩盖上的蜡烛一样,奄奄一息。这一定是灵力,而且是非常可怕的灵力。她看见他脖子上那条细链子正发着光。

莉亚就像一只在湍急的河水中急于保命的小猫一样,奋力一扑,紧紧抓住那条链子,用尽全身力气把它扯了下来。链子断了。魔徽从他的衬衫里滑落出来。莉亚一看到那枚魔徽,几乎要呕出来。那缠绕在一起的怪异图案,看上去异常畸形不自然,散发出一种噬人的黑暗力量,让人害怕。太强大了,莉亚几乎要垮了。

"你这个小鬼!"

莉亚手里还紧紧抓着链子,便一把推开治安官,因为体重的关系,他连带着梯子往后倒去。可他的反应也非常敏捷,一把抓住莉亚的卷发,动作粗鲁。梯子摇摇欲坠,最后,他带着莉亚一起摔到了地上。莉亚趴在梯子上,而梯子压在他身上。他痛苦地呻吟着,嘴里骂骂咧咧。

莉亚气喘吁吁,有些怔住了,但是那股黑暗的力量渐渐消退。可怕的感觉也随之消失。她用指甲去抠他的脸，把自己的头发从他的拳头里拉出来后，拼命往大门跑去。他把梯子从自己身上推下去，艰难地站起来，没有咒骂莉亚，也没说一句威胁她的话。莉亚提起门闩，猛地推开门，往外逃向黑暗中，冷不丁撞到了守在门外的一个士兵。

莉亚怒火中烧，想都不想，便扬起手用指甲朝士兵的脸上抓去。可那个士兵一把抓住她的手腕，莉亚闻到他身上那种熟悉的皮革味道，方才认出那邋遢的胡子和披下来的头发，渐渐反应过来眼前竟是乔恩·亨特。他手里拿着一把短剑。

此时此刻，莉亚万分感激他的出现。治安官打开厨房门，跟着走了出来。她害怕地一个劲往后缩，乔恩一把将她拦在自己身后。抬头看去，她发现大主教正缓步走来，手里捧着一个发光的球。她在他的房间里看到过这个球，但从来不知道，在灵力召唤下它会发出光芒。

治安官的双眼直冒火，额头上的伤疤正在往外流血。他强压下怒火，双手张开，又攥紧拳头。乔恩扬起手中的短剑，剑尖对准这个入侵者的心脏，脸上的表情像是在说，快拿起你的剑，我的剑会穿过你的胸膛，管你是什么治安官。

大主教来到他们身边，莉亚一瞬间如释重负，哭了起来。他弯下腰，捧起她的脸，表情有些凶狠，但有透着关心，"莉亚，他有没有伤到你？"

莉亚说不出话，只好摇摇头。

大主教盯着莉亚，不一会儿又换上一张怒气冲冲的脸。谁都知道大主教很凶。他拍拍莉亚的脸，站直后看着治安官。

"阿尔马格，你如此无视我的好意，真是胆大包天。"

大主教手里的球不断发出光芒，一阵比一阵亮，治安官不断往后退去。"大主教，我只是问这个姑娘几个问题。没有做其他的事情。

我忠诚于国王,这是我的职责。"

"我的职责就是保护米尔伍德大教堂的人。我无法忍受任何人践踏这片土地。每一个来到这里的朝圣者,不论来自哪个王国,这片土地都会为他们的灵魂提供庇护。我会向国王如实禀报,你是如何玩忽职守的。严厉的惩罚会等着你。"

"等国王驾到的时候,你自己告诉他吧!"治安官吼道,"不用过多久,那些叛徒的尸体就会慢慢腐烂。你可以闻到空气里那股尸臭味,就像猎物在阳光下腐烂的味道。无论是谁,无论用什么方式去支持他们,必将受到国王的惩罚。大主教,即便是你,即便是这片古老的地方,也都难逃一劫。"

"我们历经多次战争和暴风雨的洗礼,也经受过无数次这样的威胁。我只关心大教堂的圣学徒安心接受教育,保护这片土地,免遭你那些蛊惑人心的阴谋诡计。阿尔马格,请你离开。带上你的人,立刻离开!你我之间,如不幸产生分歧,不是你死就是我亡。这里不欢迎你。乔恩,带他到门口去。这位治安官,我警告你,乔恩训练有素。如果你不怕危险,敬请挑战他。普雷斯特维奇会请你的人离开。然后关上大门。"

"是,大主教。"乔恩一直举着手中的短剑,直到大主教示意,才堪堪放下。

莉亚看着治安官离开,他回头看了她最后一眼。此时,他的眼里光芒不在。莉亚注意到他看着的正是她攥在手里的链子。

厨房的地板上有 块地砖很松,掀起它,下面便是莉亚藏宝贝的地方。第二天一早,莉亚趁帕斯卡上厕所的时候,把治安官的魔徽和链子藏在了那儿。她后来才知道,那天晚上,乔恩一直都在厨房外面巡查，谢天谢地，他看到治安官闯进厨房后，立刻向大主教禀告，回来的时候正好碰上莉亚从厨房里逃出来。她无比感激乔恩的及时相救，于是亲了一下他胡子拉碴的脸。乔恩特别尴尬，脸噌的一下就红了。帕斯卡倒抽一口凉气，赶紧操起一把扫帚，准备赶乔恩出去，不过没等她扫帚落下来，乔恩早就逃之夭夭了。

而索伊时不时地提醒莉亚，要尽快向大主教坦白她们的"罪行"，免得后患无穷。莉亚苦口婆心地说服她，现在坦白，弊大于利。大主教若是一概不知，便自始至终否认大教堂窝藏着一个受伤的陌生人。等这个盔甲侍卫离开以后，再告诉他，才是上策。

下午茶过后，传言四起，莉亚才意外得知国王的护卫队半夜就离开了，没有留下只言片语。没有人提起莉亚在厨房被袭击的事情。据说，治安官阿尔马格下令所有随员即刻上马出发。这也说明，他们会继续追捕那个受伤的士兵。

索伊说自己不舒服，便呆在厨房里。莉亚取了斗篷，准备前往野鸭塘那儿找杜尔登。天气虽有些潮湿，但是阳光依旧灿烂，空气变得透明无比，就连远处的托尔山也一览无余。许多圣学徒和帮工会相约在野鸭塘前面的空地上碰面，他们脱下斗篷玩摔跤或者做游戏，享受阳光的环抱。还有一些孩子正追逐着飞舞的蝴蝶。

莉亚看到杜尔登正坐在最大的那棵橡树下，腿上放着一本圣书。他小心翼翼地翻过厚厚的金属页面，手指轻轻抚摸圣书上蚀刻出来的图案，嘴里念念有词。所有的圣学徒都有一本用珍贵的金铜打造的圣书。金铜是用铜和金混合锻造而成。那些闪闪发光的金属页面由三只坚固的圆环串起来，固定在一块又厚又平的底板上。莉亚妒忌地发狂，她多么渴望自己也拥有一本这样的圣书。

莉亚向杜尔登走去。杜尔登看到她后，皱了皱眉，神情带着一丝嘲弄，随即细心地把圣书合上。"洗衣房的特蕾莎·娜梵德昨天对我特别不友好。也不知道为什么，她跑过来，戳着我的胸，说以后我有衬衫要洗的话，就请她或者洗衣房的其他姑娘洗，不要找你。"

"没错，听她的就是了，"莉亚说道。从厨房走到野鸭塘这一路上，阳光照得她暖洋洋的。她解开斗篷，铺在地上用作毯子，坐了上去。怎么忘记提醒杜尔登呢，她心里暗骂自己一句。"是瑞奥姆乱说的。她以为我手里在洗的衬衫是你的。我可从来没有和她这么说过。"

"可她觉得像我这样的圣学徒不会自己洗衬衫，而要请她们洗。我觉得这对我来说，简直是一种侮辱。"

"杜尔登，你们可都是出身名门呀。背后都有高贵的家族撑腰。"

"可这有什么关系。写下《奥德普利克》的威利鲍尔德大主教亲自打理农作物，收成便留给大教堂中的人一起分享，自己却分毫不取。我坚信，他也是自己洗衣服的。不洗衣服的话，很简单，就是懒。"

"你可不会自己烤面包哦，"莉亚提醒他，"或者打造这本圣书哦。"

"可是懒惰并没有妨碍我学习技能。恰恰相反，我每天起床的时间和你一样。平凡琐碎的工作与控制灵力之间也是息息相关的，而且我特别享受太阳升起之前的新鲜空气。工作也是另一种让头脑清醒的方式。只有找准自己最薄弱的环节，有针对性地练习，久而久之才能变得更加强大。"

莉亚打了个哈欠，"你昨天还从国王的护卫队那边听来了什么消息？"

"莉亚，你怎么老是关心他们？"

"因为索伊和我总是最后知道消息的那两个人。到时候,等战争都结束了,说不定还没有人想起来告诉我们。"

杜尔登哈哈大笑,双手抱头向后靠去。"那只是传言。没错,你大概就是最后一个知道的人。昨儿整整一天,所有人都在讨论这件事。据说,叛军在温特鲁德集结。他们还在召集愿意加入的人,策划一场起义反对国王。好吧,即便盖伦·德蒙特是领导人,他们还是会被杀得片甲不留。"

"谁是盖伦·德蒙特?德蒙特也是一个家族吗?"

"最负盛名的家族之一。盖伦的父亲就是塞弗林·德蒙特。"

"那又是谁?"

"你不会连塞弗林·德蒙特是谁都不知道吧?"

"我要是知道,还会问你么?"他有时还真是昏头昏脑的。

"怎么可能?他的大名居然有人不知道!"

莉亚耸耸肩,尽量显得耐心一点,"我从来没有听说过这个名字。他是谁?"

"他曾经是无冕之王,从未输过任何一场战争,可是却在自己的最后一场战争中被打败了。别人都说,他绝顶聪明,骁勇善战,毫无畏惧,但是他坚持自己的原则。从各方面来说,他都是不折不扣的圣骑士。虽然他的头衔只是一个伯爵,可大家都视他如王子。显然,我们的上一任国王,也就是现任国王的父亲,对他怀恨在心。我们那残忍的好国王,带着自己的王冠,在梅思福之战中打败了他。宫廷里传言,在这场战役中,双方势均力敌。但我听别人说,其实当时双方是五六个人对付一个人。通常,名门之后被关进监狱以后,总会被保释出来。可是德蒙特家族的下场却完全不一样,整个家族遭受灭门之灾。我想,从那一刻起,我们王国的骑士精神也就此覆灭了。我们这一代人当中,已经很少有圣骑士了。大家都说,如果你想要在国王手下任职,就最好不是圣骑士。"

"那盖伦·德蒙特就是他的儿子?"莉亚坐直了身体,靠了过去。

"他是其中的一个小儿子。在梅思福一战中,他捡回一条命,但也受了重伤,被监禁起来。至于为何如此,众说纷纭,有可能与灵力有关。伤愈之后,他便逃往另一个国家。我想应该是达荷米亚。"杜尔登坐直身体,双眼闪闪发亮,"我听过一个故事,是与他有关的,这也让我更加崇拜他。梅思福战役后,他在一位外国国王的军队中服役,赢下多场战争。有一年夏天,他到访一座很远的大教堂,碰到他的一位堂兄。其实因为与皇室通婚的关系,他们都是现任国王的表兄弟。那位堂兄曾在梅思福一战中,和盖伦的家族对抗。当然啦,盖伦拔出剑,正要取他首级。对,没错,就在大教堂前面的空地上,所有人都傻乎乎地看着,只等血溅四周。可就在那千钧一发的时刻,盖伦住手了,往地上吐了口唾沫,说道:'虽然你对我父亲和兄弟毫不留情,我依然宽恕你。'"

"他居然这么大度。"莉亚睁大了眼睛说道。

"他的宅心仁厚使他名声大振,同他父亲一样受到大家的敬仰。莉亚,传言说,他已经结束在国外军队的服役,回来集结了一支军队,准备推翻杀了他父亲的国王。现在,周围谣言四起,都说塞弗林·德蒙特的儿子回来了,就好像塞弗林·德蒙特复活了一般。好吧,这可能真的只是谣言。盖伦·德蒙特说不定现在还在几千里之外,在外国某个国王手下服役呢。可是就我从护卫队那儿听来的消息,他们可没把这件事当做空穴来风。国王的主力军队已经集结完成,正往温特鲁德进发。我之前和你说过,那又将是一场屠杀。"

莉亚恨不得现在就去找山洞里的盔甲侍卫,告诉他自己掌握的消息,"为什么他们会被屠杀呢?"

"梅思福战役后的二十年里,国王一直拥有不败的战绩,尽管很多人都想要挑落他。他的战旗让敌人闻风丧胆,因为他很有一套,甚至会拿着敌人的战旗在自己的队伍里不停炫耀。在他面前,所有的军队都不堪一击,塞弗林·德蒙特也不例外。昨天晚上,士兵喝酒的时候,都在小声咕哝,说只有年轻的骑士和盔甲侍卫参加到德蒙特集结的军队中。那些为国王征战多年,经验丰富的骑士都拿到了一大笔钱和粮食。国王的战争会如何收场,他们心知肚明。我必须再重复一遍,这群人当中,即便是有圣骑士,也少得可怜。"

"我得走了。"莉亚收起斗篷,拍掉粘在上面的草叶。

"莉亚,"杜尔登尴尬地摇来摇去,和莉亚一起站了起来,"我想先问你一件事情。"

"什么?"

他摸摸袖子,将它弄平整,"你说你会在今年的圣灵降临节和我一起跳舞……我想,你知道……你知道我应该早些和你说。你不必对我做出任何承诺。我想……我想和你跳舞……但是我不想让你觉得我是在强迫你。"

莉亚看着杜尔登好一会儿,说:"没问题。"

他犹豫了一下便说道:"我想,应该也没问题。"

"那我倒要问你一个问题。你为什么只和大教堂里的姑娘打招呼?"

"我……什么……你这是什么意思……我明明和所有人都打招呼的……"

"才不呢。我看到过。我们走在一起聊天的时候,如果旁边有姑娘经过,你就会和她打招呼。可是你从来就不和男孩子打招呼,为什么呢?"

杜尔登显得有些狼狈,脸涨得通红。

莉亚把斗篷在脖子上扣好,留给杜尔登一个意味深长的笑容,便匆匆离开了。

其实,莉亚犹豫再三,想问却又不敢问的是,昨天晚上,她从阿尔马格脖子上拽下来的奇怪吊坠到底为何物。现在,她只好把这个问题留给藏在禁地山洞的那个盔甲侍卫了。

灵力并非强迫可得来，必须引导、劝诫、甚至是引诱，或者是邀请才会出现。每个家族历经世世代代的努力，才会与灵力之间逐渐形成一条纽带。如此，每一代都对灵力尊崇有加，双方联合起来的力量也不断增强，直至有一天，该家族便从此挣脱死亡的桎梏。然而，也会有一些家族，由于愤懑、恶意、嫉妒抑或是掌控欲，无法与灵力建立起一丝一毫的联系，哪怕是一丁点的妥协。

对于后者，灵力不会显现出任何力量。因为他们不会将自己的意念、欲望以及意愿，向灵力妥协。他们有自己的思想，选择自己的雕刻方式，甚至要求他人臣服于他们的意愿。正如这大自然中的万事万物，皆有对立。光明与黑暗、甘甜与苦涩、勇气与恐惧。人们依然可以用另一种方式，迫使灵力听从他们的指挥。一个人可以强迫另外一个人臣服于他。我的经历便是如此，事实也证明，如若有人屈服于自身的邪念，他们便可发现其他与灵力联结的纽带，而这些方式均非正道。这种联系并非实质意义上的联系，而采用这种方式的人，则会在颈间佩戴由链条串起的魔徽。

——卡斯伯特·雷诺登于比勒贝克大教堂

# 第十一章
## 格特明的蔑视

雕刻在路标上的脸，皱眉看着莉亚，像是在提醒她，要是大主教知道她又偷偷溜进这片废墟，该大发雷霆了。温暖的阳光洋洋洒洒落在她的脸上和手臂上，让她镇定了下来，可是脑子里依旧百般思虑。难道治安官这是在暗示她自己是德蒙特家族的一员？她的家族并不普通，甚至可能并非等闲之辈？这是否也解释了她为何可以轻松使用灵力？

她孤身一人冒险进入峡谷，一只手挎着一袋吃食，气喘吁吁地跳下漂浮的石头，匆忙往下赶。耳边掠过阵阵微风，夹带着一股泥土的芳香，混合着野草、木头、青苔和垃圾的味道。

莉亚匆忙冲进洞里，发现盔甲侍卫正坐在石头上，手拿一卷金光闪闪的圣书，认真阅读上面的每一个字。

"你在哪儿发现这本圣书的？"莉亚问罢，吓了护卫一跳。

他 欠手，差点把圣书砸在地上，但最后仍是稳住了自己，便瞪大双眼，满脸疑惑，"我没有听见你走下来的声音。这……这实在是不可思议。你找的这个地方很特别。我曾经听说过……但是并不知道米尔伍德也会有这样一处洞穴。"

"你是在哪里找到这本圣书的?"莉亚的语气里透着一丝嫉妒。这些年她常常在这片废墟中搜寻,可是什么宝贝都没有捞着。

"就在那儿。"他指了指远处的那堵墙,其实根本不算是一堵墙。墙上有一扇石头做的门,现在门敞开着。莉亚赶忙走过去,发现墙的另一端是一处更深的洞穴。洞里摆着几张石桌,桌上堆着一摞又一摞的圣书,纤尘不染。旁边搁着一支骨笔,还散落着各式各样,大小不一的雕刻工具,好几只装满蜡的木桶,和许多坚实的羊皮纸地图,都被卷了起来。石桌的周围和桌脚边散落着许多其他王国的钱币。靠门边那儿,有一壶油,还有一桶磨好的面粉和一篮子苹果——现在并非苹果成熟的季节,这可有些奇怪。

"门后一直就有这处洞穴吗?"莉亚好奇地看着盔甲侍卫。

"是的,但是你永远都不会找到它的,"他把正在阅读的圣书仔细收好,放在石桌上。脸上的表情变幻莫测,眼睛闪闪发亮。"只有圣骑士可以打开那扇门。要打开它,需要的不单单是召唤出灵力。你还需要知道咒语。"

"你可以教我吗?"

他摇摇头,"不,这是绝对不允许的。这里是一处秘密之地,不被世人所知。旅人游历到本国,便会住在这里或者短暂停留。他或许是在圣书上书写这片土地的历史。这石桌上有最近来访的记录——不过也已经是十几年前的事情了。我觉得不会有人在这里呆这么长的时间。但是这儿还有一些其他的资料,我从来没见过。比如早期版本的《索利文》圣书。"他摇摇头,"我还是圣学徒的时候,使用的是另一个版本的《索利文》圣书,那里头缺失了一些段落。"

莉亚看着他的眼睛,期待着他继续说下去。"你的名字是不是叫盖伦·德蒙特?"

他原本的热忱,就好似蜡烛被当头泼了一桶冷水,消失殆尽。取而代之的则是满满的戒心。"为何这样问?"

他究竟是不是盖伦·德蒙特本人,暂且不提,但莉亚可以看出来,最起码他知道这个名字。"因为治安官的手下们正在搜捕拥护盖伦·德蒙特的人。你一直没有告诉我你的名字,所以我才起了疑心。"

他目不转睛地看着莉亚,然后轻轻地斜了她一眼。

出于单纯的挫败感,莉亚恨不得随手拿起一样什么东西往他身上砸去。"昨晚治安官带着他那黑色护身符溜进厨房,强迫我透露你的藏身之处。要是我背叛你,我早就全盘托出了。你到现在还不相信我么?你究竟是谁?"

"治安官现在人在哪里?"

"大主教请他离开了。他的随从会在晚上离开。"

"他带着一个护身符?就是我之前提醒过你的那种魔徽对么?"

莉亚点点头,环抱双臂,狠狠瞪着他。她才不会告诉他,自己和治安官扭打在一起的时候,把他的护身符给拽了下来。现在还不是时候,特别是现在他选择闭口不谈。"还是告诉我吧。"

"都疯了吧,"他嘟囔道,"我都不知道为什么现在我会考虑这个问题,"转而又责骂起她来,"我是为了你好,别再问了。这件事只会伤害到你和这座大教堂。你已经知道太多了。"他一手插进发缕之间,咬紧牙关,太阳穴上的结痂已经发黑了。

莉亚松了松肩膀,"我早告诉你,我会保守秘密。你的事情,我一个字都不会漏出去,我发誓。"

他深深叹了口气,闭上了眼睛。"如果他们因为这个原因杀了你,你也不会说半个字吗?你和我妹妹差不多大。我的事情,连她都没有说，可现在你却来问我?"

"我不是你的妹妹。我只是个贱民。可或许,只是或许哦,我能帮上你。"莉亚攥紧拳头,内心有些许不安。他为什么就是不相信她呢?"大主教不会允许他们杀了我的。他不会那么残忍的。"

"我甚至都不知道我要去向哪里。你又要如何帮助我呢?"

"或许我知道你要去的地方。如果我听到的消息是真的,盖伦·德蒙特正在温特鲁德召集勇士。"

他的眼睛闪烁了一下,振奋了起来,"这个消息,你是从治安官的随从那儿知道的?他们知道集结的地点?"

"要不然我从哪里知道呢?你知道温特鲁德在哪里吗?如果你不是盖伦·德蒙特,那你一定忠于他对么?"

他把牙齿咬得更紧了,竭力控制住自己,可最终不敌内心的挫败,便深深叹了口气,脸上浮现出一丝倦容。莉亚知道她赢了。

"我不是德蒙特。他是莱斯特伯爵。我父亲是弗什伯爵。他俩的领地互相接壤。再过几个月,我便成年,届时我便可承袭爵位。现在,我叔叔代替我管理我父亲的领地。"他又叹了口气,因为害怕而有些颤抖。"我的名字叫科尔文·普莱斯。国王是我的表兄。"

莉亚脸上挂着满意的微笑,但依然凶巴巴地抱着双臂,"过了这么久,你才告诉我。所以,你也加入了叛军的队伍?"

"没错。"

"温特鲁德在哪里?"

"不知道。那是个沿海小镇,从这儿往西走,就在这百里区的某个区域。两星期之前,德蒙特刚刚到了普莱利。这你知道吗?"

莉亚摇摇头。

"普莱利与我国在北境相接,相隔只有一条河。但离这儿不远的南边则有许多港口。如果你有船,过河也不是难事。水路比陆路更快一些。当我听到集结令的时候,他早已启程了。他的一位专派员,也是圣骑士,会在米尔伍德大教堂的外围与我汇合,然后带我去那里。"

"就是把你带过来的那个圣骑士?"莉亚问道。

"不知道。我之前从未见过他。"

"可是看上去他好像知道你是谁。"

"这点我不怀疑,或许别人告诉他我是谁。也可能我认错了人。我到这里的时候,先去了村子,但即便有暴风雨这个天然的屏障,依然感觉那边不太安全。有太多的问题,太多的怀疑。所以我并没有宿在旅馆里,而是骑马往东去,随后便取道绕回大教堂。有人从村子里就开始跟踪我。我记得当时雨还没停,我在林子里甩开了他,但是后来听到一阵吵闹声,便转头往回看,有什么东西便往我头上砸来。当时只觉得自己这回是被抓住了。可醒过来时,却发现自己在你们厨房里,还胃疼。"

"没错,我差点忘了这茬事儿了,"莉亚一想到这些,便皱了皱眉头,"是一个圣骑士把你带到我们的厨房。你都不知道他其实是来给你指路的,还差点就从他的眼皮子底下溜走。"

"没错。但是我依然很担心。治安官到村里来的时候,救我的那个人,不管他是谁,一定是被抓走了。我一直在想这件事情的始末,而且一切都合情合理。"

"我觉得他是个聪明人。你为什么怕被他抓住呢?"

他穿过石门,走回洞口,抬头仰望天空,"因为昨天,他们直接到大教堂搜捕我。"他转头看着莉亚,"他们是怎么知道我在这里的?他们怎么就能搜到厨房里来?"

莉亚想了想,这的确说得通,内心的希望一下破灭了。"那么,那位圣骑士……今天晚上不会来接你了,是吗?"

科尔文——她现在知道他的名字了——看来有麻烦了。"我担心他不会来了,但是我也不知道怎么去温特鲁德。"

"如果治安官的手下还在搜捕你的话,一路上就会有警戒。"

"如果我呆在米尔伍德,请求大主教的保护,那我冒险所做的一切便付诸东流。这也是为什么我没有来到这里寻求庇护。大教堂的确可以保护我免遭毒手,但是如果有大主教看着我的话,这里无非就是一座监狱。如果告诉他我的身份,风险太大了。现在事情进行到这个地步,我必须硬着头皮往前走。德蒙特需要知道国王的护卫队已经开始搜捕他了,而且温特鲁德这个地点也已经暴露了。"

莉亚听罢,觉得情况愈发糟糕,"昨晚,治安官说国王也正在赶来。他亲自征战。"

"那现在情况更加紧急,我必须马上离开。"他的声音很沉重。"我的马在哪里?你可以帮我把它牵过来吗?我今晚就要离开。"

莉亚顿了顿,她得赶紧想办法。突然,她想到大主教书房里的那只球。那晚,她看见大主教拿着这只闪闪发光的球,同一盏灯一般亮眼。"我带你去找你的马。或许还可以帮你找到去温特鲁德的路。"

"但是你说过,你不知道……"

"我的确不知道它在哪里。但今天还没过去呢,或许我还是可以发现它的。"

他往前靠了靠,"你真的可以么?那你准备怎么做?"

"如果我坚信自己可以,便一定能找到。拿着,这是给你准备的晚餐。"莉亚才发现自己一直揣着这包吃食,说罢便把袋子递给他。"你是从哪里拿的这些苹果?现在这个季节,米尔伍德的苹果还没有熟呢。"

他转头看了看,"这些苹果和面粉一样,我来的时候就有。"

"可是这季节不对啊?"

他耸耸肩,"管它是不是当季,苹果还不错。"

莉亚走到篮子前,跪下来细细查看,这些苹果个头圆圆的,摸上去很坚实,有的浅红、有的深红,有的还透着黄色。和苹果园的一样,米尔伍德的苹果在国内还是非常出名的。

"我猜你八成不知道怎么看苹果的好坏,想挑个好吃的苹果还是有窍门的,"莉亚顿了顿,"就是要看苹果皮。如果表皮看上去有些粗糙,还带着些小斑点,颜色不那么鲜亮,味道一定最甜。那些表皮特别完美的,反而味同嚼蜡。生活中许多事情也一样。我不用咬,就能找到最甜的那只苹果。"

莉亚煞有介事得从篮子里挑了一只出来,从叶杆上就能看出这苹果应该很甜。她把苹果凑到鼻子跟前闻了闻,闭上眼睛,深吸一口苹果的香气。大部分的苹果闻上去,都隐约透着木头的味道。但是一只熟透的米尔伍德苹果还会有一丝特殊的香气。莉亚总是特别珍惜每次摘完苹果的那段时光。阁楼上堆着一斗又一斗的苹果,她可以沉浸在若隐若现的香气中进入梦乡。

"你在做什么?"他有点被逗乐了。

"科尔文,你肯定还没吃过米尔伍德的苹果。你得先闻一闻。"

"不就是水果么。这颜色看上去有些奇怪。一开始我以为它没熟,尝了一口才知道。"

莉亚看了他一眼,似是嘲弄似是严肃地说道,"不是'吃'。你得先闻,而后再品。"她又闭上眼睛,好让这苹果美妙的香气充盈自己的全身。"然后你才可以吃掉它。"她咬了一口,果然酸甜多汁,还特别脆。"苹果有很多种做法,可以烤来吃,也可以煮着吃,还能压泥,做成香料，煎着吃。可是它本身就已经是美味了。"她细细品尝这只苹果，回味着它的口感。吞下苹果后，抬头看着科尔文，"你也知道，正是米尔伍德的苹果引诱了这世间的圣父圣母啊。"

他恼怒地看了她一眼，没说一个字。但是表情出卖了他，他觉得莉亚这是对亡者的不敬。

莉亚站了起来，一边吃着苹果，一边掸去裙子上的脏东西。"我看看能不能找到去温特鲁德的路。太阳升起的时候，在路标那边等着我和索伊。"她又咬了一口苹果，"今晚就离开的话，实在太危险。明天天亮再离开的话，你可以有一整天的时间在路上。"

他点点头，只顾闷头吃着莉亚带来的东西，也没有道一声再见。莉亚一边啃着苹果，一边沿着石头阶梯往上爬。要回到厨房，她得先穿过苹果园。还要在等上一段时间，苹果园里才会开满花朵，然后枝头上便挂满沉甸甸的果子，满园香气。她从小长在大教堂里，对苹果的所有特点都了如指掌。每个苹果都有五粒种子，如果横向切开，这五颗种子便呈一颗星星的形状。很多菜都会用到苹果，汤也不例外。她能背出许多有苹果的菜谱。

"莉亚，你躲在哪儿？"正当她穿过厨房边上的橡树林时，一个声音从她背后冒了出来。

她转头一瞧，原来是铁匠格特明·史密斯，真是够烦的。她没有理会，继续往前走，"我哪里也没躲啊。"

他追上来，一把抓住莉亚的胳膊，"等一下。你刚才究竟藏在哪里？"

她试图把自己的胳膊抽出来，可是他抓得太紧了。有些男孩说，格特明的力气比乔恩·亨特还要大，虽然之前她一直不相信。

"你弄疼我胳膊了。"莉亚咬紧牙关，好减轻一些疼痛感。

"快说,你刚才在哪儿?"

"我在哪儿和你有什么关系?"

他加重了力道,莉亚都快哭了,可是还是忍住了,凶巴巴地瞪着格特明。"因为有人说,你知道那个受伤的士兵藏在哪里。是真的么?莉亚你到底知道还是不知道,治安官搜捕的那个士兵藏在哪里?"

她真想扇他一记耳光,但是她不敢。莉亚看到过,之前有人瞪了他一眼,他就把那人打得奄奄一息。"别犯蠢了,格特明。他们已经搜过厨房了。治安官和他的手下都搜过了。你想错了……"他的手指都要嵌到她的胳膊里头了,莉亚疼得快发疯了。"够了!格特明!"

"如果他们找到那个士兵,消息早就传开了。莉亚,你才别犯蠢呢。别以为我是个笨蛋。大主教每天都要去你们的厨房。很多别人不能知道的事情,你都能听到。他是不是被大主教藏起来了?"

"你这个蠢货!"莉亚冲着他大吼,"他一个字也不会告诉我们。"她终于把胳膊从他手里解放了出来。

他怒不可遏,表情扭成一团,"伊渡米亚在上,我发誓,要是你对我撒谎,你会后悔的。谁要是发现了这个士兵,就可以去治安官那边领赏。这一笔奖赏,我势在必得。你给我记住。大主教如果敢冒险把这个士兵藏起来,他就是个蠢货。他才是个十足的**蠢货**。"

莉亚生生将眼泪憋了回去,直到厨房才哭了出来。

## 第十二章
## 温特鲁德

帕斯卡拿着杵,磨了些胡椒。"索伊,快把餐盘端去给大主教。要是送晚了,这老家伙又该抱怨了。自打治安官走了以后,他到现在都还没消气。"

"我端过去吧。"莉亚自告奋勇。索伊撅起了嘴,帕斯卡看到她皱了皱眉头。

"那你俩一起端过去。想想你们刚才互相看对方的表情,活脱脱像是冬天要来了一样,冷冰冰的。还不快去!别在宅邸里磨蹭。圣灵降临节马上要到了,还有一大堆活儿要干。我们还得点一点仓库里的吃食,看看够不够。你们两个,谁要是偷懒,小心我抽你们。"

"我们哪里偷懒了。"莉亚窃窃地说道,一边托起餐盘。索伊帮她开门,跟了出去。

"你一直不喜欢给大主教送吃的,"莉亚问索伊,"那么,我再去送一次,你有什么好介意的呢?"

"我们应该告诉大主教。"索伊轻轻说道。

"别蠢了。国王正在赶往大教堂。如果大主教知道的话,他会有麻烦的。"

"那我们把……那个人藏起来，不就是给大主教找麻烦吗？"

"他有名字。"莉亚不禁有些得意。

"那他只告诉你了呗。"

"我说'是'，你是不是嫉妒了？"

"没有。我只是有些担心。"

"索伊，你总是那么忧心忡忡的。"

"难道你不应该焦虑吗!？问题就是你一点也不担心。要是大主教发现我们把他藏起来了，我们会被罚的。我不想被送回村子里。"

"他不会把我们送走的。"话虽这么说，莉亚自己也不敢打包票。她正想让索伊把宅邸大门打开时，索伊自己倒先开了门。一路上，两人没说一句话，气氛有些怪异。到了大主教的房前，索伊哆哆嗦嗦地敲了敲门。

"敲重些，"莉亚有些懊恼，"你敲得太轻了。"

索伊便敲得重了些，然后拉住门把手，打开了门。莉亚先一步走进房间。

"谢谢你们，"大主教说道，"我们今天总算是过了安静的一天。嗯……这汤闻着很香，妙极了。替我向帕斯卡道谢。"

"是。"莉亚说罢，索伊便准备离开。可莉亚有些犹豫。

汤正冒着热气，大主教顿了顿，看了莉亚一眼，有些困惑，"有什么事情吗？"

莉亚定了定心神，"他们说国王的军队正往这儿进发，还说马上要打仗了。"

"或许吧。别担心。"他舀了一勺汤，啜了一口。

"但是如果有士兵过来，他们就会到大教堂来。那个治安官说……"

大主教打断了莉亚，"治安官对你说的所有事情，我持保留意见。"

莉亚咬紧牙关，尽量不显得愁眉苦脸，随后往墙上的烟囱那儿瞥了一眼。只是很迅速地瞥了一眼，只是想确定那只球是否在壁炉上。没错，它就在那儿。

太阳落山后，莉亚和索伊又一起回到大主教房里取回餐盘和吃剩的餐饭。一路上，索伊一直惴惴不安。她知道这个时候，大主教一定会和老师们讨论每天发生的各种事件，所以他的房间里没有人。

"你要做什么？"索伊看到莉亚往烟囱那儿走去。"你不可以碰……莉亚，你到底要……莉亚！"

那只金属球就放在壁炉上，上面盖着一块皮布，但依旧难掩它发出的光芒。球体外围有一个圆环，上面刻着精巧的纹路。下半部分不是纯金就是黄铜打造的。中间的底部凹进去一个圆孔，悬着两根指针。上半部分则由一根根金条在顶部交汇而成，纹饰华丽。这种式样让莉亚想到了厨房的顶部，那些横梁向上弯曲，支撑着砖头和瓦板的重量。金属球和一个苹果差不多大，有些重，掂了掂倒也还行。

"快放下它！"索伊压低声音喊道，她回头看了看房门，"要是被大主教看见……"

"你要是太紧张，就躲在门口帮我听着，别一个劲埋怨我。我得试试能不能用它。"

"你用它？它可比你偷来的那枚指环珍贵多了。莉亚，你别告诉我，这回你要偷这个球。求你了，快放下！"

莉亚一手拿着球，看着下面的两根指针还有外面的圆环。很多年前，一个孩子离开幼儿园，在外面到处游荡，后来在大教堂后面的沼泽地走丢了。因为乔恩·亨特在邻村的大教堂，还没回来，所有帮工便散开来，寻找这个小男孩，可是谁也不知道这个孩子在哪里。眼看着太阳就要落山，大主教便拿出这个球。两根指针飞速旋转起来，看得人直发晕，但最后它们指明了正确的方向。天黑后，大家便在旁边的树林里找到了这个孩子。

莉亚捧着这只球，用手掌感受着它的重量，觉得无比安宁和温暖。她心里默默地想，自己一定可以。如果灵石听她的话，那么这只球也不会例外。她深吸一口气，集中意念告诉金属球她的想法——**请告诉我怎样去温特鲁德。**

"莉亚，求你了……天哪！"

突然，金属球活了过来，圆环迅速转了起来，速度比水车还快。顶上的两根指针合并起来，同时指往西面。一眨眼的工夫，下半部分的球面上出现了几行字，像是有一只无形的手握着尖笔，刻上去一样。

"莉亚……你是怎么做到的？"索伊目瞪口呆，却又不敢大喊大叫。

莉亚看着眼前的金属球，露出洋洋得意的笑容，实在是太佩服自己了。"我刚才请它告诉我温特鲁德的方向。我再试一试。现在，告诉我大主教在哪里。"

两根指针又转了起来，先是分开最后又碰到了一起，指向大教堂的回廊。

"帕斯卡在哪里？"话音刚落，两根指针先分开，然后又并在了一块儿，就和刚才一样，不偏不倚指向大教堂的厨房。她看着索伊的眼睛，那双眼睛里又是恐惧，又是佩服。

"替我把餐盘上的杯子拿来。"

索伊摇摇头。"你不能偷走它,莉亚。要是你被抓住……"

"我没有要偷走它。我就是借来一用。如果它可以指明一条去往温特鲁德的路,就万事大吉了。这样,就能送我们的朋友上路,我明天就能回来。"

"可是,如果大主教……"

莉亚恨不得抓住她的双肩,猛力摇晃,"没错,如果球丢了,他一定大发雷霆。可是生命不就是一场冒险的旅程吗?别那么冷酷无情。帮他都帮到这个分上了,可不能丢下他,等着被治安官灭口。"

"不,莉亚。你这是直接从大主教自己的房间里偷走这只球。这比你偷走那枚指环还要糟糕,那指环倒不是完全属于他的。如果大主教发现球不见了,你得担多大的风险你知道么?要是他最后知道是你干的……"

莉亚气得直跳脚,"你是盼着今晚发生些大事是么?难不成今晚会有天大的灾难意外降临,他非要用这只球?今晚我们悄悄拿走,到了明晚,怎么拿走再怎么送回来。他甚至完全不会发现我们碰过这只球。"

"但是,如果真的发生什么呢?那他就会知道的。到那个时候,谁来顶包?阿斯特力德吗?"

"索伊,现在人命关天!我知道你很害怕,但是我们可以办到。"

"那把它藏在哪儿呢?我们怎么瞒过帕斯卡?"

索伊终于被说服了,莉亚咧开嘴笑了起来。"这才是个好问题嘛。我已经想好了,要是被骂,也是骂我,不会是你。快!把杯子拿过来放在烟囱这儿,冒充这只球。"

最后,尽管索伊反抗了半天,也束手无策。莉亚还是把球偷走了。她口口声声说只是借来用用,但是心底里,她自己也知道究竟是怎么一回事儿。

  莉亚蜷缩在面包炉的墙边,就着奄奄一息的炉火,反复思考着:"他的名字叫科尔文·普莱斯,有一天他会成为弗什伯爵。"边上的灵石面无表情。墙上的砖头散发出酵母和面粉的味道。她又回想起科尔文来到厨房的第一个晚上。他是那么的不知所措,又是那么的疲惫不堪,伤痕累累。现在,她可以理解为何当初科尔文那么不信任自己。他的性命居然握在一个完全不知他究竟是谁的人手中。国王绝不允许叛徒活在世上。事实是,叛国就是死罪一条。不知道国王的手下在处死他之前会做些什么,一想到这些,莉亚心里一阵难过。只有最勇敢的圣骑士才能冒这个险。可是科尔文连骑士都不是。

  她抬头看着阁楼,即便自己在底楼烤火,也依然能听到索伊的呼吸声。她这是睡了多久了。莉亚自己时不时也会偷尝糖浆和面包片,但相比之下,她更想要和索伊一样安稳地睡一觉。可现在,她怎么也睡不着,一心期待着即将到来的黎明时分,迫不及待想要知道明天会发生些什么。然而,内心却又有些矛盾——特别是想到今后或许再也见不到科尔文了。

  莉亚有些心烦,努力不再去想,可是这矛盾的小情绪依然固执地萦绕在心头。

  莉亚站了起来,把金属球放在地上,随后用布兜了一些吃的。把之前偷偷攒下的肉夹在面包里头,又塞进几根胡萝卜,几根红萝卜,两块味道不一样的芝士,一把坚果,还有一个水瓶。她和索伊在布兜外又包了好几层布,准备天亮前,拿着这些吃食到路标那边。

  突然,有人敲响了厨房的后门。莉亚吓得跳了起来。她冲到门边,想着会不会是科尔文,便急忙拉起门闩,打开门。

门外的人,既不是科尔文这个盔甲侍卫,也不是治安官。

而是几天前,将科尔文带到大教堂的那位圣骑士。他还是那么憔悴,泥水溅满全身,腰间别着一把又大又重的剑。

"姑娘,看看你。我回来了,怎么?觉得很惊奇吗?怎么啦?"

"你回来……"莉亚倒抽一口冷气,"我没想到……治安官的手下……我以为他们把你抓住了。"

"治安官的护卫队?就他们,怎么可能。一群蠢货,好吧,都无关紧要了。我昨天在村子里听到些消息,看来你充分发挥了自己的聪明才智。他现在很安全对吗?"

莉亚自豪地点点头。

他笑着对她说:"真是个好姑娘。我知道你最聪明了。虽然还小,可真够机灵。"他用脚尖轻轻推了一下门,"他没有藏在这儿,是吧?"

"对。治安官为了找他,把这里翻了个底朝天。索伊和我——你知道,索伊是我的搭档——我们带他去了一个安全的地方。"

"离这里远吗?"

"还行。我打算天亮的时候去接他,再把他那匹马找回来,然后……"

"他的马?也在这儿走丢了?"

"是的,就在几天前。我们打算帮他找到温特鲁德的位置。但现在你来了,你可以带上他一起去。"

骑士摇摇头,环视四周,"不,天快亮了。我必须在其他帮工醒来之前离开。让他到朝圣驿站和我碰头。我会在那儿等他。现在,治安官的队伍大概离这儿有好几十英里了。"

"朝圣驿站,"莉亚重复了一遍。"那儿挺近的。我会告诉他的。

你是个勇敢的骑士。盖伦·德蒙特有你们的支持真是三生有幸。你觉得治安官会设障检查过往行人吗?"

他笑了笑,言语里有些奉承,"你才是勇敢的那个人呢。路上肯定有人检查。虽然治安官阿尔马格没你聪明,但还是要忌惮他。他来大教堂的时候,你见过他吗?"

"他到厨房来搜……"莉亚差点说漏嘴,但及时闭上了嘴巴,毕竟她还不确定这位圣骑士是否已经知道他护送的人是谁,叫什么名字,"来搜那个男孩子。"

"一定吓到你了吧。"

"是挺可怕的。不过,大主教请他离开了。"

"真是个勇敢的姑娘。我为你感到自豪。你很勇敢,还冒这么大的风险,这些都是给你的,是你应得的,"他从口袋里掏出一个硬币包,摇晃了几下,里面发出叮叮当当的响声。"待他安全到达驿站之后,我还会再给你一些。等你到了18岁,或许这包东西便有些用处。这个世界很残酷,它能帮你渡过一些难关。快把它们藏在你放宝贝的地方。"他把包塞进莉亚手中,她有些犹豫,骑士便用另一只手握住莉亚的手,那只手有些粗糙,却很温暖——这是一个士兵的手。"我不会忘记你所做的一切。姑娘,谢谢你。好,现在赶快把它藏起来,趁着厨子还没来,免得她坏了你的计划。记住驿站的名字了吗?"

"朝圣驿站。"莉亚内心乐开了花。

他轻轻拍了拍她的手,便松开了。"先到朝圣驿站,再往温特鲁德进发。有他在我们身边,我们或许还有一线生机。"

圣学徒们总是困惑于为何要在石头上雕刻一张脸，才可保全灵力的魔法。这其中有很多层可被世人所知的象征意义。石头代表永恒。这一张张脸代表的是人类对大自然中的元素乃至时间本身所握有的最终统治权。自然的轮回，历经出生、死亡、重生而循环往复。然而，有些人在灵力的帮助下，却可以改变这样的轮回。这股强大的力量掌控一切，如同永恒的太阳、月亮和星辰一般，超然于这世界之外。毕竟，我们赖以生存的世界只是浩瀚宇宙中的沧海一粟，由原始圣族所统治。这些象征意义中更深层次的含义，与那些创造它们的指令，只有通过大教堂内进行的仪式才可获得——无知的人们戏称它们为"怪眼灵石"。所有的圣骑士都明白这一点，若无特别指示，他们不会向外人透露只字片语。

——卡斯伯特·雷诺登于比勒贝克大教堂

## 第十三章
## 十字圣球

大教堂笼罩在一片白茫茫的雾气当中。草地上仿佛盖着一条轻薄的绒毯，点缀着晶莹的露珠。莉亚和索伊披上斗篷，双手抱臂，好让自己暖和些。她们穿过苹果园，朝着石崖边上的路标走去。莉亚一手抓着金属球，好在一片迷茫大雾中辨明方向。脑海里不时闪过盔甲侍卫的脸：眉毛那儿有一处结痂，脸颊和下巴上满是胡茬儿，乱糟糟的。索伊一言不发，默默地拎着一大袋食物。走着走着，两人抬头一看，在昏暗中发现那块灵石的眼睛闪烁着红光。

科尔文一定是听到了她们的声音。他穿过浓浓大雾，缓步向她们走来，头发湿漉漉的，滴着水，脸上难掩焦灼，透出一丝焦虑。他紧紧抱着双臂，好像冻坏了的样子。

"那是什么？"他发现金属球上的两根指针直愣愣地指着自己。他看着金属球，眼睛越瞪越大，看来是认出来了，"简直不敢相信。你从哪儿拿到的？从大主教那么？"

"没错，"莉亚答道，"你知道它是什么？"

"当然知道，但从来没用过。这宝贝非常稀有。"尽管天还没大亮，他眯起眼睛细细查看，想看个究竟，"现在看不清楚，我们往路标那边靠一点。"他们走了过去，灵石发出的光又亮了几分，把金属球表面的花纹照得一清二楚。"简直不敢相信。这是一个十字圣球。好吧，也没什么好奇怪的。米尔伍德是本国历史最悠久的大教堂。可以给我看看么？"

莉亚把圣球交给他，两根指针转了一圈后，便停了下来。

科尔文托举着圣球，仔细观察。什么事情也没有发生。

"你可以在心里对它说，你要去哪里。"莉亚提醒他。

"我知道，"他打断她，"我这不正准备说么。"他皱了皱眉头。可依然没什么动静。

莉亚忍不住要笑出来。一个贵族家的孩子，还是未来的伯爵呢，结果也没能让圣球有任何动静。可是她却做到了，莉亚喜不自禁。"看我的，"她伸出手，拿回圣球，"告诉我去温特鲁德的路。"圣球上的两根指针转了起来，圆环也飞速旋转起来，最后指向西面，但略偏北一些。同时，圣球的下半部分出现了几行字。"这些文字是什么意思？"

莉亚往路标又靠近了些，好多借一些亮光。科尔文又眯起眼睛看了起来，看到一半，便停了下来。他犹豫了一下，摇摇头，"看不懂。不知道是哪种语言。应该是一种很古老的文字……很久以前了。也有可能就是伊渡米亚语。我以前从没见过。"

莉亚很沮丧，"我以为所有的圣骑士都会识字和雕刻呢。这些文字究竟是什么意思呢。"

他看着那些弯弯曲曲，椭圆形的标记，摇摇头，"不懂这门语言的话，就看不懂。我又不是百事通，不知道伊渡米亚这种语言很正常。我的大主教也未必能读懂。我可以再试一下么？"他伸出手。

莉亚把圣球递给他,两根指针还是和之前一样,一动也不动,拒绝听从他的指令。圣球上的文字也消失了,原先被蚀刻后出现的凹槽也渐渐平整,没有留下丝毫痕迹。他稍作停顿,沉下脸,静静等待着,可依然毫无动静。"我究竟是怎么了?"他抱怨道。

"好在我们还带来了其他消息,"莉亚说道,"我早该告诉你的。把你带到米尔伍德的那位圣骑士昨晚上回来了。就在几个小时前,他来厨房找你。"

他绷直身体,非常震惊,"真的吗?太不可思议了。"

莉亚点点头,笑着对他说:"他躲过了治安官队伍的追捕。"

"那他现在在何处?厨房吗?"

"他说,他会在村子里等你。就在朝圣驿站——就是镇子上最大的那一家,离大教堂不远的主干道上。他会找你的,然后带你去德蒙特那儿。"

索伊伸出手,把布袋递给他,"我们为你装了些吃的。"声音轻的和耗子叫差不多。

科尔文接过布袋,抚平袋子上的褶皱,"你们帮助我,肯定会挨骂。如果有可能,我不会让帕斯卡再有机会责备你们当中任何一个人。藏在阁楼上的时候,我都听够了。很抱歉。"他强压下内心的郁结,"我不知道该如何向你们道谢。可以告诉我,你们想要什么吗?如果在我的能力范围之内,我一定办到。你们两个都还小,但很快你们就会还清欠米尔伍德的一切。到时候,就轮到我来偿还欠你们的了。"

索伊一下红了脸,低头盯着自己的脚。莉亚就没那么害羞了。

"我知道我要什么。"她紧紧抓住圣球。

"是什么?"

莉亚脸上也禁不住浮现出一丝红晕，"索伊知道我要什么。礼物珍宝我都不要，我只想要学会阅读。"她强压内心的情感，鼓足勇气，像是从灰烬中集齐点点星火，满怀希望地说道："我看到……你在读书……你知道我有多嫉妒么。我妒忌你们有这种能力。大主教不让我学。他说过……而且不止一次……只要他还是米尔伍德的大主教，我就没有丝毫机会。先生，求你了——我什么都不要，只想要学会阅读。"

他细细打量着莉亚，眼睛像是蒙上一层阴影，脸色很平静。其实看得出来，他心情很沉重，不断考量这个要求的代价——她的帮助是否真的值得他付出这么多。莉亚屏住呼吸，没有丝毫退却。她的内心在不断呐喊。她盯着他的脸，真心希望他能体会她内心想要学习的迫切。

他依然没有说一个字。这的确是一个难题。如果他不假思索，脱口而出一个承诺，莉亚一定会质疑他的诚意。他掂量着自己的答案，对莉亚的要求思前想后。真是太困难了。整片树林仿佛沉静了下来。有那么一瞬间，整个世界都好像同莉亚的呼吸一样静止了。

"好的，"他低声说道，"即便最后是由我来教你。"

这份承诺如此慷慨，索伊被噎得说不出一句话来。

这一天，这一刻，乃至这一瞬间，可以说是莉亚一生中最美好的。她的余生将会永远铭记这一刻。莉亚真想搂住他的脖子，亲他两口，但是，就她之前对他表达友谊的方式来看，这么做他肯定避之唯恐不及，说不定还会嫌弃她。莉亚内心充满感激，泪水差点夺眶而出，但最终忍住了。她才不要在他面前哭鼻子，对他的善行也不能表现出太多的感激。他或许还会要求她帮忙，不过她当然是义不容辞的。

莉亚哽咽着说不出话，只好轻轻说道："谢谢你，先生。谢谢你。"

他愣住了，和路标似的。随后他把手搭在腰带上，用大拇指勾住皮带，郑重地对索伊说道："可以让我和莉亚单独说几句吗？"说话依旧不多说半个字，表情也依然严肃。

索伊有些紧张，便沿着来时的路往苹果园走去。

莉亚走近他，她有些担心，科尔文会不会改变主意。

"我希望可以实现自己的承诺。我不是随口说的，也不会找借口不教你。"他低头看着自己的靴子，然后抬头看着莉亚的眼睛，"你知道，我现在是要去打仗。要是我活不下来，"他哽住了，"你就去找我的管家。他的名字叫西奥博尔德。告诉他我对你的承诺。如果我没法亲自实现承诺，他会替我完成。你觉得这样可以吗？"

莉亚感到震动，她想了想，便点点头。她像是看穿了他的面具，直抵他的灵魂深处。在她九岁时那个暴风雨的夜晚，这样的感觉也曾出现过。那晚，她也读懂了大主教的想法。今天，站在她面前的科尔文，嘴唇僵硬，眉头紧锁，举止呆板，可她开始渐渐了解真正的那个他。他内心是害怕的。他害怕到了温特鲁德以后，即将发生在他身上的一切，而他每害怕一分，他的荣誉感也迫使他离温特鲁德更近一步。他的内心是如此煎熬。因为一旦踏上这条征程，势必要面对自己的生死，担心自己的妹妹、叔叔以及所有爱他的人为此所受到的影响。现在，他还对一个低下的贱民许下承诺。若是让所有人大失所望，他恐怕无力承担。

就那么一瞬间，莉亚洞察到了科尔文的内心。也就是在这一刻，她比世界上任何一个人都了解科尔文。他害怕自己战死在温特鲁德，尸体血肉横飞，和其他久经沙场，最终战死的前辈们混在一起。他妹妹要是知道，该有多么担心多么难过，因为她对他要做的事情一无所知。然而，如果他们战败，便无法推翻在位的冷酷无情的国王。尽管这未知的一切令他害怕，尽管未来的命运令他畏惧，他依然迫使自己在这条路上继续走下去。一切都非常明了。这一次莉亚直抵他的灵魂深处，也明白了一些所谓勇气的真谛。

莉亚眨了眨眼，免得眼泪掉下来。谁会在圣灵降临节的集会上邀请她跳舞，与她又有何干。她真正要担心的是科尔文，尽管他自己的妹妹都不怎么担心。

"你的马现在圈在乔恩·亨特的小屋外，"她喉咙哽咽着，含糊地挤出几个字，"我们现在带你过去。"

此刻，她不知该如何道一声再见。

## 第十四章
## 偷窃

迷雾中,索伊哆嗦着等待莉亚。有时,要过去好几个小时,阳光才会驱散晨雾。她俩开始往厨房走去,不一会儿,远处传来一阵马蹄声。

"乔恩走了?"索伊很紧张。

"他总是天不亮就走了。我敢打包票,这个人晚上从来不在脏兮兮的小茅屋里睡觉,反倒在灌木丛里打地铺。不过最起码,他把马照顾地挺好。马匹总是精神焕发,毛色发亮,而且还有足够的燕麦填饱肚子。"

"所以,我们现在是去和大主教坦白吗?"

"这只金属球还没回归原位,我们就去坦白?索伊,你还真是蠢啊。不过,我们现在不需要它了,挺好。"

"那什么时候告诉他呢?今晚?"

"别担心了,索伊。他现在已经离开了,你应该放轻松点才是。为什么要担心大主教呢?"

"的确不应该,可是我没法控制自己。我真的很担心接下来会发生的事情。莉亚,我们应该告诉大主教。"

"然后呢?等他大发雷霆?他现在被蒙在鼓里,而且也没有发现任何蛛丝马迹。我们已经大功告成。索伊。高兴点吧。"

"还高兴?我都胃疼好几天了。要是现在有个桶放在我面前,我可以立马吐出来。"

"往花圃里吐吧,求你了,可别吐我身上。你要是紧张这个紧张那个,我可帮不了你。"

索伊不说话了。两个人默默地穿过湿漉漉的草坪。鞋子里进了水,嘎吱嘎吱直响。终于回到了厨房的后门,里面传来锅碗瓢盆丁零当啷的声音。莉亚猜到帕斯卡必定是怒火中烧。她总是有办法让厨房的所有家当都写上她的好心情抑或坏心情。

莉亚推开门,一股融融的暖意袭来,空气中漂浮着酵母的味道。帕斯卡手捧一只大碗,回过头,用冷冰冰的眼神看着她俩。

"总算是回来了。全身湿透,筋疲力尽。昨晚上我发誓,要拿起鞭子抽你们那两条小细腿儿。现在快离开厨房!好让那些个饿红眼的圣学徒溜进来,从大主教的厨房里偷点儿东西。我已经想好了,你们今天就给我搅拌黄油,好让你们那胳膊酸上一个礼拜。两个小白眼儿狼。大早上的,本该在厨房里好好干活,居然在外面瞎溜达。有人趁厨房没人,闯进来偷东西,而且不承认。"

莉亚眼珠一转,关上门,把十字圣球藏在阁楼下方一个大桶的后面。索伊把两人的斗篷挂在钩子上晾干。

"我们居然出去了那么久?"莉亚打了个哈欠,"没觉得啊。索伊你说呢?这一早上,都是雾气蒙蒙的,也说不清多晚多早呢。"

帕斯卡一把将木勺插进大碗,愤愤搅拌起来。"你们出去有那么久吗?你倒是说说看久不久?怎么总能想出这些乌七八糟的谎言……

看看那边，我为大主教做的早餐，现在已经凉透了。再看看你们的裙边，全是烂泥。去洗衣房好好刷一刷，不然厨房里到处都是烂泥。你们两个把我给气死了，昨天做的姜饼也不见了。圣灵降临节马上就到了。我打算征得大主教的同意，不准你们围着五月柱跳舞。"

莉亚停了下来，问道："姜饼怎么会不见了？"奇怪，她们连个饼干屑都没拿。

帕斯卡的眼珠子都快瞪了出来，"砰"地放下勺子，大声嚷嚷道，"你刚才有没有在听我说话？你们不在的时候，有人溜进了厨房，偷点这个，顺走那个。太无耻了。有人居然胆敢在米尔伍德大摇大摆地拿走别人辛苦做出来的东西，真是不要脸。还好，我还没来得及做奶油醋栗泥，否则也得丢。"

莉亚系上围裙，思绪乱飞，感觉不太舒服。她环视厨房一周，似乎是有些异样。那些凳子、扫帚、平底煎锅、筛子、麻袋，还是和原来一样，就连气味都没有变化——可是隐隐地总有一股不对劲。几日来各种各样的回忆在莉亚的脑海里闪过，她试图抓住一些线索。那个圣骑士将科尔文带过来的第一个晚上，顺手牵羊拿走了一些食物，留在路上吃。当时，没经过莉亚同意，还切了一块肉，顺走了一罐糖浆。现在回想起来，尽管他的动作幅度非常很小，待莉亚一有察觉，他又马上找借口，看上去显然是趁她不注意的时候偷东西。现在，又有东西被偷了，吃的也不见了。一个圣骑士怎么会偷鸡摸狗呢？

她扎紧腰后围裙的系带，脑子转得飞快，帕斯卡说的话一个字也没听进去。

圣骑士为何会偷东西呢？真正的圣骑士一定会因为他人分享食物而心存感激，绝非如此偷偷摸摸。但是他并未进入厨房——莉亚没有放他进来。那么是其他人干的？难道是哪个圣学徒？又或者是格特明

The Wretched of Muirwood

偷走姜饼，嫁祸于她？

她还想到许多其他的可能性。比如，待她和索伊离开后，圣骑士就进了厨房。如果没有人留在厨房，的确没有理由挂上厨房的门闩。

"还傻站着做什么？脸色惨白，和牛奶似的。小丫头们，快干活！到处都乱七八糟的，有你们整理的。索伊，你把早餐为大主教送去。莉亚，你拿上扫帚，把那边扫一扫。好了好了，姑娘们，趁我还没拿起鞭子，快点干活！"

莉亚努力拼凑起脑海中的记忆碎片。她浑浑噩噩地走过去抓起扫帚，往走廊走去，开始扫地。所以，那个圣骑士趁她和索伊离开厨房去找科尔文的当口，潜入厨房，偷走了食物？不见了的吃食全是他偷的吗？莉亚心里很不好受。不知不觉，便来到阁楼下方的角落。那儿有块石砖很松，莉亚把她的宝贝藏在这块石砖下面。待帕斯卡转过身去，她用手指抠进石块的缝隙，石头一端翘起后，她便往洞里看去。

空空如也。藏在里面的所有金币不翼而飞。那位圣骑士送给她的一袋金币也不见踪影。最糟糕的是，治安官的魔徽也不见了。她用手指又往洞里探了探，里面的东西统统不见了。

莉亚简直无法相信，震惊中夹杂着痛苦，从小到大从未这般难受。此刻，她的心情不是害怕、也并非痛苦，对惩罚也毫无半点顾忌。现在她终于意识到自己究竟做了些什么，那股愤恨郁结在心中，久久无法平息。朝圣驿站——她亲手将科尔文推进了陷阱。

将科尔文带到大教堂厨房的那个人根本不是一个圣骑士，连骑士都算不上。他不过是贱民一个——从小被大教堂收养，长大后没有结束役期便逃走了。和莉亚一样，他对大教堂的地形了若指掌，即便是在大雾中，也不可能迷路。这一点，使得他在门登豪尔的治安官面前具备了最有利的价值。他放弃服役，从大教堂出走的时候，莉亚还小，所以不认识他。但是别人或许能认出他，特别是他歪头的样子，还有那些蛊惑人心的花言巧语。

大家一定也还记得他永远不安分的第三只手。一些技巧再加上灵活的筋骨，他便能爬上厨房门边的墙头，蹲在那儿正好可以透过门上的玻璃嵌板看到厨房里的一切。他一定是发现了莉亚藏宝贝的地方，所以不费吹灰之力拿回了治安官的魔徽，还偷走了莉亚所有的金币。真是丧尽天良，但是他觉得从很大程度上，自己帮了莉亚一个忙。这对她来说，可是个深刻的教训，代价残酷，从此莉亚就能明白，今后的人生道路上，不能相信这世上任何一个陌生人。他自己也是付出了巨大的代价才将此牢记心间。

他低头看着魔徽上扭曲的藤蔓和树叶，被它们独一无二的纹路深深吸引。可以确定的是，这个秘密对有些人来说价值连城。他是否真的要告诉阿尔马格，他的魔徽在莉亚手上？毕竟，莉亚完全可以把魔徽交给大主教，或者干脆戴在自己身上。阿尔马格竟然没有注意到莉亚脖子上也有一根链子吗？又或者，他可以选择另外一条路，扭转现在的局面，还能再赚一笔。那个无名小卒不过是个盔甲侍卫，身上没几个金币，不过那柄圣剑倒是能在市场上卖个好价钱。特别是到时候，他因叛国罪在村子里被正法，一定会有一些蠢货到现场凑热闹，出高价买下这把剑。是不是可以趁这个小伙子还未被处决，想法子赚到更多的金币呢？比如，等阿尔马格抓住他以后，给他的亲人送个信？他现在满脑子都是金币叮叮当当的声音。一定会有办法的。既然那个小伙子从没见过他的样子，便压根不会知道究竟是谁在背后捣鬼。

他把魔徽藏进衣服，轻轻拍了拍。

他很想知道,大主教的一世英名将会如何毁于一旦?温特鲁德的叛变若东窗事发,米尔伍德大教堂就会背负骂名。如果一切都照他的计划按部就班,他口袋里的这两样东西就值了。想到这里,他不由自主地笑出了声。今天真是顺风顺水。

莉亚内心焦灼难挨,连呼吸都像是一种奢望。她在毫不知情的情况下,背叛了科尔文,实在是追悔莫及。一想到把她耍得团团转的小偷,便怒火中烧。他口口声声,装模作样,每一句话都别有用心。只有让莉亚自以为他信任她,她便在不经意中落入了圈套。现在,一切大白于天下。莉亚觉得自己愚不可及,居然如此轻易就受骗上当,真是个傻瓜。尽管这个小偷比她年长,阴险狡诈,但她的机智的确让他心下一惊。他把治安官请到了米尔伍德的厨房,瞎猫碰上死耗子,幸好阿尔马格先去了圣学徒的厨房,而不是大主教的厨房。如果他先去后者,就会发现藏在那儿的科尔文——那么,莉亚自己就会被当作同党抓起来。

尽管如此,莉亚依然有信心以智取胜。她睫毛上挂着泪珠,双手微微颤抖着把灰尘和地上的碎屑扫成一堆。真相总是让人猝不及防,正是她内心的贪婪,才让小人奸计得逞。打记事起,她最大的愿望就是学会阅读。停下手,又想起科尔文答应实现自己这个梦想的时候,眼中的那抹神情。回忆令她自责不已,只好停下来大声咳嗽,好掩饰自己的难过,不然帕斯卡就会注意到她在抽泣。她尽然如此盲目相信别人?此刻要做些什么呢?科尔文现在一定正在路上,赶往大教堂外的村子,或许现在已经到驿站了。

"砰"的一声,厨房门打开了,阿斯特力德·佩奇顶着一头乱蓬蓬的黑发,闯了进来,上气不接下气冲着帕斯卡说道:"大主教……

要见莉亚。他说，请莉亚务必现在就过去。"

帕斯卡怒气冲冲地看着他，"什么乱七八糟的？我们还有一堆活要干。请他叫其他帮工。"

"不，帕斯卡，他就要莉亚过去。一定，现在，马上。"

莉亚的心一下提到嗓子眼，她紧紧抓住扫帚柄，力气大得胳膊都有些僵硬。她看了看周围，发现索伊方才将大主教的早餐送去以后，就再没回来。哦——不。今天早上，她第二次明白被他人背叛之时，那种难以名状的复杂滋味。毫无疑问，索伊一定是全招了。她恨不得抬起膝盖将手里握着的扫帚柄一折为二。

莉亚对自己的处境很明了，她决不能让情况变得更糟。留给她筹划的时间并不多——她必须有所行动，不然就会被牵着鼻子走。

"等我一下，我去拿斗篷。"她擦干眼睛，走到挂钩那边，语气有些不耐烦。

"穿什么斗篷，"帕斯卡厉声说道，"要是大主教让你过去，你就过去。别磨蹭。快点去。他关心的事情才是最重要的。是不是索伊打翻了什么东西？发生了什么事？"

"我不知道。她就在他屋里哭。我没看见什么东西被打翻了。"

莉亚系好斗篷，走到阁楼的梯子那儿，弯下腰迅速抓起藏在木桶后面的十字圣球。她舔了舔嘴唇，把接下来的计划在脑中迅速重复了一遍。但凡有丁点深思熟虑，恐怕自己就会失去勇气，许多可能便会像水一样从指缝中流走。

"小鬼，你还在鼓捣些什么？"帕斯卡一手拿着碗，一手插着腰吼道。"那是什么？你手里拿着什么？"

"我知道大主教要什么。我不会去很久的。阿斯特力德，你先走吧。我马上过去。"莉亚撒谎道。

"小鬼,你手里究竟是什么?"

阿斯特力德把门打开,莉亚不顾帕斯卡,直接冲出门去。冷冽的空气吹到脸上,莉亚深吸一口气。这或许是她最后一次站在厨房门前,闻着厨房里的味道——那些面包、芝士、烤肉的浓郁香气。今后怕是再无机会了。

"莉亚!"帕斯卡在她身后叫道,"你还得回来!我叫你的时候,你要回来!莉亚!"

莉亚跑了起来,离开了宅邸。脑海里只有四个字——朝圣驿站。紧接着,圣球上的两根指针便转了起来。

那些并不能领会圣骑士要义的人，或许不明白这些宏伟的教堂为何而建。每一座教堂历经整整一代人的努力，拔地而起，成为亘古不变、举足轻重的象征。教堂的每一块石头，都如那巍峨高山一般历经千年而不朽。每一面墙、每一段接缝、每一座拱门、每一次修缮、每一亩花圃，还有附近的每一棵树，都饱含深意。大教堂中举行的仪式，我不该泄露天机，但请谨记，圣学徒必须花上数年的时间刻苦学习，方可进入教堂内部。教堂中的地牢、房间、屏风，甚至是帷幔都诉说着我们每个人的一生中，为不断与灵力相融合而付出的艰辛。总有这样那样的低语，虽然轻的几乎听不清楚，但却告诉我们，大教堂并非只是学习和反思之地，它们其实是通向另一个世界的入口。那些活着的人，若能真正注意到灵力的指示并密切留心，他们便跨越空间的维度，挣脱时间的桎梏，凿刻石头，抛光白镴，为自己造一座建筑。最终，他们可前往另一个世界——甚至是伊渡米亚圣界。这些说法是真是假，我不置可否。但有一点明白无误——这些宏伟的大教堂从建造之初便代表着敬畏与谦卑。

——卡斯伯特·雷诺登于比勒贝克大教堂

## 第十五章
## 朝圣驿站

每逢圣灵降临节,莉亚趁着去集市的当口,才会走出大教堂的围墙。住在大教堂里的人,特别是贱民,除非服役到期,不然不会踏出教堂半步。如果需要村里的东西,便会有人送到大教堂,再从门口递进来。除此之外,多数时候,大教堂内外是毫不相干的两个世界。莉亚大致知道朝圣驿站的位置。大教堂最北的围墙外有一片中心街市,驿站就在那儿。现在圣球的两根指针也指向同样的位置,她二话不说冲入浓浓迷雾之中。

可正当她渐渐走进这座庞大的圣所时,指针却突然调转方向,直指大教堂,而非她要去的地方。草地上的露水浸湿了鞋子。莉亚喘着粗气,停了下来。透过重重迷雾,现在她的身后便是大主教的宅邸,而他正在房里等她。莉亚盯着圣球,糊涂了。围墙一定在前方的某个位置,她迈开步子往前走,可是那两根指针固执地指向她的后方,直指教堂,一动不动。圣球的下半部分又冒出奇怪的文字,莉亚一个字也不认识。

她停了下来,下一步该怎么走呢?她集中意念,不断向圣球重复,"请带我找到朝圣驿站。"可指针纹丝不动。莉亚再次集中意念,"请带我找到科尔文。"球体上又冒出更多的文字,那些漂亮的花体字在球体的表面闪烁着晶莹的光泽。指针仍然一动不动。实在太奇怪了,可莉亚决定还是相信它。莫非科尔文就在大教堂里?难道他从治安官的魔爪中成功逃脱了?

她抬头仰望大教堂,心里有些发怵。一般的堡垒都会在周围筑起一座防卫墙,矮墙影影绰绰,支着长杆,垂着帷幕。大教堂的建筑风格与此大相径庭。从小到大,莉亚脑中只有它模糊的轮廓。如今她可以换个角度重新审视一番。这座石头建筑如此庞大,比那些参天大树还要巍峨。每一扇厚实的彩绘花窗,将大教堂内发生的所有事情与外界隔绝。即便换作其他窗户,也无济于事,因为每个窗洞都挂有窗帘。

贱民禁止进入大教堂。只有修完学业,行过毕业礼的圣学徒方可入内,而且必须身穿银丝软甲。莉亚从不知道教堂里发生的一切以及它们是如何发生的,她也不清楚圣学徒究竟在学习什么秘密。据传,想要进入大教堂,必须要施展自己对灵力的掌控能力,才可以获得银丝软甲。试想,四年的刻苦学习才可换来进入其中的技能,那么在大教堂中要历经的考验绝非常人之所及。

莉亚自打会淘气开始,就走遍了这里的每一寸土地。她的指尖,触摸过教堂的每一面石墙和每一条裂缝。有时,她和索伊会躺在草坪上,想象教堂里的模样,是不是有许多阴森森的灵石?大教堂的外立面刻满了漩涡纹饰,还有一重又一重的拱门造型。整座教堂的前端比后端低矮,一层比一层高,如同一座巍峨高山一般拔地而起。莉亚之前常从大门旁经过,那儿永远都上着锁。还未曾有人穿过大门进入大教堂内部。下面几层还有几个入口,入口边缘的装饰与外立面浑然一体。

莉亚往前走去，圣球上的指针突然转换方向，直指大教堂的北面。到了才发现，眼前竟是一个雕工精美的门洞，外沿是三组紧密贴合、由大到小的拱门造型，中间是一对实木门，表面的白镴闪着青灰色的光芒。莉亚心里愈发没有底了，一种不祥的预感萦绕在心头。贱民是严禁进入圣所的。从古至今，还未曾有一个贱民踏足此地。可圣球为何将她引到这扇门前？

莉亚在门前站定，微微发抖，额头上沁出一层密密匝匝的细汗。圣球的指针直指面前的这两扇门，纹丝不动。如果她被抓了怎么办？如果大主教发现她，又该怎么办？好吧，到时候谈这些还有何意义。她偷走十字圣球，是否就足以让大主教将她永远逐出大教堂呢？如果不出所料，那么现在就是她最后一次，也许是唯一一次可以一窥究竟的机会了。

她跨出一步，那种不祥的预感几乎要将她吞没，差点哭出来。大教堂如此宏伟神圣——而她一个贱民，如草芥一般什么都不是。突然，她发现拱门的基座上雕刻了四块灵石，分别是男人脸、女人脸、狮子脸和一枚太阳。那一双双小小的眼睛发出光芒，正看着她。她意识到灵石正在释放力量，警告她不准再往前一步。如果它们当真是灵石，莉亚或许就可以控制它们。她集中念力，一会儿工夫，它们便安静下来。之前那种不祥的预感也消失殆尽，沉重的压迫感也无影无踪。莉亚长舒一口气。突然，一阵鸟叫从迷雾中传来，吓了她一跳。

可能是灵力捣的鬼。刚才的感觉一定是假的。

莉亚踏上石阶，走到白镴门前，抓住巨人的门把手，使劲往外一拉。门很容易就打开了，门外的空气乘机钻了进去，仿佛有人轻轻叹了一口气。

莉亚屏住呼吸，走了进去。

门在她身后关上。四周伸手不见五指，只有她手里的圣球仍微微发着光，就像那一晚大主教执着它的样子。莉亚被眼前的景象震撼得几乎忘记呼吸。巨大的石雕扶壁架起上方的穹顶。五彩缤纷的壁毯挂在四周的石壁上。几张小桌散置在各处，桌子的基座不知是玛瑙还是大理石，刻有许多灵石。桌上放着一盆盆盛开的鲜花，花色艳丽，流光溢彩，仿佛每天都沐浴在阳光之下。可是，在黑暗之中盛放的花朵——怎么可能！

莉亚狐疑地往前走去，当她发现自己已经离开织布毯子，踏上无比光滑的方形地砖时，立马停了下来。她的鞋子又脏又湿，会在亮铮铮的地板上留下脚印，而且穿着它们也觉得浑身不自在。莉亚跪下来，脱掉鞋子，撩起斗篷的包边，擦干双脚，抓起鞋子后，便赤脚踏在冰凉的地砖上，跟着指针的方向继续往前走。

这座大厅宽阔无比，圣球的微光只能照亮前方一点点的距离。每走一步，赤脚踏在光滑石砖上的回声便响彻她的双耳。索伊还从未来到过这里，莉亚不禁有些沾沾自喜。

指针突然急转，指向前方另一扇门。她走过去，拉起门把手打开门，后面居然是一道阶梯，往下看，却一片模糊。楼道昏暗，却纤尘不染，角落里连个虫子也没看到。螺旋形的楼梯往下延伸，莉亚拾阶而下，来到另一个房间。

她现在应该来到了地底下的一个房间里，拱形房梁支撑天花板。地砖的颜色和楼上的不同，这儿的透着些许蓝灰色，而且特别厚，铺满整个房间。一排一排的木头长椅面朝房间另一端摆放整齐，中间留出一个过道。每张长椅都抛光上蜡，还能依稀看到原来橡木上的深色斑点。一张长椅可以并排坐上好几个人。莉亚沿着中间的过道往前走去,不时停下来摸一摸椅子。

圣球发出的光芒,照亮了房间的尽头。尽头的中央上方有一个拱顶,正对下方一张正方形石桌,桌面光滑,下面由几层石块垒起。桌面上甚至可以平躺一个人。如此这番景象,让莉亚一下子呆住了,内心的不安渐渐平息,反而生出一丝兴奋。这张奇怪的桌子究竟是做什么用的?它意味着什么?

莉亚往石桌走去,内心充满虔诚。她小心翼翼抚摸着石桌的边缘,免得自己那双沾满烂泥的鞋子碰到它。石桌的每一处似乎都在唤醒她内心深处的某种声音,陌生中透出一种熟悉。她低头看着圣球,发现指针指向右边的一处壁龛。

莉亚犹豫了一下,不想离开这个奇异的房间和这张神秘的石桌。她轻咬嘴唇,再次将掌根放在石桌上,试着抓住自己内心这些感觉的源头。然后,她跟随指针的方向,走到壁龛那儿,看样子像是无路可走了。壁龛下稍稍隆起一块薄薄的石阶。果然是个死胡同。

哪里出错了吗?壁龛居然是死路一条。莉亚感到有些奇怪,便退后几步,重新看向指针,可指针依然指向那儿。圣球的下半部分又冒出了新的文字,但也无济于事。她走回石桌,指针依然指向壁龛。

莉亚又走回壁龛,开始寻找雕刻的痕迹或者灵石,祈祷能找到一些线索,好知道接下来该怎么办。壁龛非常光滑,和房间的其他地方并无二致。雕工精湛——不——可以说是鬼斧神工。她四处摸了摸,用力推了几下,可墙壁纹丝不动。只好退回房间,查看壁龛下的石阶,原来石阶和地面之间还有一道缝隙。她跪下来,沿着缝隙摸了摸,触手冰凉。于是她放下圣球和鞋子,手指抠进缝隙抬起石阶。

紧接着,壁龛下的所有地板,不管是石头的还是其他的,眨眼间便升了起来,露出底下另一段石阶。莉亚难掩兴奋,小心翼翼地沿着石阶往下走，身后壁龛的入口便关上了，手上的圣球便成了唯一的光源。她赤着双脚，沿着粗糙的石路，在这狭长的隧道内部往前摸索，直到走到尽头一个形状不规则的小房间，既无原始气息，也无任何雕饰，更没有鲜花的清香。这间小室既简陋又昏暗，充斥着泥土混合着湿气和小虫而散发出的味道。脚下坚硬的地板像铺着鹅卵石一般凹凸不平。莉亚只好趿上鞋子。前方是三条密道，每一条都指向三个方向。圣球明确指出该走哪一条。若是没有圣球，她肯定还像只无头苍蝇一般在原地打转。密道的入口低矮，莉亚比划了一下，自己只有猫下腰才能钻进去。

空气中透着仿佛是远古时代便遗留下来的气息。现在，她的头顶上方正是整座大教堂的重量。这么一想，莉亚颇有些激动，渐渐生出一丝害怕来。科尔文来到米尔伍德之前，莉亚从不知道大教堂的地底下竟然藏着这样的密室。或许这其中的某条密道，可以带着她前往他藏在洞里时发现圣书的那个房间？那么，大教堂究竟还藏着多少条密道呢？大主教闭口不提的秘密究竟是什么？

莉亚紧紧握住手里的圣球，弯下腰，探身走进其中的一条的密道。

莉亚走到了密道的尽头，尽头处是一堵密不透风的墙，墙上的灵石刻着一张男人的脸，表情甚是伤心。莉亚自觉沿着密道走了快几英里的路，但朝圣驿站肯定没有那么远，它就在大教堂围墙之外、中心街市的对面。因为弓着腰走路，实在无法加快步伐。墙上的灵石看着挺温和，莉亚盯着它，想象它会有何神力，随即便集中念力唤醒它。可灵石没有任何反应，没有生火，也没有喷水，也无其他任何神力显现的迹象。圣球默默地发着光，指针依然指向前方的那堵墙。

莉亚伸出手，推了一下，石墙纹丝不动。于是便拉了一下，也毫无松动的迹象。脚下是松软的泥土，空气中充斥着陈腐的霉味。莉亚试了很多法子，也没能找到穿过这道屏障的机关。

突然，墙后传来一个声音，莉亚吓了一跳。因为隔着堵墙，听着不太真切。然后，石墙竟打开了。

"抱歉，我来晚了。上面一片混乱。还是一个孩子告诉我，你到了。我们这才过来，好在你有一盏灯……你是谁？"

石墙在莉亚面前打开，光亮透了进来。一个中等身高的男人站在莉亚面前，顶着稀疏的红棕色头发，脸色苍白。他看着莉亚，满脸诧异。随着石墙打开，各种味道也涌了进来，那是她再熟悉不过的味道，有哪个在厨房长大的孩子闻不出来。周围净是些麻袋、小桶和粮食，还弥漫着酒窖一股特有的酸甜味。

"你是谁？"他手里拿着一盏灯，又不耐烦地问了一遍。门廊另一端是一个酒窖——如果莉亚没猜错的话，正是朝圣驿站的酒窖。那儿还站着一个男孩和一个女孩，与她年纪差不多，正饶有兴致地看着莉亚。一个看上去不到八岁的女孩也冒了出来，好奇地看着莉亚，一边舔着木勺子上的面粉。

莉亚实在不知该如何开口。

## 第十六章
## 缬草

年纪大一些的姑娘靠向她的兄弟,压低声音,"她是谁?"

"我从没见过,肯定也是个圣学徒。"话音刚落,莉亚正想提问的工夫,便心生一计。如果她被当作圣学徒,而自己也装模作样,抛开贱民的样子的话,或许还可以忽悠他们帮她一把。

莉亚看着这位父亲——姑且就先把他当作爸爸吧,语气傲慢地说道,"你还是不要知道我的名字为好。"言辞中的不屑同科尔文如出一辙,而且果然奏效。莉亚穿过一只只酒桶,与比她还要矮一些的父亲擦肩而过,走进酒窖。三个孩子满眼好奇,纷纷退后给莉亚让路。

在密道里弓身太久,现在莉亚终于可以直起身,缓一缓肩背上的疼痛。她低头看了看手里的圣球,两根指针指向了酒窖入口处的梯子。她盘算着该说些什么,便转过身,见那个父亲将石墙那儿的门拴上,把一只大桶推到门前。

"治安官的手下都到了吗?"莉亚尽量显得居高临下。

那个和她年纪相仿的男孩,马上接道,"昨天晚上便来了。有队人马,刚才便往大教堂出发了,还剩下几个在客房里。"男孩的表情非常诚恳。"还有一个人拿着一柄圣剑,可我觉得他不是圣骑士。我也想拥有一把这样的剑。"

女孩猛地捅了捅他的胳膊,父亲大吃一惊。

老家伙非常不安,"我没有想到……一般大主教会让乔恩……都是那治安官……他们在找……孩子们,都别动!到你们母亲那儿去。"

"父亲,我可以唱歌给她听吗?"最小的那个姑娘拿着勺子问道。

"要唱歌也不是现在。孩子们,听话。现在上楼去你们母亲那儿。"

男孩看上去很是纠结,他看了莉亚一眼,却像是包含了千言万语。这对男孩女孩看上去年龄相仿——难道是双胞胎?女孩看上去很顺从,可表情却露出了马脚,一定是个调皮淘气的孩子。她拉过最小的那个姑娘的手,先走一步。

男孩还在梯子那儿犹豫,很显然不想听从父亲的命令,突然脸色一变,"我去看看有多少人守着那个囚犯。"他吸了口气,匆匆爬上梯子。

"布兰特,不可以!你得呆在厨房里。你……我说……"他慌忙转过身,对莉亚说道,"请在这儿等一会儿。"

他急匆匆爬上梯子,大概是告诫男孩要小心些什么,然后慌忙爬下来,面红耳赤,满头大汗。

"很抱歉……只是……你看……很奇怪。现在,大教堂的门口,围着许多治安官的人,威胁说要闯进来。大主教……他有什么命令吗?"

莉亚恍然大悟,大教堂地底下这一条条纵横交错的密道,由忠诚于大主教的人看守。那么,地底下究竟有多少条错综复杂的密道呢?之前,她从未想过这些可能。可现在就好似拨开灰蒙蒙的天空,繁星透出闪闪光芒一般,一切都成为了可能。显然这个父亲把她当成了大主教的随从,特别是看到她手里拿着圣球,竟没有问她,这只圣球从何处得来。

"告诉我,现在情况如何?"莉亚表情狐疑。

"好吧,你也看到了,挺奇怪的。一切都发生地太快了。那个外地人——就是治安官搜捕的那个——是今天早晨才到的。我觉得他是个盔甲侍卫,但也说不通。"他顿了一下,绞着双手,加快语速,"天刚亮,治安官的手下便一路奔来,从后门冲进来。等那个护卫把马系上,刚走进驿站,他们便闯进来抓住了他。他手无寸铁,一个人也不是那么多人的对手。"他又搓了搓手,"我们根本来不及提醒他,不然他就能事先提防。治安官的人一直监视着我们。有个士兵甚至随布兰特一起,把马拴在马厩里,卸下了马鞍。"

莉亚心如刀绞,却又重燃希望。"他现在在哪儿?"

"你说治安官?我刚说了,他去……"

"不,我说那个囚犯。他在哪里?"

他抹了一把嘴边的汗水,在酒窖里来回踱步。"好吧……这很难说……他们把他带到楼上去了,还有人守着。"

莉亚闭上了眼睛。

"那么大主教需要我们……我们怎么做?我觉得他没有时间遣人过来……你明白……这么快就过来。一般总是派乔恩·亨特过来。这个盔甲侍卫一定很重要,又或者他担心大教堂的门被撞开,会发生暴乱。但是,大主教能在教堂围墙之外救他么?"

"他比你以为的更加重要,"莉亚愤愤地想。"阿尔马格在哪里?"

"治安官……对对……把盔甲侍卫抓住后,阿尔马格便单独和他呆在一块儿。出来后,便领着大半人马前往大教堂。你在里屋都能听见外面此起彼伏的喧哗。又是马又是剑，真够吓人。据传，国王的军队马上就要到了，不是今天就是明天。你说，他们会让村子里的人都搬走吗？"

莉亚内心猛地一抽。此事暂且放在一边，现在要紧的是仔细考虑眼下迫在眉睫的危险。要救出科尔文，留给她的时间并不多。她爬上梯子，"我们必须马上行动。"走进厨房后，看到之前咬着木勺的那个最小的姑娘，坐在一只摇篮边上，正用黏糊糊的勺柄逗弄摇篮里的小婴儿。年纪大的女孩奔这奔那，看到莉亚出现，便站定，热诚地看着她。男孩坐在门边的小板凳上，他撸起袖子，起身走到她跟前。莉亚认出了那个厨娘，也是孩子们的母亲。之前在圣灵降临节的集市上，她向路人兜售肉和奶酪，莉亚曾见过她几次。帕斯卡一向出手大方，人群里甚是热闹。如果厨娘认出她来该怎么办？

她正就着大碗揉面，这会儿便抬起头来，瞥了一眼莉亚，表情带着一丝古怪。

莉亚决定先发制人，"治安官手下还有多少人留在这儿？"

布兰特拼命点头，"我去数一数。"话毕，似射出的箭一般飞奔出厨房。

"我需要一个小袋子——或者一块布就成——反正我得把这个藏起来。"说着将手掌摊开，露出圣球。

大点儿的女孩赶忙冲到一个箱子边上跪下，在里面翻找。

她该如何把科尔文从朝圣驿站中救出去？治安官的手下当中，一定会有人认出她。到时又该如何应对？她不过是个贱民，到底该怎么做，才能救出科尔文？莉亚心里一阵狂躁，就怕一切都太晚。她迅速环视四周，炉子上的大锅，还有挂在悬吊烛台上的长柄勺和平底锅，一一映入眼帘，深吸一口气，熟悉的味道充盈全身，刹那间，心头涌上一阵酸楚，差点落泪。经过这一遭，她恐怕再也不能踏进米尔伍德半步。莉亚内心很是恼怒，可同时又带着希冀。

"我们该怎么办？"父亲满脸惊恐，"如果有办法的话……可我也实在不知道有什么法子。我绝不会拿我的家庭冒险。那些治安官的手下……你也看见了。他们都说，国王要到了。真的到了那时候，我们……该怎么办呢？"

莉亚转过身，看着墙壁上的家什，搜肠刮肚地想办法，解决眼下的困境。一个贱民能做些什么？她从小在大教堂长大生活，又有哪些用处呢？她现有的知识，有哪些可以救下科尔文呢？此时的她犹如井底被困之人，突然，灵光一闪，好似井口垂下一条绳子一般，她仿佛抓住了一根救命稻草。

她终于想到一个奏效的办法。灵力定会助她一臂之力。

她转身对厨娘和她的丈夫说道："士兵总是叫饿。若你所说不假，他们一早就来了的话，现在一定饿坏了。为他们准备点吃的，放些面包、鸡蛋、奶酪，再加点坚果、水果和豆子。炉子上还架着一只烤鸡，也给他们吧。"

说罢，大家便行动起来。

那位母亲仍旧盯着莉亚，却也着急说道："布琳，来。动作快点，姑娘，没多少时间了。把那只面包拿过来，它比较新鲜，别抹黄油。我来切肉。"

莉亚转身看向父亲，"你的酒窖里有苹果酒么？有的话，赶紧拿个小桶装满。"

莉亚走到母亲跟前，希望自己没被认出来。这位高个子妇人转过身，有些浮肿的眼睛看着莉亚，毫无神采，乌黑的长发夹杂着几缕白发。她的肚子有些鼓，莉亚猜想摇篮里的小婴儿一定出生没多久，对这个世界来说，她是那么渺小。丰盛的食物和美酒可以向代表国王护卫队的士兵表达诚意。这盘食物一定会分散他们的注意力。她就知道朝圣驿站一定藏有她需要的东西。

"你们的缬草在哪儿？"莉亚轻声问道。帕斯卡过去睡不着或者别人需要的时候，便会用这个草药助眠。茶里要是放多了，第二天还会睡过头。有时候，莉亚觉得帕斯卡是故意的。

母亲怔了怔，随即意识到莉亚的计谋，便瞪圆了眼睛，"我们有缬草……可是这草的辛辣味很重……和奶酪差不多……他们会尝出味道的……"

莉亚马上回道，"苹果酒很甜，而且够烈。"

"对，没错，"母亲点点头，严肃地看了她一眼，抿紧嘴巴，迅速从头顶架子上的一排草药罐子中，找到那只贮存缬草的密封罐子。

"苹果酒拿来了，"男主人胳膊下夹着一桶酒，就着梯子从酒窖爬上来，还差点被梯子边跑来跑去的三女儿绊倒。"小心点。艾米，你得看护好摇篮里的小妹妹。还不快去。"他和玩杂耍似的，接稳小酒桶，把它放在桌上，又四处翻找龙头，将它接在酒桶上。

大女儿走到莉亚身边，递给她一个皮制小袋，袋口还有绳子可以抽紧。

"你叫布琳？"莉亚问道。

"对，"她笑了起来。布琳和莉亚差不多高，胳膊有些黑，穿着和莉亚差不多的裙子和衬裙，只不过，莉亚是靛蓝色的，她是棕色的。

莉亚将圣球放进袋子，挂在腰带上。布琳正要走，她一把抓住她的手。"布琳，你把盘子端上去的时候，切记要观察房间里的情况。听听他们都说些什么。那个囚犯的眉毛上有一处伤疤。如果有机会，就告诉看守的士兵，你会带一个医师上去。等你再回去收走餐盘的时候,我便跟你一道上去。都记住了么?"

"记住了。妈妈教过我。"

莉亚有些嫉妒她。现在他们一起在厨房里忙活,各司其职,即便是最小的女儿也在专注自己的事情。一个父亲,一个母亲,还有几个孩子,他们组成一个完整的家庭——可莉亚未曾拥有其中任何一个部分。

厨房门被猛地推开,布兰特跑了进来。"楼上有三个士兵。我还带了些炭火,可以放进铜盆。公共休息室里还有三个士兵。剩下的全去大教堂了,还引起一阵骚乱,那个蠢货治安官也过去了。"他的眼睛闪闪发亮,"所以现在这儿一共有六个士兵。如果我把我的朋友叫来,我们可以……"

那父亲不怀好意地哼了一声,"布兰特,你会什么,还不是让自己的脑袋被打开花。把大锤给我拿来。就那儿……在米袋旁边。"

"我去拿吧,"莉亚赶紧参与到这一片忙碌之中,"布兰特,你去马厩里牵一匹马,套上马鞍,让它在后门等着。"

布兰特咧开嘴,笑得特别欢快。

父亲又转身看着她,"如果治安官的手下回来了呢……"

莉亚假笑,"大主教会借说话的机会,拖住他们。他最会唠叨了。"她打了个响指,指着布兰特,"不过你父亲说的对,我们还需谨慎起见。如果你被发现了,就说别人给了你四个钱币,让你给马备鞍。听到这个借口以后,没人会问你第二次了。"这时,莉亚脑海里闪过那个贼的样子,便又心生一计,"如果他们问你,是谁给的钱,你就说,是一个拿着圣剑的人,满脸络腮胡,蹬着一双脏兮兮的靴子,身上满是臭兮兮的羊骚味。穿着一件浅色衬衫,领子是棕色的,上面满是污渍。然后……"

布兰特大吃一惊,"是不是眉毛扭得很奇怪?而且语速很快?"

莉亚呆住了,"他看上去和一个流浪汉差不多,但其实他……"

布兰特截住她的话头,抢着说道:"……现在就在公共休息室,和治安官的手下在一块儿。就是他,把那个囚犯骗了进来,还领了赏。足足有一堆金币,我发誓,千真万确!"

莉亚攥紧了拳头。

灵力究竟如何召唤而出，这很难解释。与灵力的交流通常始于一个意念。意念非常强大。情感若是强烈，引发而出的意念便可以成真。在克劳兰德大教堂，曾经有一位大主教，他的管家忠诚不二。世人皆知，他们二位亲密无间，互相敬重。我曾听说，他们两人的意念完美地结合在一起。这位管家是如何完美解读自己主人的每一句话。他能与灵力和谐共处，主人即便未曾开口，他对后者的意念也一清二楚。距离从不会成为障碍。这位管家甚至可以站在国王的面前，以大主教的名义与其对话。那些灵力非常强大的人，可以解析他人的意念，不论对方是朋友还是敌人。每个人的意念会升至以太空间。有些是无序的，有些则消失不见。但有一点必须谨记，有些意念甚至可以强大到锻造出一个新的王国。

——卡斯伯特·雷诺登于比勒贝克大教堂

## 第十七章
## 降临

布琳回来的时候,莉亚依然愤愤不平,恨不得现在就冲进公共休息室,扯住那个贼的头发捉住他,用指甲抓花他的脸,再拿罐子往他头上砸去。最好还能有锤子砸烂他的指甲。驿站中喧哗声依旧不止,但是除了厨房里的人,再无外人闯进来。据说,许多供养人现正聚集在大教堂的门口,围观大主教和治安官之间的对峙。莉亚搓着手,盘算着这两人还能对峙多久。现在每一双眼睛都紧盯着他们。此刻去救科尔文,时机再好不过了。莉亚希望大主教可以继续阻止治安官他们进入大教堂。但愿他能意识到,拖延对她的处境非常有利。

布琳兴奋地有些坐不住。她把头发向后撩去,连珠炮似的对别人说:"那个盔甲侍卫……你知道,就是那个囚犯,看上去很痛苦。愁眉苦脸的样子真是吓人。应该没有被吓坏,但看上去非常愤怒。"

"你的描述很到位,"莉亚问道:"他们把他关在哪儿了?告诉我是哪间房?"

"楼上角落里的那间房。他们像拴只狗似的,用链条锁住他的手腕,把他关在房里。真是可怜。真的,他满脸是血……"

"他们有没有叫医师？"莉亚带着一丝恳求的语气问道。

"是的，他们让我们带一个上去。说是要把他弄干净，这样国王来的时候，就能看清楚他的脸。那些士兵都很感谢我们送过去的食物和苹果酒。饥肠辘辘的人我见多了，但从来没见过他们那副饿狼似的鬼样子。"

链条是个问题。不过莉亚转念又想到一个点子，转身对好心的母亲说，"赶紧装一桶猪油，越油越好。其他滑腻腻的东西也可以，只要能帮着把链条脱下来。"布兰特还没回来，应该还在驿站后门外，给马备鞍。

"带我去囚犯的房间，"莉亚心里很是纠结，万一治安官的手下认出她，该怎么办？这点不得不提防，一不小心就会前功尽弃。她得把自己装成那种可以淹没在人堆里的人，这样就不会有人注意到她。

好心的母亲摇摇头，"缬草见效没这么快。先让他们吃一会儿，别心急。"

莉亚抿了抿嘴，便摇摇头，"我必须尽快。不然，等治安官回来，就没有机会了。"

母亲的脸色沉了下来，"你不能上去，"她嘟哝道："这么做不可以。"说完便起身，"你不可以上去。希拉——拦住她，不要让她上去。她还是个孩子。"

莉亚转头看向好心的父亲，他也呆呆地看着莉亚，然后转头看向自己的妻子，"但我又能做什么呢？是大主教让她过来……"

"派一个孩子来做这样的事情。"她看着莉亚，表情很严肃，"送吃的上去，的确不会让人起疑。可你是个姑娘。那些士兵可都是大男人。我绝不会让你去的。还是我去。"

父亲愣住了，"你可不能上去，一步都别想。现在情况已经够糟了,如果大主教让这个姑娘去救那个年轻人,那么我们就去救他。"

"怎么可以?他不应该让一个孩子过来。"

"他这么做,我们也没得选。你刚才对我说的话,明明是在违抗大主教。"

好心的妻子闭上眼睛,又摇了摇头,"不可以。"

莉亚站起来,"没有人强迫我过来。请相信我。那个年轻人现在有生命危险。国王不会轻饶他。"

"如果国王知道我们帮助他……"好心的妻子轻轻说道。

她的丈夫抓住她的肩膀,"大主教会保护我们的,他从不曾食言。我们要相信他。如果这么做不对,他就不会派这个姑娘过来。"

"希拉,她还只是个孩子。我们的布琳也只是个孩子啊。这怎么可以!"

丈夫站在自己的妻子面前,此时此刻竟显得异常伟岸,"即便大主教现在让我上绞刑架,我也会照做的。"他激动地声音都有些颤抖,"为了大主教,我心甘情愿。当初我们走投无路的时候,是他带我们来到这里。难道你忘了吗?曾经我们是贱民。现在我们已经属于这个大家庭了。"他又摇摇头,"你害怕,是因为你担心我们的孩子,还有这个姑娘。但是我敢说,大主教一定会和从前一样,保护我们。"他转过身,看着莉亚,眼泪在眼眶里打转,"去吧,孩子。今天,你会用实际行动告诉我们,你是多么勇敢。大主教也会保护你的。"

莉亚看着他,惊叹于他对大主教的这份忠诚不二。布琳还在楼上,莉亚便和好心的妻子准备了一些医疗用品放在盘子里——菘蓝、罐子、抹布、温水。她走到桌子边,托起盘子,小心拿住,回头看了看这家人,点点头,便跟着布琳走进大厅。

"妈妈都是这样的,"布琳狡黠一笑,轻轻说道:"她有时候就是担心过头了。走这儿，小心楼梯。那边就是公共休息室。小心那块地板，不要被绊倒。"

莉亚谢过她的提醒，跟着踏上有些陡的楼梯，往楼上走去。莉亚很小心，免得推推搡搡地把盘子里的东西洒了。

"这家驿站开了多久了？"

"米尔伍德建造之初，它就在这儿了。皇室中人把他们的孩子送到大教堂来学习的时候，那儿的房间不够。这家驿站离大教堂最近，他们就会住过来。所以每到这个时候，我们这儿就会客满。我还在这儿接待过国王的表兄呢。"

**莉亚心想，你现在接待的可不就是国王的另一个表兄弟么。**

"你们一家在这村子里住多久了？"说话间，她们爬上最后一层楼梯，来到顶楼。穿过大厅的时候，每走一步，莉亚内心便紧张一分。科尔文看见她的时候，会作何反应？对她破口大骂？还是大吃一惊？她得想办法补救。

"我出生在这儿，"布琳回道，"我们一直住在村子里。有时候，我甚至希望自己是个贱民，这样就可以住在大教堂里了。离大教堂的围墙这么近，想着也觉得安稳……他们就是我们的保护伞。但是我真的不想住在围墙外边。"

"你怎么会希望自己是一个贱民呢？"莉亚幽幽地说道："没人愿意自己是一个贱民。"

"我的哥哥也算是吧。布兰特不是我的亲哥哥。好吧，现在是了。但他不是我爸爸妈妈亲生的。是大主教带他过来的。所以他便成了我的兄弟，连血缘也同我们一样。大家都以为我们是双胞胎，其实不是。你家里有几口人？"

莉亚有些迟疑，"我也不知道。是那扇门吗？好，准备好。"

布琳为她打开门。

房里三个治安官手下的人，莉亚一个也没见过。谢天谢地，谢灵力保佑。

"布雷克姆，真是顿大餐啊。我这份有些多，吃不完，你还要么？"

"给我吧。"

"你总是和一头饿狼差不多。"

"为什么呢？我们成天在马背上颠簸，却一直吃不饱。真是太不要脸了，真够不要脸的。"

莉亚很快地看了他们一眼，装得和索伊平常一样，不和他们有任何眼神上的接触，耷拉下肩膀，尽可能让自己显得很疲惫。

其中一个膀圆腰粗，满脸络腮胡，头发稀疏的士兵走了过来，一样一样检查盘子里的东西，指着一处停了下来，"这是什么？闻上去像是猪油？"

"是鹅油，"莉亚含糊不清地说道，"一种油膏。"她顿了顿，哆嗦着低头看着自己的鞋子。

"鹅油？"

"怎么就不是奶油醋栗泥呢？"另一个士兵哈哈大笑起来，"姑娘，你可以去准备这道菜给我们了。莫伊斯，你要是再打哈欠，别怪我不客气踢你啊！你够了没啊？"

"我没办法……控……控制不住啊，"另一个打着哈欠说道，"看样子，我今天是睁不开眼了。"

"要是我们在外面，就容易多了。"一个士兵走到窗户边，探出身去，"我的伊渡米亚，整个村子里的人都聚在外面了。"他走回来，摇摇头。"要是阿尔马格强行撞门，村民看样子是要暴动。我敢打赌，他们会这么做的。"

"那就太蠢了,"另外一个往地板上吐了口唾沫,抬起肉乎乎的手,挠了挠自己的喉咙,"他们如果真的暴动,就是犯蠢。你看,国王的军队马上要到了。你去干活吧,姑娘。别站在那儿,跟个树桩似的。把那个自大的臭小子弄干净,让他清醒一下。叛国的罪名早已坐实,就等着被我们处决了。别站在那儿偷听我们说话,这可是为你好。"

听罢,莉亚立马小心翼翼地往远处的角落走去,装出一副紧张兮兮的样子,手里的盘子也跟着叮铃哐啷响起来。那儿有一张高高的四柱床,四周垂下紫色的床幔,床上的被子蓬松柔软,一定填满了羽毛,床头堆满了枕头和毯子。它看上去有帕斯卡的床两倍大,国王的床最多也和它差不多。莉亚这会儿真想扔掉盘子,跳到床上去。从小到大,每一个晚上,她要么睡在阁楼上,要么就是在厨房地板上铺一张毯子便打发了。宽阔敦实的床脚边,科尔文坐在地上,像只小兽似的很警醒。他靠着墙,被拷起来的手腕搭在膝上,乱七八糟的头发垂到眉毛那儿。眉毛边的旧伤口又开裂了,鲜血流下来,染红了衬衫,鼻子和嘴巴上又新添了好几处伤口。莉亚把盘子放在他脚边,他抬头看到了她的脸,惊讶地瞪圆了眼睛。

"什么话也不要说。"她俯下身从盘子里拿东西,并打开猪油罐。

莉亚回头看了三个士兵一眼,发现其中一个不停打哈欠,下巴都快掉了。

"哈欠打够了没,你这个蠢货?我都被你感染了……也要打哈欠了。真是的,这是你们逼我做的。我发誓,接下来谁打哈欠,我就揍谁一拳!"

莉亚拿起一块麻布,往水里蘸了蘸,压在科尔文的眉毛上。他一言不发，半张脸都在微微颤抖，一定是下了很大的决心，才忍住没有咆哮。莉亚手上加重了一些力道，然后拿下麻布，绞干后又沾了点水，继续压在他的眉毛上，水一滴滴沿着面颊流下来。

此时此刻，他心里都在想什么呢？他的眼神，是对她背叛的指控？还是让她赶紧逃跑的警告？如果感激她，才不会露出这样的眼神。莉亚一只手将麻布压在他头上，另一只手打开装着鹅油的小桶，挖了一些鹅油抹在他的手腕上。他眉头紧皱，蓦地僵住了。原来他手腕上也满是血迹，一定是拼命想要挣脱镣铐，才生生弄得皮开肉绽。莉亚拼命往他的手腕和手上涂抹鹅油，像不要钱似的。

布琳在她身后收拾吃剩下的食物和空酒杯。看样子，苹果酒喝得一滴不剩。有个士兵已经歪在桌子上睡着了。

"布雷克姆？你不会是闹着玩吧，伙计？布雷克姆！你看看他，居然趴在桌上睡着了！"

莉亚回头看了看，差点就要笑出来，虽然现在还不是时候。她转而回过身，又挖了更多的鹅油。科尔文轻轻点点头，一边转着手腕，一边把手铐推出去，好让手能从手铐里挤出来。他脸上的肌肉紧绷着，皱着眉头的样子着实不太讨喜。手指并在一起，恨不得不留一丝缝隙。在不断努力下，一只手终于从手铐里滑了出来。

莉亚拿起一块干净的麻布，擦净他脸上的血迹。突然想起那个晚上，她也同现在这样跪在地板上，擦去他满脸的汗水和血迹。

"我们就这么呆在里面，真受不了。还有那么大一张床摆在我面前，太折磨人了。莫伊斯，你有没有在这样一张床上睡过觉？这可是一张真正的床呐，才不是我们睡的那些床，塞满稻草，爬满老鼠。这才叫床。"

"简直是天差地别。我打赌，这样一间房起码值一顶皇冠。布雷克姆,你这混蛋,快起来。要是阿尔马格抓到你在打盹……你有没有听我说话?哦……真是太蠢了,你这个蠢货!"

"姑娘,再去给我们拿些吃得来。我需要一些……我还要吃些东西……好让自己别睡着。快去!"他朝布琳挥挥手,她点点头,捧着盘子离开了房间。房门在她身后轻轻关上,可楼下大餐的香味就像蜡烛的烟气一样飘了进来,惹得人心里痒痒的。

科尔文不停地转着另一只手腕,上下滑动手铐,拼命想解脱这只手。他咬紧嘴唇,脖子上青筋凸起。手上的伤口涌出更多的鲜血,滴在了地板上。终于,手铐松了。

莉亚回过头,偷偷看了一眼三个士兵。一个歪坐在椅子上,半张着嘴巴,头往后仰着——闭上了眼睛。另外一个则离开了房间。

她取了一些捣碎的菘蓝花瓣,抹在科尔文的伤口上。结痂又一次裂开,露出里面微微透着粉色的肉,看着就觉得很疼。她内心祈祷,这些菘蓝可以再次发挥药效。

第三个士兵跌跌撞撞走到窗边,怔怔地往外瞧。他揉揉眼睛,喃喃自语,发誓不能睡觉,看来正在和汹涌袭来的睡意做最后一丝挣扎。莉亚盯着他,盼望缬草快点发挥药效。那士兵又摇摇晃晃地从床边走回桌边,一手撑在桌上,好让自己站稳些。然后,整个人便慢慢软了下来,扑通跪在地上,眼皮翻上翻下,脸上的肌肉也逐渐松弛下来。他看向莉亚,可实在困得睁不开眼,也认不出她是谁。终究是敌不过睡意的侵袭。

"躺下。"莉亚心中默念。

这个士兵照做了。

# 第十八章
# 乔克维尔

莉亚拿起一块破布,擦去科尔文手腕上的鹅油和血迹,他疼得瑟缩了一下。然后端起餐盘,压低声音道,"跟我走。"

驿站外愈发吵闹,可这几个治安官手下的士兵依然在呼呼大睡。莉亚穿过房间,走到门边,轻轻打开门。他们仍然没有转醒的迹象。他俩便穿过门外的大厅,往楼梯口走去。

莉亚看着科尔文,正对上他生气却又复杂的表情,"你没有什么话要和我说么?"

他从牙缝里挤出几个字,"你希望我说什么?"

莉亚恨不得把餐盘往他身上扔过去。"首先,你可以谢谢我,因为你应该明白,我并非有意要背叛你。我被治安官的手下给骗了。我现在想要弥补……"

"不要狡辩了,我知道你没有背叛我。我们现在还非常危险,不能放松警惕。是大主教派你过来的么?"

"不是。"

"那你知道怎么出去么?"

"你的马已经备好马鞍了。"

"那往哪里逃呢?除了去大教堂避风头,我还能去哪里?"

"我有圣球。"

"什么?"

"我说,我有十字圣球。"

"这玩意儿对我没用。它不听我的。"

"我知道,"莉亚心想,他怎么如此蠢笨。"可我会啊。我陪你去。"

他愣了一下,一把抓住莉亚,她猛地站住,罐子里的热汤洒得餐盘上到处都是,"你说什么?"

莉亚凶巴巴地看着他,"圣球是我偷来的。你觉得我还能回到大教堂吗?我和你一起走。"

"你要随我一起上战场?你能做什么?"他摇摇头,声音很低沉,"治安官会到处搜捕我们的。他要抓的是你。是你啊!不知为何,他死活也要抓住你。我被抓这件事,他似乎毫不在意。他要抓的是你,你这个贱民。他到处打听你,还吵着让大主教把你交给他。"

刚走出房间,莉亚觉得心里才舒服一点,科尔文话音刚落,心又悬了起来,"他为何……?"

"我被抓了以后,反正也没什么事情可干,便想到了许多原因。你本应该藏起来。可你现在居然出现在这儿,简直是羊入虎口。刚才你走进房间的时候,我发誓……"他闭上了眼睛。莉亚从没见他这么激动过。

"我过来是帮你啊。"莉亚大喝一声,"我答应过你,一定会遵守诺言,我说到做到。如果国王过来要杀了你,我绝不会袖手旁观,绝不。"她使劲抽出手臂,科尔文便松开了,说道,"我们现在正白费口舌。等我们逃走之后，再说也来得及。"莉亚有些难过——她原以为他会说，"我来保护你，"用他的爵位替她撑起一顶保护伞。可是他没有。

"好的。"

大厅尽头，他们沿着楼梯往下走。恰巧在这时，传来有人上楼的声音——男人的声音。莉亚还分辨出其中一个人的声音。

"我说吧，他就是一个暴徒。伊渡米亚啊，真是一群蠢货。如果条件允许，我们最好还是骑马出去。反正我们有其他奖赏了，谁还会在乎那个姑娘。"

"你去告诉阿尔马格，我会呆在这儿找那个贱民。我对大教堂了若指掌。即便她能躲起来，也躲不了多长时间。"

"斯卡塞特，你自己去和治安官大人说。先去把那个盔甲侍卫领过来，我们再去谢福顿，面见国王。这男孩死在哪个村子，我觉得无所谓。"

莉亚在楼梯口动弹不得，她听出了那个贼的声音，现在终于知道他的名字了。楼梯传来三双靴子交替碰撞的声音，他们马上就要上楼了。

原本她很有信心，坚信有足够的时间将科尔文救出朝圣驿站。可现在，大厅尽头的房间里睡着三个士兵，下面还有另外三个士兵正在往楼上走。没有多少时间可以思考，现在必须有所行动，可莉亚脑子一片空白，而且科尔文手上也没有剑。从楼梯口已经可以隐约看到那三个士兵的头了，她内心近乎绝望，抓狂起来，手脚都不知道该往哪放。

"我说吧，如果这群暴徒要叛乱，我们根本没法毫发无损地走出镇子。在这里，大主教拥有绝对的权力。那些村民全都仰仗着他，而不是门登豪尔。我和阿尔马格说过，要抓那个女孩子，千万不能和大主教硬碰硬。"

"够了，别废话。我们有二十个人，佩剑锁子甲都齐备。如果到时候血流成河，那只能怪灵力不中用了。在这片百里区，无人敢挑战大主教的权威，只能听命于他。"

莉亚看到了他们的脸。一切都完了。她拼尽全力，但事情越办越糟。现在，她和科尔文都要被治安官的人抓住了……

她差点要尖叫出声，说时迟那时快，科尔文猛地从她手里抽出餐盘，往士兵身上扔去。狭窄的楼道里，热汤和水洒得到处都是，罐子掉在地上，一阵乒乒乓乓，餐盘像是一块会弹跳的石头，砸向其中一个士兵后，又被顶给了另外一个。科尔文一跃而下，莉亚紧紧抓住栏杆，只好在一边看着。

一时间，楼梯上充斥着咒骂和尖叫，还有此起彼伏的抱怨声，夹杂着木板的嘎吱声。那几个士兵立马还手保命，可空间过于狭小，一切来得突然，他们根本没有时间拔剑——楼梯间只剩拳打脚踢，鲜血四处飞溅。方才科尔文的突然袭击，一下掀翻了两个士兵和斯卡塞特，都跟跟跄跄站不稳。有个士兵，鼻子开始流血，莉亚还看见他的嘴巴里飞出一颗牙齿，像颗鹅卵石一样掉在楼梯上。

"布雷克姆！布雷克姆！"一个士兵扯着嗓子拼命喊道，但是科尔文一手抓住他的胳膊，将他拉近，另一只手勾住他的脖子，锁住他的喉咙，他便再也发不出声音。科尔文转过身，将那人的头直直往墙上撞去，然后那士兵便和一只破布袋似的趴了下去。

斯卡塞特身上溅满肉汤，惊慌失措，屁滚尿流地逃下楼梯。莉亚跟了过去，但是科尔文抢先一步一跃而下，在楼梯下一把抓住斯卡塞特，无奈后者拼命挣脱，想要逃走，两个人一同滚下了楼梯。

那贼失魂落魄，惊叫道，"我发誓，我可以帮你！不要杀我！我可以帮你！"

斯卡塞特高举双手，手掌朝前，浑身抖得和筛子一样，瞪大眼睛，满眼惊恐，嘴角流出鲜血，"阿尔马格正在回来的路上，还跟着许多人。如果你在我身上浪费时间，你们就逃不掉了。求求你们，伊渡米亚保佑你们。你发誓效忠于德蒙特。我知道。即便他被杀了，你也不会背叛他。求求你们了，伊渡米亚保佑你们，放过我吧！"

莉亚走上前，看着他那双闪烁不定的眼睛。他抬头一看，便认出了莉亚，无力地闭上眼睛。他知道这回真要没命了。

"这把剑属于我的家族，"科尔文满脸怒容，厌恶地看着眼前这个人，双眼似是要喷出火来。他从斯卡塞特的剑鞘中抽出那把圣剑，莉亚曾是那么仰慕这锋利的刀刃。她无助地站在那儿，看着斯卡塞特脖子上的肌肉不断地收缩扩张。

刀尖就抵在他的脖子上。莉亚不停眨眼，双腿发软，眼看一个活生生的人就要被杀死了。科尔文的双眼似是被火点着了一般。她有些期待将要发生的事情，又有些抵触，这种血腥场面一辈子都不会忘记。

"你背叛了我，害我差点死掉，"科尔文的声音有些沙哑，"但有件事你的确没说错。我是德蒙特的人。所以，我不会结束一个手无寸铁的人的生命。"

"可我救过你的命，"斯卡塞特又张开了眼睛，压低声音，"我大可以把你留在那棵树下，任由你流干了血死去。可是那晚，大风大雨，我还是背着你到了米尔伍德大教堂。是我把你背过去的。她可以告诉你，要是没有我，你早就死了。"

科尔文咳嗽了一声，语带轻蔑地说道："你的贪婪救了我，但是不会救你。现在，你的胆小懦弱可以救你。"他顿了顿，提起剑，低头看着那瑟瑟发抖的人。科尔文锁住他的眼神，跪了下来，另一只手猛地抓住斯卡塞特的脖子，手中的剑正要落下。"你这个骗子，永远都不会说实话。但是你还要背叛她。"

"我发誓，我没有！"他挣扎着尖叫起来，感觉快要窒息了。

"我要用灵力，剥夺你说话的能力。你再也不能说一个字。"

莉亚感到有一阵风直蹿而上，扫过楼梯。很久以前，暴风雨的那个晚上，当大主教将风雨平息下来的时候，她也有同样的感觉。没错，那就是灵力。

科尔文松开抓着斯卡塞特喉咙的手。斯卡塞特赶忙用手护住自己的脖子，眼球凸出，嘴唇嗫嚅着，但是发不出声音，随后默默地流下了眼泪。科尔文抓住他的腰带，借了把力把他从地板上拎起来，扯下腰带后，又推了他一把，斯卡塞特跌回地板。科尔文从皮带上解下剑鞘，示意莉亚跟上他。

他们从后门逃出了驿站，布兰特在那儿牵着马等他们，咧开嘴笑得没心没肺。他俩便迅速上了马。

可还没等他们走远，治安官和他手下的声音便传了过来。

"抓住那个姑娘！"阿尔马格大吼一声。

科尔文狠踢一下马肚子，"抓住我，抓紧了！能抓多紧就抓多紧。不，你得用尽全身力气抓紧我！手指交叉握住，否则你会被颠下来的。快点——马要开始飞奔了。"

莉亚以为马儿早开始跑了，谁知现在才是来真的，马儿飞奔起来的感觉果然不一样。她胃里泛起一阵恶心，先是有些害怕，转而又雀跃了起来。头发被吹得乱七八糟，斗篷上的帽子跟着马儿的节奏，一下一下打在她背上。

风声在耳边呼啸而过，依稀还能听到士兵们在他们后面的叫嚣声。但是因为村民挤在一起，只能用跑的士兵根本没法赶上一匹奔驰的烈马。马儿跑得太快，莉亚有些跟不上节奏，觉得自己就快要掉下去了。

"我要滑下去了！"她大叫一声。

科尔文用一只手臂紧紧压住她的双手，虽然有些疼，但好歹稳住了。

"用你的脚夹住马肚子。紧紧抱住我！"

人群里有个人叫了一声莉亚的名字。她刚回头，就差点失去平衡。

"别扭来扭去！"科尔文低吼道："抱紧我！"他又踢了一下马肚子，莉亚感觉他们两人和马像是腾空而起，飞离地面。

她琢磨着是谁在叫她。脸颊紧贴在科尔文的后背上，他的衬衫都湿透了。因为长时间用力抓紧科尔文，莉亚的肌肉都开始酸疼起来。从小到大，她不是揉面团，就是搅奶油，她的双手和双臂一直是强有力的工具，从不曾有一刻罢工。她紧紧抱住科尔文，即便马儿迎着风，跑得飞快，颠簸得再厉害，她也没有松开。两人沿着乔克维尔大街一路往下，沿途经过大教堂的东墙。米尔伍德大教堂的尖顶高耸入云，他们不断往前，教堂也不断缩小。

莉亚看着大教堂的轮廓渐行渐远——那里是她的家。直到昨天，她都未曾离开这里。打记事起，她便在大教堂的厨房度过无数个夜晚。帕斯卡的脸浮现在她的脑海中，陡然一阵心痛，不觉间泪水盈满了眼眶。她没有好好和她说声再见。目光越过墙头，叮以看到大教堂围地中巨大高耸的橡树，柔嫩的枝条在风中来回飘荡，像是在和她告别。她再也不能回到米尔伍德了。这么一想，心头便如被钝器袭过一般,痛得无法呼吸。

她别过脸看向另一边,也好眼不见为净,不再勾起这往日的岁月。东边的托尔山逐渐映入眼帘。托尔山离大教堂不远,从任何方向看去,它的山顶都是这片土地的制高点——山顶光秃秃的,陡峭的山坡上有零星几圈树林。小时候的莉亚就被托尔山深深吸引,但是它离大教堂太远,和索伊两个人肯定走不到托尔山,更不要说上山下山一趟,在天黑前赶回大教堂。乔恩·亨特去过山顶上许多次,总是绘声绘色地描述那儿的景象,这便是她对这座山的全部印象。"莉亚,山顶上什么都没有,光秃秃的。没什么意思。这百里区里比它景色美的多了去了。"可即便他每次重复一样的话,莉亚却愈发喜欢这座山,虽然感慨自己并无机会前往。

治安官和他的手下要花多少时间备好他们的马鞍?还有多久,就会赶上他俩?她不过是个贱民,只知道大教堂两边的中心街市和乔克维尔大街,这里她并不熟悉。如今,后有治安官,前有国王的军队,所以想都不用想,这条路并不安全。

莉亚抬头看着托尔山,忽然想到一个办法。如果他们要找个地方躲起来——或者是一个逃跑的方向——十字圣球就会为他们指路。

"快停下!"莉亚说道。

"你疯了吗?"他回头说道。

"不,你别忘记还有国王的军队。你看,圣球!我有十字圣球,它可以指明任何我们想去的地方。"

科尔文猛地一拽缰绳,可马儿却还不愿停下来。他又使劲儿扯了几回,双脚紧紧夹住马肚子,即便马镫上连马刺都没有。烈马喘着粗气,蹦跶了几下,依然意犹未尽,还想撒开蹄子奔跑一番。科尔文嘴里念念有词,马儿渐渐平复,终于停了下来,甩了甩马鬃。他轻轻拍了拍马脖子。莉亚打开腰间的袋子，拿出十字圣球。因为一直紧紧抓着科尔文，突然放松下来，她的手便有些抖，都快拿不住圣球了。

她集中意念，"请指给我们一条前往温特鲁德的路，要安全。"

两根神奇的指针又转了起来，又快又灵敏，最后直指东面的托尔山。

科尔文看着指针所指的方向，"它现在指向东面，可温特鲁德在另一边。上次你问它的时候，它明明指的是西面。这说不通。"

莉亚表情严肃地看着圣球，"告诉我温特鲁德在哪里？"

两根指针转了一圈，又指向了西面。

"怎么给我们指了两个方向？"

"告诉我们可以安全抵达温特鲁德的路。"莉亚说罢，两根指针便又并起来，指向托尔山。圣球的下半部分冒出几行文字。

"温特鲁德怎么能有两个方向呢？"科尔文有些不解。

可是莉亚却明白过来，"因为它了解我们并不知道的事情。它知道去温特鲁德的路线，也知道其他事情，比如，这条路的尽头有什么。去温特鲁德最安全的一条路线，就是我们先去托尔山。我们现在就去那儿，如果圣球所指的方向有变，我会告诉你的。"

"真的可以相信它吗？"

"你觉得自己可以找到另一条路吗？"莉亚依然绷着脸。

科尔文吹了声口哨，轻轻抽了抽缰绳，马儿便带着他们离开主路，进入树林。他轻轻踢了一下，马儿便一头扎进白桦树林，马蹄卷起地上的小树枝和散落的叶片。白桦树棵棵挺拔笔直，树枝苍老遒劲，树干粗大，在风中微微有些摇晃。树荫下有些阴冷，莉亚心里一颤，有些想哭。她有些厌倦了这条逃亡之路上的恐惧。

穿过树林的屏障，他们来到托尔山的山脚下，眼前是一个缓坡，不远处，有一座带围墙的花园。乔恩·亨特以前从未提到过这个花园。莉亚本能地感到，这就是他们要去的地方。

科尔文回头看着她，汗珠从面颊上滑落。

莉亚点点头。两人沿坡而下，穿过石墙的门洞。身后隐约有马蹄声从远处传来。科尔文用力踢了下马肚子，莉亚一手紧紧抓住他，一手用力将圣球摁在自己肚子上。

要想真正掌控灵力，只有一个方法，这唯一的方法，便是你要意识到自己并不能完全掌控它。灵力才是掌控你的那一方。当你试图强迫它，命令它，又或者试图掌握主导权的时候，灵力便如惊弓之鸟，消失得无影无踪。这是因为灵力知道我们内心最深处的意念。它清楚知晓我们会如何使用它。人与人之间充斥着算计与阴谋。但是，你若想欺骗灵力，终将失败。如果有人追随它的意念，灵力便会如约而至。如果我们遵循可使灵力生生不息的原则，它便会在我们心中长盛不衰。骄傲便是杀死它的毒药。事实上，人类的自然情感中，没有一种会如骄傲这般难以征服和抵御。你需要尽自己所能，与它进行长期斗争，厌恶它、打倒它、遏制它、压制它。它永远不会消失，却时不时地探出触角。你甚至可以在大教堂里看见它。即便是我这样一位大主教，也仍需设想，我已经完全克服自己的骄傲，为自己的谦卑而自豪。

——卡斯伯特·雷诺登于比勒贝克大教堂

## 第十九章
## 血色之春

　　花园的外墙很高，即便坐在马背上，也看不到里面。墙上爬满鲜绿色的青苔，藤蔓植物挂满墙头。空气很新鲜，弥漫着青草和鲜花的芬芳。马儿喘着粗气，时不时抬起马蹄，翻搅着泥土。隐隐的马蹄声却从乔克维尔大街上传来。圣球的指针指向那锈迹斑斑的大门——门很高，还上着锁。

　　科尔文翻身下马，把缰绳递给莉亚。推了推门，没有开，又用肩膀撞了一下，依然没用。

　　"门里头有门闩，"他退后一步，仰头看着墙头，咕哝道："我们没有多少时间。圣球指的就是这儿？"

　　"没错，"莉亚听见马蹄声越来越近，恨不得马上消失不见，"墙很高，但是我们应该有办法翻过去。"

　　"马儿可没法翻墙，而且接下来我们也用得着它。我不会把它留在这儿的。"

　　"我没这么说，"莉亚有些生气，"把我举高些。等我翻过去，我就可以到另一边把门闩打开。"

科尔文看着她，眉头皱得更紧了。

"我要是站在马鞍上，就够得着墙头了。快，拉上马儿往墙这儿靠。"她把缰绳还给科尔文。他便牵着马儿，往墙边走去。

莉亚抬起脚，爬到马鞍上，马儿不停跺脚，发出呼哧呼哧的声音。她把圣球塞进挂在腰带上的袋子，系紧绳子，然后小心翼翼地站起来，努力保持平衡，双手抓住墙头，稳住自己，免得掉下去。站稳后，往里头一瞧，花园被树篱、大树和池子划分成好几块。墙根下便是宽阔的石阶，莉亚觉得马儿走下去应该没有困难。她还挺喜欢爬树的。

"他们就要追上来了。"科尔文叫道。

他稳住马儿，莉亚抓住粗糙的藤蔓，一点点往上爬。抬起一只脚翻过墙头的时候，藤蔓刮伤了她的腿，肚子也被墙头缠在一起的藤蔓硌得慌，双手缠满枝枝叶叶。所幸最后还是安全着陆到另一边，姿势还算优雅。随即她赶忙抬起门闩，推开门。科尔文拽起缰绳，牵着马儿走进花园，重新关上门。两人领着马儿沿着宽阔的台阶往下走去。

路边传来治安官手下的声音，由近及远。他们应该是走远了。

科尔文谨慎地环视四周，"这是哪儿？"

"我从来没来过，"莉亚答道。

沿着石阶往下走到尽头，有几行树篱挡住了去路。穿过树篱，眼前豁然开朗，竟是一汪水波粼粼的池子和精致漂亮的花圃，还有成片郁郁葱葱的绿树。再往前，抬头一看，便是雄伟的托尔山。

"现在要往哪儿走。"科尔文问道。

莉亚看了一下圣球，它指向另外一道石阶。沿着这道石阶往上走，便可以穿过花园。

科尔文摸了摸脸上的胡茬，"管理员在哪儿？会有谁住在这儿？"

"我怎么知道？你最起码还有把剑。从头到尾我都以为这把剑是斯卡塞特的，不是你的。我真是够蠢的。走这条路吧。"

　　马儿走台阶完全没有障碍。科尔文和莉亚边走边留意周围的风景。鸟儿身披五彩缤纷的羽毛，从一棵树飞到另一棵树，饶有兴致地看着他俩。水池和喷泉雅致又迷人，如遗世独立一般静谧。不一会儿，他们便沿着石阶爬到了上面，摆在面前的是两条路。圣球指向的那一条，满是错综复杂的树篱，但是穿过一片草坪之后，便是一堵低矮的石墙，墙上嵌着一块灵石，刻着一个狮子的头。

　　"是一口井，"科尔文使劲拽住马儿，"喂马喝些水，我们也可以喝一些。这里一定是一个圣骑士的花园。连这些树篱都排成我们圣徽的形状。"若科尔文不说，莉亚倒没有注意到这一点——石头和树篱都是八角星的样子。

　　他往灵石走去，下方还有一口石槽，表面斑驳，说不清是什么颜色，里头没有水。耳边一阵微风吹过，莉亚打了个寒颤，狮子的嘴里便流出了水，渐渐注满了石槽。水很清澈，却隐约透着一些粉色。科尔文领着马儿走到另一边的池子，它低下头开始喝水。走回来后，他在这涓涓细流下把手洗干净，再掬起手来，喝了几口。

　　"有点铁锈味儿，"他说道，"真是奇怪，这块灵石居然没有反抗。快喝吧，趁现在还有干净的水。"

　　莉亚凑过去，洗了洗手，也尝了尝——因为混着铁锈，有些泛酸。由于水流长时间的冲击，石槽底部磨损了不少，泛着些许棕红色。水很冷，几乎是冰的，莉亚便想到她在米尔伍德洗衣房里惯用的招数。不一会儿，灵石中流出的水便开始蒸腾出热气。她将手臂伸到水流下，觉得有些刺痛。突然水停了。

　　"你做了什么？"科尔文质问道，有些生气。

"水太冷了。我想让它热一些。"

"你怎么能……你不能对嘎咕怪石这么做。这个是用来召唤水的,不能用来做其他事情。额外的事情不能做。"

"我在洗衣房一直这么干。"莉亚觉得奇怪,他怎么这么扫兴,"热水洗起来更干净,比又冷又脏的水好多了。"

"你不应该会啊……连圣学徒当中,都很少有人能做到……我是说……这太不可思议了。这块灵石是召唤水的,你却能将火加进去。"

"那你是怎么加热水的?"

他严肃地看着她,"不能这么做。水就是水,火就是火。两者不能混为一谈。"

莉亚也回敬了他一个严厉的表情,"你刚才阻止我,是不是因为——你——根本不会?"

科尔文直愣愣地站着,像是在盘算着说些什么,却又咬紧牙关,免得一不小心就漏出来,"我不会和你吵架。要是水喝够了,我们就可以走了。"

话说的生硬了些,莉亚有些难过,但没有表现出来,便沿着另一条小径走去。科尔文牵着马走在旁边。有时候,科尔文真是挺讨厌的。她低头看着圣球,跟着两根指针的方向,穿过一片迷宫一般错综复杂的树篱。走着走着,便来到一处幽静之地,周围是一圈漂亮的紫杉,与其并列的还有一圈低矮的石墙,中间有一口圆形的水井。井口有一块又高又窄的灵石,和大教堂废墟那儿的路标差不多,刻着一张男人正在哭泣的脸。

莉亚低头看着十字圣球,指针的方向明确无误。

科尔文把缰绳绕在树枝上系紧,然后往下走了三个石阶,好奇地看着井口,有些茫然。莉亚跟上他,摸了摸边上的灌木丛绿叶。明晃晃的太阳就在头顶上,一丝风也没有,两人的影子被拉得长长的。连空气仿佛都静止了。

莉亚看着和路标差不多的这块灵石,盯着它的眼睛,思忖着该怎么用。它看上去有些年头了,若干特征早已被岁月侵蚀得一干二净。她和科尔文站在井边,探头往井下看——漆黑一片。井口下方传来一阵声响,像是人快睡着时那种轻柔的呼吸声。

"真的是这儿吗?"科尔文盯着黑漆漆的井底。

突然,一个男人嘶哑的声音从树边传来,听着还有些口音,"只有十字圣球才会把你们引到这儿来,"他从阴影中走出来,漆黑的眼珠透着愠怒。他比科尔文高,短上衣遮住了胖乎乎的圆肚子,露出两条细长腿。头发虽是黑色的,耳边的鬓角却夹杂着些许灰白色。

科尔文拔出剑,那男人也往前一步,手里胡乱挥舞着什么东西。

"你倒是先亮出自己的武器了!还在我家里?在如此神圣的地方?"科尔文利剑出鞘,对准男人的胸膛,眼睛仿佛能喷出火来,"你拿着剑想要干什么?你这小骑士!你说啊?你是要把剑刺入我的胸膛吗?不就是个小小的银色徽章吗,真是勇敢的不得了啊,比治安官的手下还要勇猛啊。来啊!让我开膛破肚好啦!好让我的热血祭奠灵力,再寻你复仇。你这个小骑士。我这跛脚老头的权杖是不是让你害怕了?啊?"他顶着科尔文的刀尖,一下又一下地挺着自己的胸膛,"嗯?你说什么?嗯?怎么不现在就杀了我?嗯?"

莉亚盯着他凶狠的目光,被他臭烘烘的口气熏得有些犯恶心。她伸手按在科尔文的胳膊上,轻声说道,"快放下剑。"

科尔文的胳膊纹丝不动,眼里尽是怀疑。他紧紧咬住牙关,连下颚的肌肉都在抽动。

"快放下。"莉亚又说了一遍,轻轻推了推他。

"好主意,小骑士。小朋友就是聪明!听这个孩子的话。她带着十字圣球,还能让上面的指针转动。就听她的。嗯?还是你非要和我决斗?很好。那么,我们来战一场吧。我从来就不喜欢战斗,但是从头到尾你没有对我表现出一丝一毫的尊敬。如果非要在这个小妹妹面前羞辱你一番,我就当仁不让了。骑士,拿起你的剑!来战斗吧!"

"快放下!"莉亚轻声说道,态度更加坚决,"他不会伤害我们的。他是个圣骑士。"即便他身上没有任何证明,但是她确信他一定是。

科尔文有些犹豫,手臂颤了颤,便垂下手,放下了剑。

"小骑士,你让我有些失望。早知如此,我就应该在这姑娘面前,好好羞辱你一番——谁让你被一个跛子给打败了!"他把权杖往地上一插,靠了上去,"好吧,要是你不愿意打架,那我们来聊一聊。聊天有时还挺管用的。你们怎么会在这儿?嗯?我听不清你说什么。告诉我,你们来花园做什么?嗯?"

"我们在躲避治安官手下的追捕,"莉亚上前一步,"是圣球带我们来这儿的。"

"那是当然!"他大喝一声,对着莉亚挥舞权杖,"因为它可以听见鲜血的尖叫声。就好像我可以听见一样。哦,那些尖叫声!"

话音刚落,莉亚觉得后背一凉。

"你是谁?"科尔文试探着问道。

"我叫梅德罗斯。不用告诉我你叫什么,我不想知道。你并非我国子民,听到你们的名字就恶心,我都不忍心说出口。更不要说你的血溅在这儿的石头上。天哪!我们王国内还有很多人的名字我也不喜欢。另外,我已经知道你们为什么会出现在这里。"

"你怎么知道?"莉亚问道。

梅德罗斯咧嘴一笑,"小姑娘,因为你是和一个圣骑士一起来的。

圣骑士会为死去的同伴埋葬尸体。"

莉亚呆了一下,"这儿还有另外一个圣骑士?"

"只剩下一部分身体还留在这儿啦,孩子。鲜血早已流干喽。这又是一个哭泣的春天,为他的鲜血而哭泣。"

科尔文收起剑,满脸怒容,"在哪里?他的尸体在哪里?"

"小骑士,你现在就站在它上面。我把他藏在这口井里,这样他们就不会找到他,也没机会像个屠夫一样将它大卸八块。他没有透露你的名字,因为他根本不知道。我想,这也算是救了你。但是他名字里有德蒙特三个字。天!说起这名字就害怕。就好像说舌头上有虫一样,太恐怖了。他是德蒙特的人,来到此地,为的是找你。但是他找到的那个人,看上去不靠谱,后来那个人背叛了他,投靠了治安官。他也是个小骑士。德蒙特的人不知道你的名字,但知道的也够多了。他知道温特鲁德。现在国王的军队日渐逼近,所有的圣骑士都在温特鲁德集结,准备血溅战场。如果你是一个忠诚的圣骑士,像米尔伍德的大主教一般,你就可以阻止这一切发生。"他突然瞪圆了眼睛,大笑起来,"你可以抬起托尔山,然后扔在他们头上!"他笑的有些癫狂,"但是你还不算一个忠诚的圣骑士,你不过是个小骑士。"

疯狂的老头一个人在那儿喋喋不休,莉亚意识他有外国口音。既然他们不是一国的,那说不定他能看懂圣球上的文字。或许他就是那个能读出文字的人。圣球不仅带他们来到一个安全的地方,还引导他们找到一个可以提供帮助的人。

"你识字对么?"莉亚问他。

"没错,当然啊,"他感到有些被冒犯,"我懂多门语言,既能说,还能刻。我去过许多地方,还把每个地方的故事都写下来。"

莉亚和科尔文对视一眼,只消一个眼神便知道对方在想什么——

他们的想法不谋而合。梅德罗斯就是那个住在旧坟场山洞里的人,就是他把历史记录在圣书上。

"你能读懂圣球上的文字吗?"莉亚捧起圣球。

"让这个小骑士读吧,"他讥笑一声。

科尔文有些紧张,"我不会。"

"嗯?"

"我不会。"

"你居然不会?难不成你觉得自己的语言是最优美的?就因为你牙牙学语的时候,你父母对你说这个语言,所以它就是最好的?小骑士,你可真是狭隘啊!太狭隘了!不够豁达。孩子,让我看看,上面是什么。"

莉亚把圣球捧高了些,他眯起眼睛,看着圣球下半部分那几行弯弯绕绕的花体字。

他撅起嘴,"是……没错……然后是什么……哦,我明白了……明白了……很好。对,就在那儿。我明白了,没错。"

"你能读懂对么?"莉亚内心充满了希望。

"不。"他摇摇头。

"你看不懂?"

"对,这是普莱利语。会说这门语言的人早死绝了。但真是一种很优美的语言。普莱利人都很有想法。"

"所以……你看不懂是吗?"莉亚很失望。

他抬起头,凶巴巴地看着她,"不,不——不是这么一回事儿,孩子!你让圣球上的文字消失了。不……你不能这么做。"

"你什么意思?"莉亚咬住嘴唇,被他毫无逻辑的话搞得晕头转向。

"是怀疑。你千万不能动摇。永远不能有任何怀疑。我不能读出普莱利语，这种语言早已被人所遗忘。小姑娘，虽然我不能读出来，但是我能看懂它的意思。灵力会告诉我它是什么意思，我就是这么看懂许多其他的古老语言。有些人拥有说出其他语言的神力，而我则具备读懂它们的神力。"

"怎么会呢？"莉亚又是兴奋又是害怕。

"你明明都看见了！我听到你在低语。我是个圣骑士，我相信自己可以。接下来听好了，让我来告诉你上面都说了什么。或者说，它准备要告诉你的事情，只不过你听得还不是很清楚。'这位圣骑士已经在这座花园里死去，我必须将他的配件、上衣和银丝软甲交给你，由你转交给他那位正在温特鲁德的兄弟。你必须前往温特鲁德，必须是你。'"他定定地看着莉亚，"他也必须过去，对，就是这个小骑士。他也必须过去。让我来看一下剩下的都说了什么……没错……对，了解了。很好很好。一切都很明了。"

他抓紧权杖，转过身，一拐一拐地往前走去，"跟我来，快！当我们接受灵力的旨意时，就要照做，立即照做，不能有任何耽搁。快，我带你们去拿佩剑，银丝软甲，还有战衣。我觉得，这个小骑士得穿着这件衣服上战场。一场战役即将在温特鲁德打响。"他爬上低矮的石阶，咕哝着："我们先要爬上托尔山，因为我必须为你们指明一条安全的路线。这一路布满陷阱，你们不一定能躲开。所以你们必须要走比尔敦荒原。"

## 第二十章
## 高峰

梅德罗斯手里的权杖如虬曲的树干一般。顶端扁平，大小和一朵蘑菇一样。杖身布满凸出的结节，底端呈锥形。莉亚无法分辨木头的品种，权杖从上到下尽是树结和复杂的木纹。他一手抓住权杖顶端下方，大步流星走得飞快，莉亚和科尔文都快跟不上他了。他的一条腿有些跛，但是依靠这根权杖，他走路完全不比别人慢。事实上，莉亚和科尔文两人还得努力赶上他才行。

"走这儿，这儿！"梅德罗斯转过头，一边气喘吁吁地说道，一边沿着小径一路跳着往前走。"快一点。灵力对我们一旦有要求，就必须绝对服从。快快快！十字圣球在用普莱利语和这姑娘说话。普莱利语啊。我早该知道。"

穿过树篱，眼前是一片草甸，远处便是托尔山。山脚下，肥壮的绵羊正在草坪上吃草。他们一行人经过时，几只羊还抬起了头。科尔文咬紧牙关，眼睛眯了起来。每次他脸上出现这种表情，他势必疑虑重重，格外警觉。他用力扯了扯马儿的缰绳。

莉亚的脸颊上满是汗水，她抹了一把脸。梅德罗斯缓步爬上一座小山丘，那儿什么都没有，只有一棵苹果树，看上去和米尔伍德苹果园里的完全不一样。粗壮的树干和茂密的枝条仿佛正将几个世纪以来这棵树前所发生的事情娓娓道来。那些枝条非常坚实，莉亚发现它们的颜色看上去和梅德罗斯手中的权杖差不多。她走到树荫下，差点被一块石头绊倒。蹲下身，才发现哪里是什么石头，拿起一看，竟然是米尔伍德的苹果。

梅德罗斯回头看向她，两人视线交汇，"真是个聪明孩子。再多拿一些，留着给自己和马儿吃。多备些食物上路，接下来用得到。水果好歹能顶一段时间。"

现在并非苹果成熟的季节，即便有，不是晒成干，就是烂成糊。可这只熟透的苹果摸着硬实，表皮黄里透红，闪着诱人的光泽。莉亚发现这棵古树树干处有一块灵石，它散发出的强大力量，她早有察觉。如果是块火灵石，她还能召唤出火苗来暖暖手。灵石上刻着的那张脸很沧桑，光滑的表面上有很深的皱纹，还有一撮胡子。莉亚被它的眼睛所吸引，慢慢靠近它。她才伸出手，科尔文一把拽住她的手腕，摇摇头，有些生气。

梅德罗斯绕着苹果树转圈，"我们到了。我也得在这里和你们分别了。小骑士，就是这儿。你还得带上一些钱。姑娘，你再拿些苹果。山脚下的草坪上还会有一些。树枝上倒是没有，现在还不是苹果成熟的季节。"

莉亚寻了半天，捡了一些苹果，放进马背上的褡裢，又花了好些时间，喂马儿吃了一只。

"对了，还有剑，"莉亚在找苹果的时候，梅德罗斯对科尔文说道："这把剑属于一位父亲，它和你的这把圣剑差不多。带着它去找这位骑士的兄弟。然后……这个是银丝软甲。你已经有一件了，所以不是给你的。那个孩子也差不多能成为圣骑士了，这个是给他的。现在你既是他的父亲，又是他的兄弟。哦，不对，这样可不行。小骑士，别皱着眉头。你必须相信我，这是你的责任。现在轮到这件战衣了。没错，上面还有血迹。但是你不要听它的尖叫。不，你听不到的。感谢灵力，你还没这能力。快拿走。上面的血迹不会寻到这座山来复仇，它自会去其他地方。小骑士，快穿上它。对，你没得选。这是德蒙特的。你一定得穿上！"

莉亚又抱着一堆苹果，扔进褡裢里。马儿摇摇头，马鬃轻轻扫过她的脸，她便笑着蹭了蹭马儿的脸，眼角的余光瞄到科尔文解下佩剑腰带，穿上战衣，又重新再将腰带系上。这件战衣颜色暗沉，但是依稀能分辨出几处剑伤残留下的血迹。她的耳边，忽然响起治安官之前对她说过的话，"我的剑上还留有你整个家族的血。那一声声的哀叹至今余音缭绕。但我要告诉你，他们是如何怀有背叛之心，如何在死后依然逃不过被惩罚的命运。你的祖父、你的叔叔，我们把他们的头用长钉钉住。我还会告诉你，我们又是如何作践他们的尸体……"

莉亚心如刀绞。如今，眼前这件浸满鲜血的战衣，仿佛是在控诉暴力的真正面目，她内心一阵钻心的疼痛。一阵眩晕袭来，满腔怒火无处发泄，她几乎要吐出来。可是她紧紧抓住马鞍的鞍角，待心里慢慢平息，好让这一阵恶心被压下去。在她内心深处，仿佛能听见这些凄厉的尖叫声，它们不再是喃喃低语。

"姑娘，过来。现在快上托尔山，往山顶上爬！快！"

莉亚不明白，为何梅德罗斯爬得这么快，还有力气说话，可他做到了。反观她，胸口像是灼烧着一团火，双腿也快要烧着了一般，要不是抓着马镫，早就摇摇晃晃地摔倒了。科尔文那件破战衣早已浸透汗水,但是他一言不发,闷头往前走。

"你要骑马吗?"他看着莉亚,低声问道。

她实在没力气说话,只好摇摇头,能抓住马鞍就够了。只要马儿还能往前走,她就没有问题。

"如果天气好,站在科诺特山脊上,就能看到托尔山。在豪顿山上也能看见。看到下面那些树了么,不是上面的。托尔山的山顶什么都没有,光秃秃的。原因是这座山还非常年轻,没错,年轻!你知道托尔山是怎么出现在这儿的吗?嗯?听说过吗?你现在也没法说话,那听我说。很多年前,第一座大教堂刚刚建造完成。好吧,几百年前了。现在,你放眼望去能看到的地方,当时尽数被洪水所淹没,"他大臂一挥,"来自另一个王国的一些士兵,乘着大船,来到此地准备大肆掠夺财物。他们说另一种语言,可贪婪却早已在每人出生之时便埋下恶果。当他们看见米尔伍德大教堂的时候,便被贪婪蒙蔽了心智。大船来到河岸口,他们一上岸便屠杀村民。鲜血发出尖叫,传到了米尔伍德的大主教耳中。那是死亡的声音。"他回头看着他们,目光炯炯有神,"你知道大主教做了什么吗?小骑士,猜猜看?不猜一下吗?"

梅德罗斯不说话了。他们终于来到托尔山的山顶。莉亚只想跪下,可还是撑住了自己,大口喘气。两耳几乎能听见自己猛烈的心跳声。就连科尔文看上去都有些呼吸困难,他也停了下来,弯下腰不停喘气。

"哎!你们两个年轻人。年轻的腿、年轻的脚。没一点耐力。我连马都没有。我必须走到灵力召唤我要去的地方。穿过这片村庄!对,再走过那片村庄。看远处的地平线!看到了吗?啊!荣耀之光!永远也看不厌。"

汗水从莉亚的鼻尖上滑落,她逐渐恢复了一些力气。

"那……大主教做了些什么呢?"莉亚喘着气问道。

"嗯?你说什么,小姑娘?"

"就是士兵来的时候。"

"你说故事的结局?这可是个荡气回肠的故事。大船过来以后,士兵便往大教堂进发。他们和村民没什么两样,头脑简单。"他连续打了好几个响指,最后将一根手指放在唇边,"但是他们不知道灵力的存在。或者说,他们完全不知灵力的力量是多么巨大,大主教又是多么强大。他的视线往东,东边就会有一座山拔地而起;往西,情形也一样。"他言之凿凿,手臂挥来挥去,"所以,大主教受到灵力的召唤,坚定的信念衍生出强大的力量,他缓缓高举双臂,远处便升起一座山。没错!他举起手,远处一座山便从地面升了起来,一座山就这么出现了。士兵和他们的大船瞬间被压得粉碎,"他一只拳头砸向另一只手的手掌,"这座山便是托尔山。等你离开这里,再回望托尔山的时候,你就会知道我说的一点没错。这座山并不属于这里。总有一天,会有另外一个大主教将它压回原来的位置。那个时候,我们都不在人世了。很久以后了,很久很久以后了。"他的目光瞬间变得有些严厉,"孩子,快看看十字圣球。让我们看看,你们应该要往哪儿走。"

莉亚一下挺直身子。他说的每个字,她都确信无疑。这个故事太奇幻了。相较而言,那场暴风雨引发泥石流之后,露出的那些只剩破布和指环的尸骨罐和悬在半空中的石头,都不足为奇了。

她把手伸进袋子,掏出圣球,递给梅德罗斯。他眯起眼睛看着圣球。

"你要做的就是相信它,"他压低声音,"相信它可以为你指一条你该走的路。至死不渝。"

莉亚便集中意念,"请指给我们一条前往温特鲁德的安全路线。"

圣球似乎又活了过来,两根指针转起来,最后偏离托尔山的方向,指向西边的地平线。

莉亚抬头望向指针的方向,目之所及,皆让她喜不自禁。从山顶极目远眺,每个方向都开阔无比。景色着实令人赞叹。她看到了茂盛的果园,深邃的峡谷,如镜子般明亮的水池和远处的山丘。往下看,大教堂便映入眼帘,现在的它如此渺小,眼泪瞬间溢满她的眼眶。厨房的烟囱在橡树林中显得非常醒目。她又想起了帕斯卡,心头一阵难过,忍不住抽泣起来。还有苹果园,还有鱼塘。她甚至能看见洗衣房,要是再看得仔细些,还能看到周围的行人。

"孩子,你哭了?"他柔声问道:"这是怎么了?"

"我没想到,自己竟会如此想念它,"莉亚轻声说道,眼泪早已模糊了视线。

"你总能在爬山的时候获得领悟,这就是智慧,"梅德罗斯静静地说道:"因为它会告诉我们,自己是多么渺小。这里不过是整个王国中不起眼的一块鹅卵石而已。孩子,你还要登上更高的山,远方还有更壮美的景色在等着你。"

"我的伊渡米亚,那是国王的军队,"科尔文惊叫一声,"我……我看不清军队的规模,尘土太大了。可是,快看那些战旗,还有纵队。他们来了,快看!"

莉亚用袖子擦了擦眼睛,便转身去看。科尔文站在一块凸出的岩石上,往南边看去。他的头发和战衣被风吹得飘扬起来。远处,国王的军队蜿蜒如一条黑蛇,在路上绵延开来,队尾扬起一阵尘土。

"没错,小骑士,就是国王的军队!而且这只是从王城出发的其中一部分。另外还有一队从南边出发。三天后,他们会在布里奇沃特集结。没错,三天后。"

"你怎么知道?"科尔文问道。

"圣球说了很多事情,还有一些则是灵力告诉我的。听我一句话。如果走这条路,你一定会被抓,这姑娘也逃不走。国王此举可谓竭尽全力。他坚信,自己能让德蒙特的军队一败涂地。对此,他深信不疑。他总是这么固执。"

"有多少人?"科尔文问道。

"嗯?小骑士?"

"德蒙特有多少人?"

梅德罗斯狡黠一笑,"和国王的军队比,大概只是他的十分之一吧。也就一个零头。小骑士,是不是动摇了?你觉得你们赢不了?"

"不,"科尔文有些生气,"我必须告诉德蒙特。"

"没错!你必须告诉他!让他心存疑虑。对,小骑士,这一定管用。削弱他的自信心,消磨他的希望。无需再苟延残喘,和一条鱼一样死去便可。"

"我不是这个意思。"

"你很容易就会猜疑别人。你自己都没有发现。够了!我为什么还要多嘴?眼前这条路已经被封死了。没有一条路是安全的。要去温特鲁德,唯一安全的路线,就是穿过比尔敦荒原。就是那儿!看见那波光粼粼的水面吗?就在南边——那儿就是布里奇沃特小镇。水面的北面就是科诺特山脊。这水面所及之处就是比尔敦荒原。每逢下雨,荒原就会洪水泛滥。每年一次。那儿地势低洼,还有沼泽,鲜有小镇和村落,因为没人能摸透洪水的性格,很少有人能活下来。过了比尔敦荒原,就是温特鲁德了。看圣球上的指针,它们已经为你们指明了方向。跟着它,它会带着你们找到德蒙特的营地。一旦偏离,你们就会被国王的军队抓住。一定要记住。"

科尔文走近一步,"梅德罗斯,你来自哪个王国?是浩特兰德吗?"

梅德罗斯眨眨眼,"小骑士,我来自许多地方。我甚至到过伊渡米亚。很久以前,我便带回这颗种子……种子孕育成树。那可是一棵好树,果子特别好吃。"

"那你来自哪个家族?"科尔文追问道。

他又调皮地笑了笑,"啊!我也是有家族的。"

"这姑娘带我去了离大教堂不远的一个山洞。在洞里,我看到了你保存的圣书,每本圣书我都读了一遍。"

"是吗?你都读到了些什么?"

"我想要读更多。"

"口气倒是挺大!你都不知道能不能挨过接下来的几个礼拜!你得先从温特鲁德的这场屠杀中活着走出来。不过,得有妹妹在那晚为你守夜。听明白了么,守夜。"

科尔文的表情有些不自然,他攥紧拳头,"妹妹?"他哽咽着,差点说不出话。

"对,是妹妹。你还是个小骑士。真替你感到遗憾。我可不会再安慰你。"他转向莉亚,将长满老茧的手放在她的额头上,这是一双粗糙的手。他伸出一根手指,轻轻摩挲着她的脸颊,"孩子,等你学会阅读的时候,我会给你看大教堂的圣书。"

莉亚高兴得快要爆炸了。他没有说如果她"要"学,而是"等"她学会的时候。

"谢谢你,梅德罗斯,"她轻声说道,低头表示感谢,情不自禁地在他的脸颊上印下一个吻。

他看着她,笑容甚是温暖,"啊!能有这样的神力,真是求之不得。你的内心对阅读识字坚定不移。很多臣服于灵力的人都希望能有这样的神力。内心有所想,便坚信你可做到,你总会成功的。这不是预言。若我们集中念力,灵力便会带我们去向内心想要去的地方。它将你俩联系起来。我看得一清二楚。现在就让灵力带着你们继续向前进发。你们每走一步,都会遇上困难。注意脚下!一路上一定会碰到治安官的手下,一群杀人犯。如果他们意识到,你们不会蠢到直冲他们的军队而去,便会折返前往米尔伍德。小姑娘,你也是他们的目标。但是比尔敦荒原会帮助你们躲过他们的追捕。"

来到大教堂的年轻圣学徒，之前已经接受训练，且意念坚定。有些圣学徒已经可以召唤灵力，所具备的神力无与伦比。有些可以召唤出火或者水，甚至抬起一块石头，皆易如反掌。但是，无论他们身负何种神力，我们希望他们能激发出更多的神力。如果他们身负六种神力，我们希望他们在离开大教堂的时候，神力则可以翻倍。如果他们只有一种，我们便会用各种方式不断尝试，逼迫他们再锻炼出两种或三种神力。但是，无论他们身负一种还是六种神力，有些圣学徒的神力最终却会悉数丧失。大教堂中，严格的训练会让他们付出代价。或者说，他们将自己的意念臣服于"怀疑"这小小的负面情绪，至此，即便是大主教，其能力也未必能治好他们，因为这些圣学徒对自己早已造成不可挽回的伤害。意念便如同身体一般，从阳光下走进了阴霾之中。

——卡斯伯特·雷诺登于比勒贝克大教堂

# 第二十一章
## 比尔敦荒原

比尔敦荒原随处看见长满青苔的岩石,绵延着一片又一片的绿色芦苇,大乌鸦在其中来回踱步。凸起的高地上,零星长着矮小的橡树,枝条下垂,瘦骨嶙峋。高地的周围便是沼泽,每年都会被洪水淹没一次。小虫和蚊子漫天飞舞,空气中弥漫着一股泥土腐烂的味道。耳边总是萦绕着似有似无的声音,像是幽灵般从远古传来。荒原上的每一寸土地,都浸透污物和烂泥,有些危险地段,一旦深陷其中,便不能自拔。比尔敦没有路,因为它时刻在变化,没有一条路可以成形。这片土地是如此原始而神秘,却让人心生怪异,竟觉得它如此秀丽,就好像那种潮湿的灰色飞蛾,翅膀上点缀着各式各样的斑点,看着也觉得欢喜。

上游三条泥泞不堪的支流,长年累月徒劳地灌溉着低地,交错形成整个荒原中间那几条浑浊的河流。其中一条支流,便挡住了去温特鲁德的路。河水缓缓流动,丨字圣球指向了支流南边的一侧,另一侧的沿岸则是密密的芦苇,低沉的蛙叫仿佛是在阻止他们过河。

"梅德罗斯说的守夜是怎么一回事?"莉亚挥着手赶走脸上的

飞虫。

"我不知道,"科尔文绷着脸看着前方的树。脚下的泥很滑,马蹄不一定能踩住,他很小心地牵着马儿往前走。

"我以前听人说过,"莉亚说道,"大教堂里就会举行这样的仪式。圣学徒会为了他们所珍视和渴望的东西,彻夜不眠。每次圣骑士会试之前,很多人都这么做。"

"圣骑士的很多方面,你都很了解。现在我都习以为常了。"他转头说道。

"你肯定知道梅德罗斯是什么意思?"

"他说的是我妹妹,她叫马尔恰娜,现在还在弗什,她不知道我在这里。又或者他说的是你。反正就是……这条河没有尽头吗?我们现在还不能过河?"

"如果他指的是我,那你得教我怎么守夜,"莉亚说道,"我从前没有经历过。不吃东西,倒是可以。有些晚上,如果不太累,我都睡不着。但我觉得守夜没这么简单吧。"

"没错。"

"那你可以告诉我吗?"

"现在还不行。"

"为什么?"

突然,他像是被惹恼了一样,话说得有些粗鲁,"因为我现在正设法别让这匹马摔倒!我需要高度集中精神,结果你一直问个不停。你就不能安静会儿吗?"

莉亚心里窜起一股无名火焰,幸好自己坐在他背后,就省得看到挂在他脸上不耐烦的表情了,否则会更加不爽。他以为全世界只有他注意到恶心的烂泥?只有他担心疲惫的马儿快要应付不过来了吗?现在她心里有几千几万个结，脑子里全是梅德罗斯方才说的话。她想和别人聊一聊，好弄清楚他的话究竟是何意。梅德罗斯说的话，有一半都让她云里雾里。

她低头看着十字圣球，发现指针没有动静，心底一抽，刹那间，绝望和痛苦一拥而上。心里恳求道，"请告诉我们去往温特鲁德的安全路线。"指针转了起来，最后指向南边，依然是沿着河流的走向继续往前。她闭上眼睛，心下一松。

"打扰到你，我非常抱歉，"她咕哝道，心里紧跟着默念了三个字，"小骑士"。"等一下，指针转向了。"

"是吗？让我看看。"他坐在马鞍上，转过身，两人看着圣球上的指针转了起来，指向了河流对岸，"就是在这儿吗？"他有些怀疑。

河流很平缓，没有起伏的波浪，但并不能确定河有多深。上游陡然传来一声刺耳的"咔啦"声，马上又消失无踪。他俩吓了一跳。

"抓紧我，"科尔文说道，"如果马儿开始划水，我们就有可能摔下去。你要抓紧我，我会抓紧缰绳。对——抓紧。抓牢圣球，千万别掉了。不然，我们就再也找不到它了。你会游泳吗？"

"不会。"莉亚的心开始狂跳起来。

"终于有一件事情，我会做，但你却不会了。等会儿要是我们被水淹了，也不要害怕。不要靠我太紧。我可以把你带到河岸边，但如果你靠得太紧，我自己就没法游水了。明白吗？"

她咬住嘴唇，点点头。

"那我们走吧。"说完，他双腿夹了一下马肚子，推着马儿入水。马儿看着河面上的浮渣泡沫，有些畏缩不前，不停喘着粗气，非常警觉。科尔文吹了声口哨，再用力踢了一下马肚子，马儿便开始过河。河底的泥土松软湿滑，马儿有些站不稳。莉亚觉得自己像是混在奶油里面被搅来搅去。马儿一个趔趄,她的双脚便浸没在了淤泥中,人也开始慢慢往下沉,淤泥渐渐没到了腰部。满是砂砾的裙子黏在身上,河水如铅一般,往她身上压去。莉亚很害怕,紧紧抓住科尔文。

"没关系!"他大叫一声,"抓住圣球!紧紧抓住!"

"马儿会游泳吗?"莉亚很害怕,几乎都要窒息了。马鞍变得异常滑溜,她觉得自己要滑下去了。

"马儿当然会游泳!抓紧些,你要滑下去了,要滑下去了!"

科尔文马上抓住她的胳膊,但也正因为这个动作,掀起了一阵大浪涌向莉亚。他的手指都快嵌进她的骨头里了,实在是太疼了。好在最后,他还是将莉亚拉回了马鞍。

"千万别弄丢圣球!圣球还在吗?谢天谢地,它还在。水很冷,但没关系。我们就快到了,河水不算深。你坐稳了吗?"

"坐稳了。"莉亚轻轻说道,刚才因为太过惊恐,有些失态,现在觉得特别不好意思。马背弓了起来,河水的确不深。没过多久,马儿便放弃了游水,马蹄翻搅起河底的淤泥。经过河水中段后,马儿终于探身出水,游上河岸另一边,莉亚赶忙紧紧抓住,不然又要掉下马去。他俩爬上斜坡,终于连滚带爬来到一处稍平缓的地方。两旁的芦苇轻轻拂过他们的脸颊。

科尔文长吁一口气,"我们先在这儿休息一下,再往下走。"他跟着莉亚爬上去,一脚踩进烂泥,全身都湿透了。"先让马儿休息一下,随后再赶路。"他轻轻拍着马儿的脖子,"它得先缓缓,好攒够力气。治安官的手下即便追上我们,它好歹也得有力气跑起来。当然他们怎么能在这片沼泽地里找到我们,暂时也还是个问题。你还好吗?"他终于是发现莉亚满脸的愁容了。

她正低头看着自己,原本的蓝色裙子,下半截早变成了深褐色,发灰的污泥贴在她身上,非常难受,斗篷也好不到哪儿去。一只袖子被撕开了,可能是刚才科尔文怕她掉下去,紧紧抓住她胳膊的时候扯开的。每走一步,鞋子里便渗出水,怎一个惨字了得。回头望去,米尔伍德早已消失在视野中,眼前只剩下了托尔山。

"再好不过了。"莉亚尽可能显得尖酸刻薄,跺着脚从科尔文身边走过。

莉亚筋疲力尽,饥寒交迫,最凄惨的是——口渴。但池子里那浑浊的水,又咸又不干净,连马儿都不愿意喝。她突然想到那块狮子脸的灵石,后悔刚才喝得少了。现在一想到那干净清凉的水,心头便又被折磨了几百回。此时,太阳就快要落山,两人爬上一座小山丘,决定先在那儿过夜,不然荒原上的水快要没到脚踝了。四下环视一周,这片广阔的沼泽竟没有尽头。除了他俩,没有一丝人烟。真是个不太友好的地方。小山丘的顶上有棵橡树,树干布满结节,还害了虫病。离污水不远的地方,地上落满了叶子尖尖的枯叶。

科尔文从马背上取下马鞍,背着它爬上小山丘。马鞍特别重,便有些喘不过气来。莉亚本要搭把手,可现在她只能靠坐在橡树的树干上,环抱双膝,尽力不让自己再哭出来。她讨厌哭鼻子,白天骑在马上,已经不争气地哭过了,尽管科尔文不知道。其实,她内心的孤寂和伤心早已化作泪水,从睫毛滑落,氤在科尔文的衬衫上。他或许会在温特鲁德战死,到那时,她又该去哪里?大教堂回不去了,米尔伍德也回不去了。她偷走了十字圣球,大主教绝不会原谅她。

"你可以用这个,"科尔文咕哝着,"扑通"一声将马鞍扔在她身边,"就当今天晚上的枕头。"他弯下腰,双手撑在膝盖上,喘着粗气,大口呼吸。

"除了自己这一双手臂之外,我还从没睡过其他枕头,"莉亚绷着脸,"我是个贱民,我们只能睡在地板的草甸上。"

他猛地点点头,随后拉开褡裢,用脏兮兮的手拿出三只苹果,递给莉亚,"你要吃哪一只?照你的说法,这只上面有瘢痕,应该最甜。"

"那让马儿吃这只苹果吧,"她说道,"它带着我们跑了这么远,肯定很累了。"

他鄙视地看了一眼莉亚,"好,就听你的。"随即哼了一声,将另一只苹果随手扔给了莉亚,然后便下山了。莉亚用袖子使劲将苹果擦干净,凑到鼻子下闻了闻。沼泽地的气味太过浓烈,掩盖了苹果的香气,但是依稀还能闻到苹果皮上零星的一点香味。她咬了一口,当舌尖触到汁水,果肉在口中翻滚的时候,心底愈发悲伤。每吞下一口,悲伤就愈深一分。夜幕缓缓降临,她清楚今晚将是她一生中最黑暗的一夜。苹果的味道属于米尔伍德,莉亚把鼻子抵在最完美的那部分果皮上,深深吸了一口气。因为抽噎的关系,咽下果肉的时候便有些哽住了。她的喉咙有些发干,苹果的汁水变得更加折磨人。不经意间,泪水又滴落下来,她看到科尔文正一边抚顺马鬃一边喂它吃着苹果。他怎么就是不明白,到底是什么在折磨她呢?

莉亚是在米尔伍德被抚养长大的。她从未意识到,属于米尔伍德的味道、住在米尔伍德的居民,甚至是那一块块斑驳的石头,都让人感到安心。她想念帕斯卡,想念她的吹毛求疵和严厉苛责。她怀念每次捧着餐盘,为大主教送晚餐时,他穿着灰色长袍,从圣书上抬起头看着她的样子。她还怀念大教堂附近的那个洗衣房,真想立马飞过去,换上干净的裙子,洗掉这件满是泥泞的裙子。今天,她终于慢慢意识到,自己曾经生活过的地方如此美丽,这世上其他任何地方都无可比肩。比尔敦荒原宽阔无边,罕无人迹,却又让人毛骨悚然。可她正在逃亡,必须离开大教堂。现在只好将仅有的回忆留作唯一的慰藉,虽然还远远不够。

科尔文又爬了上来,脸上掩不住疲惫。身上的战衣满是血迹,脸上糊着烂泥,隐隐可见乌青和胡茬,样子看上去有些可怕。前几天,她刚为他洗干净的这件衬衫,现在差不多可以烧了,梅德罗斯给的那件满是血迹的战衣也一样。

他在马鞍边坐下,离莉亚有些距离,手里拿着一只苹果。

"你还饿吗?"

她轻轻摇摇头。

"你怎么了?"

莉亚心想:"自从你进入我的生活,所有的事情都不是什么好事。"刚想开口,再三思量后,还是选择保持沉默。

他很严肃地说道,"我对你,好像太刻薄了一些……对不起。"

"科尔文,对像我这样的人道歉,一定很难受吧,"她轻轻说道,然后又恶狠狠地跟了一句,"我很开心。"

第二句话惹恼了科尔文,他眼中又升腾起一股怒火,"我这人不会说话。我只说真话,不管它是不是好听。你之前的问题的确让我分心,我也不打算为此向你道歉。确实烦人。我心里想什么,就说什么。你不也一样么。我本来不打算带着你这样一个姑娘跟着我。可是我还是听从了梅德罗斯的建议。不然你想都别想。我去的地方即将爆发一场战争。今天这一路走来,我不是什么都没想。这一整天我一刻不停地想。只有你能带我找到我要去的目的地,不管我多么想把你留在安全的地方。"

"我不否认,今天我的问题的确让你分心了。"莉亚咬了一口苹果,愤愤地嚼了起来。

"你这是在恼些什么?"他问道。

"你想不出来吗?"

"我太粗鲁了?你觉得那是粗鲁?"

莉亚闭上眼,摇摇头,"从你在厨房醒来开始,你对我说的每句话都很没有礼貌,但是我依然帮助你,"她不想在他面前哭出来,一想到自己要哭鼻子,心里就觉得窝火,她拼命让自己觉得窝火,就不会哭出来。

"虽然我用灵力得心应手,但是我没有读心的神力。要是你愿意告诉我,你就和我说啊!我怎么猜得出你心里想什么?"

莉亚放下苹果,不断回味它的果香,觉得特别痛苦,"今天,我算是离家出走了,"她低语道,"我再也回不去了。你的确很粗鲁,不过相信我,你还不至于让我这么痛苦。我难过,是因为我想念米尔伍德。我希望可以再看见它。从小到大,我总想着翻过大教堂的围墙到外面的世界去。如今我终于走出来,可又只想回去。每往前走一步,便离这个我最爱的地方更远一步,"莉亚哽咽住了,只好压低声音,"然后,却离我最害怕的真相越来越近。"

"那真相究竟是什么呢?"科尔文很严肃,眼里终于多了一抹同情的目光。

"不论我做什么,你都可能战死在温特鲁德,到那时,我在这世上无依无靠。你答应过我,你的手下会教我阅读。但是,国王在盛怒之下,你们都有可能灰飞烟灭,你的管家也可能难逃一劫!我赌上了自己的一切,为的就是一个梦……"莉亚顿了顿,低下头,"可梦里醒来,我却一无所有。"

科尔文的眼神愈发深邃,"你根本没明白。真是个笨姑娘。你和我,借由灵力绑在了一起。即便我不在了,无法亲自履行承诺,我答应你的东西,你也一定会得到。我向你发誓的时候,你难道没有感觉到灵力的力量吗?我的伊渡米亚,怎么像是一个世纪以前的事情了!这一天可真够长的。我一辈子也不会忘记今天。"他整理好褡裢,转过身和莉亚面对面,朝她靠近了一些,"事实是,不论之前还是现在,你在米尔伍德都不安全。治安官来搜捕我的时候,情况对你来说已经非常危险。那儿绝对不是一个安全的避风港,只要他在找你,就绝对不是。可我不明白的是,他究竟想从你这儿得到什么。肯定是有什么不可告人的秘密。他冒险激怒大主教,大举向这片沼泽进发,总不是无缘无故、毫无动机的吧?我不明白的就是为什么?究竟是什么原因?"

莉亚双眼凝视着他,"他可能觉得我偷了他的魔徽。"

科尔文瞪大了眼睛,一句话也说不出。

"那晚,他潜入厨房,对付我的时候便使用了魔徽……当时我很害怕,看到他脖子里有根链子,便扯下了它,恐惧也随之消失了。他追着我跑出了厨房,幸好乔恩·亨特及时赶来。回到厨房后,我便把它藏了起来。"

科尔文蹭地站了起来,"你之前和我说起这件事情的时候,并没有提到过这个细节。你说,你看到了这个魔徽,但是你没有……他……他有没有伤到你?"

莉亚点点头,"一点小伤。我倒是抓花了他的脸,原本还能将他伤得更重一些。"

他盯着她,"如果他觉得你拿了他的魔徽,是否会认为你把魔徽交给了大主教?当然大主教用灵力比他可厉害多了!"

"如果他这么假设,就是认为大主教和我之间是互相信任的。可是他也发现了,我们之间并没有那么亲密无间。我把你藏起来,不就说明我对大主教并不忠诚么?斯卡塞特到厨房欺骗我的时候,把魔徽偷走了。魔徽如今在他手上。"

科尔文深深吸了口气,"我用灵力把他变成了哑巴。如果治安官觉得魔徽还在你手上……他肯定想拿回来。一个经受过挫败的人是非常危险的。"

莉亚闭上了眼睛,额头靠在手臂上,"还有一件事情。"她嘟囔道。

"什么?"

"他第一次来的时候——就是我们偷偷溜进苹果园的那个早上——我正在厨房,和大主教还有帕斯卡在一起。他……他说他认识我父亲。那晚,在漆黑的夜色中,他告诉我,他就是杀害我父亲的凶手之一。"

科尔文紧紧盯住她,"他有说你父亲是谁吗?"

她摇摇头,"但是他让我觉得,我或许正属于德蒙特家族。"

科尔文愣住了,"他就说了这么多?"

"只说,他的剑上还残留着我族人的鲜血。他们死后,被施以各种残酷的刑罚。我的祖父、我的父亲还有叔叔都被杀了。就像梅思福的德蒙特家族一样。他来之前,我从来没有听说过德蒙特这个名字。"

天色已暗,山脚下的马儿此刻只剩下一小撮黑影。他在莉亚边上来回踱步,默默思忖着她方才说的话,内心正上演一场激烈的思想斗争。忽然,他停了下来,抬起头,转身往来时的路望去。

月光为河流镀上了一层亮晶晶的银光。河岸的远处竟出现了火把和灯笼的影子,荧荧火光在这浓重的化不开的漆黑夜色中甚是明显。至少有十几个火把聚在一块儿,远远看去,好似萤火虫聚集在一起一般。

"是阿尔马格。"科尔文轻声呢喃。他的声音里透出了一丝恐惧。

## 第二十二章
## 恐惧

莉亚十岁赐名日的时候,帕斯卡曾送给她一条新毯子做礼物。小时候用的那床毯子尺寸太小,不得不勾起脚,才能蜷缩在毯子下面。有了新毯子,就再也不用受旧毯子的苦了,所以她特别喜欢这条新毯子。在厨房过了这么多年,毯子便带上一种独特的气味。每天早晨,她都会好好打理一番,细心折叠好,收纳在一只柳条篮子里。现在,这条毯子依然孤独地躺在篮子里,等待着另外一个高瘦腿长的贱民。

此时的莉亚穿着一条被浸湿的裙子,裹在湿漉漉的斗篷里,浑身颤抖着躺在比尔敦荒原一块凸起的硬石头上,这里荒无人迹,周围布满又厚又脆的橡树枯叶。她想着想着,便睡了过去。河的对岸便是阿尔马格和他的手下,他们的火把和灯笼发出的火光依然可见,亮了好几个小时。不知怎的,远处那堆明亮的篝火,却用它那虚无缥缈的温暖诱惑着莉亚。科尔文答应她,会在半夜叫醒她,换她监看阿尔马格的营地。

莉亚精疲力竭,但时睡时醒。她觉得不太舒服,后背和双腿酸痛不已,但是思绪却飘到了其他地方——厨房里,她和帕斯卡一道,手忙脚乱地为大主教准备晚餐。一连串的往事掠过她的脑海，夹杂着过去的各种对话，或是大声嚷嚷，或是无言以对。然后，她的思绪便又飞了回来，发现自己正在一座山上，脸色惨白，灰头土脸，但依然勇敢。科尔文也靠着树干，双手平放在大腿上，睡着了。莉亚特别妒忌他。忽然，夜色中飘来一阵低语，她听到叶子被踩碎，树枝被折断的咔嚓声。一身黑袍的阿尔马格，手握佩剑，来到山顶。她一眼就认出了他，因为他的眼睛冒出银色的光，脸颊周围被映衬出一个淡淡的光圈。月光照亮了他脖子上的魔徽，魔徽散发出黑色的烟雾，如幽灵般在这夜色的迷雾中逡巡，渐渐笼罩整座小山丘。

莉亚觉得自己化身成为一片叶子，随风飞舞。她不停地尖叫，可是发不出任何声音，只好不停提醒自己，要醒过来。她拼命想要扯住这虚无缥缈的纽带，可越是用力，夜晚的微风却执意将她吹往其他地方。她看见科尔文也被风吹得旋转起来，可他依然睡着——没有醒过来。阿尔马格上山直奔他们而来的时候，她只能在心里默默地冲科尔文大叫。可他睡得如此香甜——无比平静。**快醒醒！快醒醒！**莉亚心里依旧不停大叫。那根无形的线把漂浮在空中的自己和睡在地上的自己分了开来，她扯了一下。阿尔马格步步逼近，那枚魔徽散发出魔力，像烟雾一般萦绕在周围。这烟雾变成人，变成野兽，如野狼一般在夜色中潜行，眼睛发出银色的光。

莉亚无法再靠近自己的身体，陷入绝望之中。如果这场噩梦结束，她应该就能回到自己的身体里，于是便祈祷自己能尽快醒来。她开始和困意作斗争。**快醒过来！快醒过来！**此时，阿尔马格来到山顶，居高临下地看着她的身体。那些烟雾一般的怪兽围绕在他们身边，眼睛闪烁着贪婪的光芒。阿尔马格把手从自己的魔徽上移开。恍惚间，莉亚透过他的衬衫，看到他胸口上缠绕在一起的黑色文身，现在正一寸一寸蔓延至脖颈，攀附上双肩。每使用一次魔徽，文身便多出一道。

那些烟雾一般的怪兽嗅了嗅她和科尔文，用鼻子拱，用爪子刨着他们的衣服，轻的如同呼吸一样。莉亚看着自己被它们嗅来嗅去，心里特别恶心，觉得被玷污了。她仍然试图把自己从梦里拖起来。

阿尔马格在她身边跪下，伸出手，摸了摸她的头发，手指绕着她的卷发转来转去。她几乎能切身体会到，他的手指伸进她头发中的那种感觉，浑身难受。这轻柔的触碰毫不温情，让她觉得憎恨无比。阿尔马格卷着她的一撮头发，停下手，他的剑被月光反射出一道光芒，刺得她睁不开眼，刹那间，剑尖一把刺进她的胸膛。

"轮到你了。"

莉亚猛地睁开眼，眼前一片漆黑，月光淡淡的，比平日里暗了许多。她的手臂和双腿又酸又疼，因为冷还有些痉挛。

"轮到你了，"科尔文用力摇了摇她的肩膀，重复了一遍，"快，你醒了么？"

"醒了，"她呢喃着。刚才的梦境太过真实，心都快缩成了一团。

他蹲在她边上，站直后，说道："现在已经过了午夜，我尽可能让你多睡了一会儿。要是我再不休息，明天我就成废人一个了。"他抱怨道，"我还从没这么累过。你可以靠在树上，但是别老靠着。动一动，可以暖和一点，也不会困。"

莉亚用手肘撑起上半身，心依旧跳得很快，那种可怕的感觉和邪恶的力量萦绕在她周围。"阿尔马格要过来了。"她低声说道，坚信这场梦是一种警告。

"我没觉得，"他接口道，"我整晚都盯着他们的营地，篝火就快灭了，但是还能看得到。他们既有马匹，又有灯笼，根本没想把自己藏起来。除非他们就是蠢,要趁着夜色过河。不然不会过来。"

他根本没有听懂她在说些什么。莉亚站起来,谢天谢地自己终于醒了,可她依旧惴惴不安,"他今晚就会过来,我能感觉到他,"她环视了整座小山丘,试图发现他那双发光的眼睛,可是什么都没有。她开始害怕起来,心扑扑直跳。

科尔文嗤之以鼻,一个字都不信,"如果你看见他,就告诉我。我备着剑呢。现在我要睡了。如果对岸的灯笼又点上了,或者你听到什么声音——我的意思是,比松鼠的动静大点儿的,就叫醒我。小鹿会在晚上跑到草甸上来。刚才我还听到一声狼叫。你以前有在野外过夜吗?"

"没有。"莉亚抽噎了一下,但是他没听到。

"以前我会和父亲出去打猎。到了晚上,周围会响起千奇百怪的声音。如果有体型很大的动物靠近,就叫醒我,当然别忘了治安官。不然,发生其他任何事情,都别叫醒我。"

他看都没看莉亚一眼,便躺下身,背对着她,头枕在马鞍上,一手搭在自己的圣剑剑柄上。也没盖一条斗篷或者毯子。

一片漆黑夜色中,莉亚依然能感到自己周围,那些烟雾般的怪兽在轻嗅她的衣服。她睡不着,也不能睡着。这余下的夜晚,便只剩这恐惧不停折磨着她。

黎明破晓前,薄雾笼罩着比尔敦荒原的低地,整座小山丘和上面的树林也都快被吞没了。莉亚很小的时候,觉得薄雾让自己身心舒畅,可现在,新一天的早晨即将来临,这重重迷雾却让她心生惶恐,心跳得厉害,觉得无比凄苦。她整夜都在哭,眼睛肿的像个核桃。天亮的时候,科尔文醒了过来,他将马鞍安在马背上,也没道一声早安，时不时搓搓手臂，但也没抱怨自己冷。从他的表情就能猜到他哪里又不舒服了。

科尔文又从山脚下爬上山头，递给莉亚一个苹果。

"我真的渴了，"她嘟囔着从他脏兮兮的手里接过苹果。

"我也渴了，"他答道，"刚才我在备马鞍的时候，想到个法子。如果梅德罗斯没说错，我们还需两天才能到温特鲁德。我猜，到那时我俩已经渴死了，但如果我们能找到一口安全的泉眼，就没有问题了。十字圣球应该知道干净的泉水在哪里。如果找不到，我们也只好慢慢受折磨。但是如果沿途有，或者离得不远的话，就没有问题了。你可以问一问圣球。"

莉亚从来没想过这个问题，科尔文竟先她一步想到了，便自觉有些窝火。她解开袋子拿出圣球，沉甸甸的圣球捧在手里冰凉刺骨。她心下集中意念，默念科尔文的要求，"如果沿途有干净的水源，请告诉我们路线。"

圣球毫无动静。

科尔文看着她。

"我觉得附近不会有干净的水源，"她的声音有些沙哑，喉咙开始发干，"告诉我们去温特鲁德的路，"她又说道。

仍然没有动静。

科尔文皱起了眉头。

莉亚心里又是担心又是害怕，渐渐恼火起来。她集中意念——死死盯着那两根灵敏的指针，祈祷它们快转起来。"告诉我们一条安全的路线！"她几乎要叫嚣起来。

指针依然纹丝不动。

"我来试试，"科尔文伸出手。有那么一瞬间，莉亚想甩开他的手,将圣球放在怀中好好保护。可他的手已经停在半空中,指甲缝塞满黑色的污泥。莉亚很不情愿地把圣球递给他。

他表情严肃地看着圣球,眉头皱成一个川字,一言不发。可它依旧没有执行他的命令,"真是够烦人的,"说着便把圣球还给了莉亚。"是圣球没用呢?还是现在没有安全的路线?我们必须搞清楚是怎么一回事。你问它米尔伍德的方向在哪里。别问哪条路线安全,就问方向在哪里?"

莉亚集中念力,又问了一遍,希望指针能转起来。可当她说出米尔伍德四个字以后,圣球依然毫无反应,她快要绝望了,"我不知道,"她声音很轻,话都有些连不起来,"它……它昨天还有用的……它……它……"

科尔文许是要控制自己,不发脾气。莉亚也读不出他脸上的表情是什么意思。他看上去很生气,但极力不让自己的情绪外露。过了好一会儿,他终于调整好心态,几乎是吼着说出话来。

"我们不能在它上面浪费时间了!"他转过身,内心挣扎着,免得自己发火。他的样子让莉亚很难过,这么一吼更是让她受伤。她完全不知道,为什么突然间,圣球不管用了。

她看着球面上漂亮的花纹,祈祷它可以再次听从于她的内心所想。"请为我们指一条路。请告诉我们一条安全的路线。请告诉我们一条可以逃过治安官的路线。求求你了!"

"很遗憾,"他转过头,"很遗憾,我已经尽力了。"他转过身看着莉亚,心中五味杂陈,表情便有些扭曲,莉亚也完全看不懂,"我想要保护你。我想要赶往温特鲁德。我试图不让自己再想起妹妹。可这三件事情,看样子我都办不成了。我发誓,我从没想过要把你从家里拖出来。相信我,如果可以重来一次,我绝不会让你帮助我。我能站起来的时候,就应该自己离开。我本应该离开的!"

"它怎么没用了?"莉亚大哭起来,"我不知道这是怎么回事。我……我……我该怎么办。现在雾这么大,温特鲁德究竟在哪个方向?"

他摇摇头,手指如猛禽的爪子般勾了起来,筋骨毕现。"不,不怪你。都怪我。相信我。我知道哪里出了问题。我知道它为什么没用了。"

"为什么?"莉亚抓住他的手臂,恳求道。她得抓住些什么,否则这瞬间袭来的眩晕就会把她击倒。

"因为你不能强迫灵力。它知道你心里想什么。所以你失去勇气的时候,它也会一清二楚。你心里一定有什么困扰,所以你的意念对它不起作用了。或许是你太过留恋大教堂,也可能是你内心的恐惧,还有可能是一些很悲惨的经历。"他没有甩开她的手,但她能感觉到他有些缩手,他瞥了一眼她的手,便又眯起眼睛,眼神有些冷冰冰的。"我以前碰到过这样的事情。我还是圣学徒的时候,周围很多人也时常碰到,特别是一些可怕的事情发生的时候。我父亲去世时,我也曾经历过这样一段迷茫的时期。因为父亲不在了,我和妹妹就成了孤儿。我又要当父亲,又要当母亲,还得继续扮演哥哥的角色。我很生气,没法用灵力。灵力知道我心里的感受,便遗弃了我,只留我一人深陷愤懑当中。"

她问道,"那要多久……要多久以后,你又能使用灵力了呢?"可当莉亚看到他眼中的神情,内心的希望便渐渐破灭。

"好几个月,"听得出他很心烦,牙齿咬得很紧,"我们不能在这儿呆太久。治安官和他的队伍正在追捕我们。这里是一片沼泽,没有一条像样的路。最要命的是,我们没有水。"他用手臂抹了一下嘴巴,表情坚毅,"不论去温特鲁德的路在哪里,我们一定要找到它。我们决不能放弃希望。你要坚信你心中所想。只有对灵力有所期望,才能获得权力去使用它。你的灵力很强,非常强大。但尽管你很强大,你仍然被它的规则所束缚,而且你对此依然有所怀疑。不论有多少艰难险阻,你都必须克服它们。"

"我该怎么做呢?"莉亚很疑惑,"我从来不能用灵力。以前,我有一次感受到了灵力的存在……就是那个暴风雨的夜晚。我知道它是真实存在的。"她放开手,从裙子内衬里捞出那枚指环,紧紧捏住它,指环的边缘都像要嵌入自己的皮肤一般。莉亚对着科尔文,晃动这枚指环,说道,"我就知道它是存在的!我从来没有怀疑过。"

"没错,可是你是贱民。从一方面来说,你住在大教堂里,所以从未亲身面对大教堂围墙之外那些阴晴不定、数也数不清的恐惧,这对你来说便是一种特权。那些迷惑你的东西,你虽然看不见,但它们却让你心生恐惧和怀疑,引诱你一步步走向危险的深渊。"科尔文的眼神很热切,而后咳了一声,"你很单纯。我觉得或许你根本没有被蚀心邪灵所引诱过。"两人经过树林时,他挥着手,好让雾气散去。"它们存在于这世上,生活在我们中间,助长我们内心最自私的那一面。米尔伍德很安全,可这才是它外部真实的世界。这世上,能玷污灵力的东西比比皆是。我知道,我说的有些模糊,因为圣骑士在学习的时候,就被告知有些事情不可随意与他人分享。教堂外,我们严禁谈论任何知识。相信我,姑娘。你的大教堂为你筑起了一道安全的城墙,免遭它们的侵害,那些嘎咕怪石日夜坚守,击退了那些蚀心邪灵。"

科尔文向莉亚走近一步,"我是在比勒贝克大教堂完成学业的。那儿的大主教,对每一位一年级圣学徒都会说起摘自《哈德里昂》圣书中的几句话——'我们要面对的不是我们的血与骨,而是那高高在上徘徊不去的邪恶力量,甚至是它们的傀儡,也就是国王。'"他的声调有些变了,软了下来,"塞弗林·德蒙特的一生都在与蚀心邪灵作斗争,当他意识到国王不过是个傀儡的时候,便奋起反抗。他兵败梅思福一战,是因为他放弃了希望。灵力……灵力抛弃了他。从那以后,这片土地便被笼罩在一片黑暗之中。圣骑士一个一个被秘密处决。我现在前往温特鲁德,就是想要改变这一切。圣球知道我们的需要。但是它也意识到你的恐惧和担心。你内心的坚毅正逐渐式微,阻碍它发挥作用。"

莉亚盯着他,不知道该相信哪一句。有关圣骑士的很多事情她都知道,但她从未听说有蚀心邪灵这回事,或者是那些影响她心情的无形的东西。现在亲耳听到了,便愈发觉得凄凉和悲惨,心中也甚为害怕。

两人沉默一番,莉亚说道:"科尔文,我知道我的感觉是什么。但是我不能去改变我的感觉,就像现在我不能换下这条脏了的斗篷,穿上一条新的裙子。我还能改变吗?"

他用力点点头,"不,你可以的。就从这里开始,只需你的一个意念。"他的手指轻轻掠过她的眉心,莉亚全身一颤。

每一个灵魂都会吸引它所心怀向往的,会吸引它所真正爱慕的,也会吸引它所真正惧怕的。故而,环境并不能造就圣骑士,但却能让他们认清真正的自己。也就是说,幸福是衡量正确意念的标尺,而非财富;悲剧是衡量错误意念的标尺,而非贫穷或者家庭的缺失。每一位圣骑士都明白,当他改变对人或物的意念之时,它们也反过来改变了他。因为你总是更加在乎心底的最爱。当激情迸发之时,人性之光便会闪现;当悲伤失控之时,人性之美便会轰然崩溃;当忧愁与疑惑并存之时,人性之善便荡然无存。只有那些能控制意念,且内心纯粹而又明智的圣骑士,才可任由灵魂在风雨之中依然顺从于自己。

——卡斯伯特·雷诺登于比勒贝克大教堂

## 第二十三章
## 征程

科尔文与莉亚在比尔敦荒原上来回徘徊,不知该往哪儿去。就连太阳都抛弃了他们。或者是马儿驮着他俩往前赶路,或者他们下马自己走,马儿便可休息。不论是他们的马儿也好,还是治安官的马儿也好,不是说它们可以在沼泽地当中奔跑,就毫无阻碍了。困难总是找上门来——宽阔的溪谷和散发着恶臭的水沟,都成为无法横越的障碍。有时候,不得不先往东去,才能找到西边在哪里。口渴成了唯一折磨他们的问题。

整整一天,科尔文一直在和莉亚说话,教她使用灵力的方法。他凭借记忆,引用比勒贝克大教堂大主教的教义还有当时在大教堂学习时读过的圣书。莉亚总是冒出许多问题,他也一一回答——虽然时常不耐烦——但好歹还是回答了。

科尔文说,圣学徒在初学阶段,需要先学习阅读和雕刻的技巧,这样才可以理解前任大主教们以及自己的家族成员写在古圣书中的内容。翻看这些大部头的圣书,内容总是非常晦涩,但是圣学徒只有通过学习,方能解开圣骑士的终极奥义。圣书中的语言,包含众多符号，蕴藏着丰富的含义。通过年复一年的不断阅读，年轻的圣学徒会发现个中细微的差别，生出各种疑惑，难以解答。莉亚发现，年轻的圣学徒在大教堂学习的这些年，其实仅仅是让他们为自己的人生旅途作好准备，严于律己，不断提升。但莉亚很清楚，科尔文绝对是个例外。他对细节依然记忆犹新，比如他可以准确地复述老师说过的每一句话，这说明他学习非常刻苦——所有的知识他都牢记于心，并非泛泛而谈。

临近中午，两人便原地休息，莉亚问道："那为什么我可以使用这个圣球，而你却不能？你从小到大一直在学习圣书。对于灵力的规则，你比我知道的多得多。可是你还是不会？"

他咬了一口苹果，慢慢嚼起来，"有两个原因，或许还有更多。"

"那是什么呢？"

他顿了顿，用手臂遮住嘴巴，咳嗽了几下，"灵力的力量是继承而来的。相较于你的父母是谁，你是谁根本不重要。按照这个原则，我猜想，先不论你的父母是谁，他们二位的灵力一定非常强大。但如果他们之间的结合是不正当的……"

"你的意思是……"

"不合法，也就是不合礼法。或许他们并没有结婚。由于各自背后都有强大的家族，他们为自己的所作所为感到羞耻，那么其中任何一个或者是两个人，都可以决定放弃你，让你从出生起便成为贱民，从而掩盖他们的耻辱。这类事情的确发生过。每个大教堂都收养贱民。羞耻让人苦楚，而人言可畏，他们便会做出以往绝不会做的事情。这是一种可能。你的灵力如此强大，缘由便是你的父母。我对灵力的继承即便是合法的，也依然远不及你。如果你的父母只是普通人，那么你根本无法掌控灵力。我想，另一种可能便是嫉妒心。"

"嫉妒？谁嫉妒？"

"很显然，是我。自从我遇见你，便总是嫉妒你，因为我必须刻苦学习才能学会掌控灵力。你能做一些我根本连想都不敢想的事情。比如，我从没想过，可以将火与水融合起来。我总是费劲学习那些禁例，将自己的想法稳妥地安置在一个安全的界限之内，却从未想过探求未知的世界。所以，我的嫉妒激发了这一切。灵力知道我们内心最深处的想法，我们便无从躲藏。当我发现你可以使用十字圣球的时候，我强迫自己相信，我也一定可以，因为我的血统远比你纯正。这种想法实则源于我的嫉妒，因而意念不够强大，无法迫使圣球服从我的命令。"

莉亚坐在一段横卧着的枯木上，咬了一口苹果，好奇地看着科尔文。从小到大，她的生活中，灵力无处不在，例子比比皆是。她脖子上戴着的指环，还有她手里的苹果——现在苹果并不是当季水果，不可能像手中这只一样诱人。她隐约觉得，那棵苹果树边的灵石或许正是让掉下树的苹果永保新鲜的原因。她看着自己被划破的衣袖，突然想起以前从未有过裙子被划破的事情。记忆当中，还没有人弄破过她的衣服。如果，大教堂里的孩子长大了，就会为他们做新衣服，旧衣服便留给小一些的孩子。但对莉亚来说，修补衣服可是一件很稀奇的事情。她本能地意识到，这或许都与灵力有关。大教堂里有许多灵石可以让鞋子、裙子、衬衫都完好如初。离开米尔伍德，她便离开了它们的保护。这或许也是让莉亚感到最害怕的——那就是安全感的缺失。

"你看上去有些难以捉摸。"科尔文说道。

莉亚怔怔地看着他，"现在我脑子里一团乱麻，但是我还想知道更多的秘密。你想把你四年来的学习成果，压缩在一个中午的时间里教会我。我都不知道该如何思考。实在有太多的可能性了。"

"那么让我来考考你,"他答道,"你和我是怎么认识的。"

"我们第一次碰面?你说暴风雨的那一晚?"

"没错,暴风雨的那一晚。想想原则,让它们带你找到答案。"科尔文咬了一口苹果,边嚼边看着她。

"我试试,"莉亚皱着眉,脑子里思绪乱飞,"当时斯卡塞特把你拖到大教堂,扔在厨房门口,但是你要找的答案远比这隐秘的多。让我想想。你要获得你最想要的东西。或者这么说,你想什么,你就获得什么。你心有所想,便努力将意念集中于此,势必要获得它。你离开家,是因为你想要与盖伦·德蒙特的军队汇合。为此,你必须做出牺牲,所以你没有告诉你的族人。接下来就靠灵力了。甚至是在你被斯卡塞特背叛的时候,灵力也介入其中。它带领你来到了米尔伍德,带着你找到了厨房,因为它知道我会帮助你。"

他缓缓点了点头,嘴角勾起一抹沾沾自喜的笑容,"继续说下去。"

"我想要学习阅读,除了这个,便别无他想。我的愿望也把你带向了我。我可以用十字圣球带你找到温特鲁德,而你可以用你的财富和知识,帮助我学习。所以我们两个同时利用灵力,达到各自的目的。对你来说,你可以找到德蒙特,而我便可以在某一天,获得可以学会阅读的承诺。"

他笑了,"说得很好。"

莉亚咬住嘴唇,低下了头。听到别人的称赞,便欣喜的有些脸红。"可依然还有许多其他的可能性!为什么灵力没有指引你去梅德罗斯那边?他可以告诉你去温特鲁德的路或者他也可以教我……"

"不!"科尔文打断她,眼里升起怒火,"不要纠结!你刚才的回答完全正确，而你却在质疑自己的答案。你内心不可存有一丝一毫的质疑，它会扼杀灵力，会让它消失得无影无踪。你要做的，就是相信这些细微的洞见——一旦你内心平和，便可控制它，思维就能碰撞出火花。正是你刚才提及的那些原因，灵力将我俩结合在一起。过了许多年以后，当我们再回首现在这个时刻，就会意识到此刻我们还未能发现的其他细节。但是截至目前，我们发现的原因也足够了。你想要学习阅读，一点也没错，就连梅德罗斯都发现你内心的渴望是多么强烈。因此，灵力会回应你的愿望。"

科尔文看上去坚信不疑，可莉亚仍然不确定，"我要不要再试试圣球？"

他摇摇头，"不，你还没有准备好。"

"为什么？"

他看上去非常严肃，"因为每失败一次，成功的概率就会少一分，成功也会愈发困难。待你确定可以使用灵力以后，再打开袋子拿出它，到时候便会成功了。现在千万要按兵不动。"

突然，几只鸽子扑棱着翅膀从他们身后飞来，叫声吓了他俩一跳，"我们必须赶紧离开，"他眼中闪过一丝担忧，"一定是有什么吓到这些鸽子了。快！"

几个小时以后，莉亚和科尔文来到一条小路，两旁的灌木丛和树木都被连根拔除，眼前空无一物。入口很窄，但是足够一辆马车或者五个士兵并排通过。地上留着簇新的车辙印和乱七八糟的脚印，可见士兵和马车刚通过不久。

科尔文低声说道，"我们落在后面了。"他跳下马，拉着缰绳，牵起马儿让它跟在后面。

"梅德罗斯提醒我们,要避开这条路,"莉亚说道。这条路两旁的树,看上去病怏怏的,毫无生机。空气中弥漫着一股恶臭,夹杂着其他说不上来的奇怪味道。

科尔文在路边跪下,仔细观察车辙印,攥紧了拳头,"这些车辙印还非常新,应该是今天早上留下的。"

"可能有人已经看见我们了。"莉亚有些担心。

"现在往回走也不是一个好主意,"他愈发恼怒,"我们可以先沿着这条路往前走一段,然后再走回沼泽地。"

"我觉得我们应该现在就往沼泽地走。"

"治安官的队伍现在肯定就在我们后方,谁知道他们离我们有多近。现在往前走,最起码我们还有机会比他们先到。"他重新翻身上马,向莉亚伸出手,好让她上马坐到他身后。

她摇摇头,"我们不能走这条路。"

他懊恼地把手指伸进发间,"如果阿尔马格认为我们选择这条路,他们就会在后面拼命追赶我们,不一定能发现我们回到比尔敦荒原的脚印。我知道梅德罗斯什么意思。相信我。"

莉亚心里有些不高兴,但又觉得他说得有道理,脑海中不断响起梅德罗斯的警告。她再也不想见到阿尔马格。一想到又要看到他,心里便一阵厌恶,害怕得浑身都刺痛起来,就好像那些烟雾般的怪兽又开始嗅着她的衣服。噩梦中的那声声低语不绝于耳,她心里猛地一沉。

科尔文走近一步,他的眼睛有些模糊,布满红血丝,"相信我。"

莉亚伸出有些颤抖的手,抓住科尔文。他的手和臂膀总是那么有力,一下便将她拉上了马背。她坐在他身后,紧紧抓住他。科尔文夹了下马肚子,马儿便撒开蹄子,沿着小路全力奔跑起来,一头冲进那迷宫一般的树林，穿过芦苇荡和灌木丛。她看见他脏兮兮的脖子上挂满汗珠。马儿跑得飞快，路边的景色愈发模糊。马鬃迎风飞扬，马蹄扬起泥土，马儿显得兴高采烈，时而喘着粗气，时而发出嘶鸣声。太远了！他们跑得实在太远了！

莉亚想对着科尔文的耳朵尖叫起来。她感觉不太对，一定有什么事情要发生。耳边有声音在对她说，"快离开这条路。快离开这条路。"她仿佛能听到梅德罗斯的咒骂声。"**圣球说了许多事情。如果你选了这条路，就会被抓住。这个女孩也不例外。这条路不安全。**"

不知为何，梅德罗斯知道一些事情，而且很久以前就知道。他们在比尔敦荒原所面对的一切，从头到尾和他的预言一字不差。可他们现在却没有听从他的警告。

这条路不安全，而且非常危险。

每往前一步，莉亚的心里就紧张一分。每一刻，她都觉得异常折磨。他们必须离开这条路。荒原会比这里更加安全，即便现在还不能用圣球。

"科尔文，"莉亚冲着他的耳朵大叫："求你了，快停下！"

"还没到。"他大喊道。

"求你了！我们得离开这条路。不然就晚了。"

"再过一会儿。"

"求求你了！我有感觉。你没有感觉到吗？你可以感受到灵力的警告吗？"

"再过一会儿！"

"我们得听从警告！我们不知道还有多远……"

他转过头，满脸怒气，"够了！我听到你说的话了。你的想法，你的恐惧，已经让我不知所措。你得控制它们！这些恐惧并不来自于你的内心,而来自于治安官。他离我们很近,非常近。他或许是用了什么办法,将这种恐惧植入你的内心。即便是现在,他仍然利用这种恐惧不断折磨你。我不会让他伤害你的。现在,请相信我。我知道我在做什么。前面一定会有一条安全的路,相信我。"

莉亚的脑海里又浮现出阿尔马格的身影。他的剑刺进她的胸膛,双眼冒出银色的光芒。那会是一个梦吗?究竟是梦还是幻觉?她到底要不要告诉科尔文梦境里的一切?他会不会再次取笑她?她紧闭双眼,脸颊深深埋进他的后背,紧紧抱紧他,甚至希望他会尖叫出来。要是现在她仍然在米尔伍德该有多好,待在帕斯卡的厨房里会很安全。她需要有人抱紧她,安慰她,告诉她一切都会好起来。每当她做噩梦的时候,她总是知道,第二天一早帕斯卡就会过来,一切都会安然无恙。即使是索伊在身边,也比现在好上千百倍。就算是隆冬季节,外面风雪交加,一切也都会好起来。

莉亚在心里默默念道:"亲爱的帕斯卡,我从来没有告诉过你,我多么需要你。你让我如孩童般感到无比安全。"虽然帕斯卡不是骂她,就是掐她,没事还喜欢声嘶力竭地吼两句。但莉亚只需要帕斯卡。她需要有那么一个人来安慰她,轻轻吻她的额头,对她耳语几番。

不知是何缘故,她就是知道,自己无法向科尔文寻求这些。

## 第二十四章
## 追踪

远处传来一阵悠长的呼啸，听上去就像关门时，生锈的铰链摩擦发出的声音。它穿透浓重的夜色，掠过看不清楚的溪涧和深谷，从下而上直冲莉亚的脊椎。

"那是什么？"她紧紧抓住膝盖，轻轻问道。

"我不知道，"科尔文靠着马鞍坐好，精疲力竭。他低着头，用胳膊背面不停地擦眼睛。

"会是狼吗？"她问道。

他叹了口气，"如果我觉得是狼，我就会说，它听上去像是狼嚎。"明显有些不耐烦。

"如果它靠近怎么办？要是晚上它无意中发现了我们，打算吃掉我们，又该怎么办？"老是问这些问题，莉亚对自己都有些恨铁不成钢。这听上去非常像是索伊会怨念的事情。

他搓了搓双腿，"可能是鸟吧，像猫头鹰那种。我倒是更担心被蝙蝠吃掉。"

"蝙蝠？"

"你有没有看到过它们在晚上飞来飞去？这里还有许多虫子，它们可以和国王似的饱餐一顿。"他休息一会儿后，便直愣愣地站了起来，拔出剑。活动了一下手臂，放松放松脖颈后，便练起了剑术。剑锋破开空气，划出一道剑影，发出嘶嘶的声音。莉亚大方看着他，不再和之前一样，偷偷摸摸地看他在厨房里拿着扫帚当剑练习了。单单是这样的回忆都让莉亚心里泛起一种无力感。她静静地看着，非常耐心，小心翼翼不去打扰他，直到他完成练习。

"你在为温特鲁德做准备。"她看着剑锋滑进绑在他腰带上的剑鞘。

"我一定得这么做。"他用战衣的袖子擦去脸上的汗水。

"为什么？"

"熟能生巧。如果我的对手受过更多训练，拥有更多经验，若要打败他，那我最好还是比他练得更多，练得更刻苦。"他像是不知疲倦般来回踱步，两手搓来搓去，"练剑也让我保持清醒。我还从来没像今天这么累过。特别累的时候，我的耐心就所剩无几了。"

"我先来守夜吧，"莉亚抢先道，"我还没那么累。"

"你冷吗？"他问道。

"我倒没觉得累，已经习惯了。因为一直呆在厨房，那里总是很暖和，所以现在便觉得很冷。"说到厨房，痛苦再一次如一把匕首般插进她的胸膛。她环抱住自己的膝盖，靠了上去。

他哼了一声，"既然你总是轻而易举便能召唤出火，我也就不奇怪，为什么你一直觉得挺暖和的。大主教让你呆在厨房，也就说得通了。你的确能在那儿发挥自己的神力，释放自己热情的天性。但是现在，我只想要一个能做面包的烤炉。比尔敦荒原可真是又冷又湿啊。"他说的是实话，听不出一丁点儿抱怨。

莉亚更紧地抱住膝盖，谢天谢地，她还有一件斗篷，科尔文却没有。问他冷不冷也是白问，月光下，他呼出的气息清晰可见。

他突然转过身，在她身旁蹲下来，"我突然记起来，我的大主教曾经教过我几句话。也是突然想到的。让我想想，我能否不看圣书，就背出来。"他想了想，便说道，"只要你摒弃嫉妒与恐惧之心，对灵力奉上谦恭之心，你眼前的魔障便消失殆尽，而你将豁然开朗。可你现在依然还不够谦逊。"

"听上去很有道理，"莉亚说道。

"没错。这句话提到了三样可以让你免于被灵力所掌控的东西，那就是嫉妒、恐惧和骄傲。你看上去不是个很有嫉妒心的女孩。"

"我是啊，"莉亚顿了顿，"有时候。"

"不，"他接道，"我可没在你身上看到一丁点嫉妒心所崩出的火花。相信我——我见到过那些会真正嫉恨别人的女孩。说话简直是蛇蝎心肠。就因为一些鸡毛蒜皮的小事，便亮出爪子互相伤害。还有一点很确定，你有雄心壮志，但并不骄傲。你只是个贱民，哪来的资本耍傲气？你被迫变得谦虚谨慎。但即便如此，你的态度依然凌驾于这一切之上。所以你做事充满自信，从不优柔寡断。现在只剩下恐惧了。这就是阻止你使用灵力的原因。一定是你内心的恐惧。"

此刻，莉亚只想抓起一口坚实的平底锅，打破科尔文的头。她没有嚷嚷出声，尽可能让自己的声音保持平静，"科尔文，我现在离开家，来到一片沼泽中间，还无法摆脱治安官手下的追捕。没错……我很害怕。怕极了！我又冷又渴。要是下雨了，至少还能从裙子上绞出点水喝下去。可到现在为止，我们只吃过苹果，其他什么都没有吃。从小到大，我还从未这般凄惨过。是的，我很害怕。你今天教我的东西，依然不能让我摆脱恐惧。"

"一切都从意念开始,"科尔文说道,"我今天说过……"

"你不明白!"莉亚打断他,"我也不想有这种感觉,可现在我没办法。你教我,要我集中意念,它们会产生感觉。你为什么就不能明白,现在我心里只有对米尔伍德的留恋呢?其他什么都没有!寒冷只会让我想到温暖。饥饿只会让我想到吃饭。孤独……"

话一出口,莉亚便后悔了,她无法控制自己,眼泪夺眶而出。她讨厌哭泣,尤其是在科尔文面前。他靠近一步,像个玩偶似的六神无主。这幅无能为力的样子让莉亚更为恼火。她能感受到挂在睫毛上的泪珠的温热。他怎么就不能发现,她需要有个人来安慰,而不是傻乎乎地看着她?莉亚抽泣着,过了几分钟后,便忍住了。她没有看他,而是将湿乎乎的脸庞埋在臂弯里,看向了另一边,心里又是不好意思,又是难过。只希望他最好靠着马鞍,蜷起身子睡觉就好。

他语气很温柔,喃喃低语道:"我第一次离开弗什的时候,年龄也和你差不多。那时,我成为了一名圣学徒。我的骄傲,让我绝不承认自己当时有多么念家。我想念我的妹妹,想念我的父亲和他的睿智。我甚至想念我的母亲,她在我妹妹出生的时候便去世了,所以我都快记不起她的样子了。她去世的时候,我大概只有五岁。当时只觉得比勒贝克大教堂的这片百里区,无比孤独。"

莉亚依然没有转头看他,也没有说一句话。

"我不能说,自己现在已经毫无念想。只是,随着时间的流逝,思念早已消磨殆尽。这一点,我还是向你保证。米尔伍德大教堂的确非常美丽,很小的时候,我便随父亲来过一次。我们还去了圣灵降临节的集市。虽然只是个小孩子,但对当时的五月柱舞,依然记忆犹新。"

圣灵降临节集市——那是大教堂的每一个贱民一年当中唯一的念

想。这一天，教堂的大门就会打开，村民便和大教堂里的所有人融为一体。全国各地的人都会来到米尔伍德，买上一小桶苹果酒，用皮草换一匹丝绸，或者尝一尝米尔伍德特有的出名的小吃。等太阳落山以后，大家便燃起火把和灯笼，火光将周围照耀得仿佛如这一天中的第二个黎明一般明亮，年轻的男孩女孩围在五月柱旁，拍手跳舞，将五颜六色的腰带绑成一条长长的带子，从五月柱上垂下。

莉亚抬起头，心疼地都快碎成了玻璃碴。"科尔文，今年的圣灵降临节，原本是我在五月柱舞会上的第一次亮相……第一次。有一个圣学徒……一年级的……我答应过他……"眼泪又悄无声息地流了下来，她眨眨眼，好让它们消失，"我答应他，会做他的舞伴。现在我没有遵守自己的诺言，而且我再也不会有机会围着五月柱跳舞了。"

科尔文无话可说，眼神暗了下来，充满同情。他实在不知道该说些什么。

突然，树枝"咔嚓"一声，弄醒了莉亚，科尔文也醒了过来。月亮躲进云中不见踪影，周围漆黑一片。莉亚怕得发抖，全身缩成一团，和一个核桃差不多。山的那头，马儿发出一阵嘶鸣，可刚才的那一声"咔嚓"仿佛就在他们身边。

科尔文的话显得有些苍白无力，"你听到了吗？"

"听到了。"莉亚轻轻说道，心快跳出了嗓子眼。

"躺着别动。"黑暗中，她能清楚听到，科尔文从剑鞘中拔出剑时的细微摩擦声。

莉亚的心狂跳不止。治安官的手下发现他们了？还是如同她梦中那样，只有阿尔马格一人前来？那场梦是否预言了即将要发生的事情？又或者只是幻觉？

那个人步步逼近，靴子拂过野草，发出轻柔的沙沙声，伴随着双脚轻轻踩过湿软的泥土发出的细微嘎吱声，莉亚听得很清楚。声音越来越近。她全身发抖，那双脚似乎就在她的背后，虽然看不见，但是她的耳朵能根据条条线索分辨出那个人离她有多远。只有一双靴子。很好——那样科尔文还有战斗的机会。突然，她庆幸科尔文刚才练过剑，现在面对威胁不至于生疏。

她的背上有些痒，就好像有影子在搔她的痒。周围很安静，她甚至能听见那人的呼吸声，像是刚刚爬上山，还有些喘不过气。这又让她想起那些烟雾般的怪兽，便打了个寒战。她该怎么做？就这么躺着不动？科尔文会怎么做？她怕极了，心都绞了起来。如果科尔文被杀了怎么办？

远处传来猫头鹰的叫声。说时迟那时快，莉亚才听到他的声音，便见他一个鲤鱼打挺越过自己，冲了出去。她连滚带爬跑到另一边，坐起身来，看着科尔文战斗。他拔出剑往下砍去，眨眼便撞上另一把剑，火星崩出，就好似两道闪电交汇在一起。你一剑，我一剑，一个回合不够，又跟着好几个回合，刺耳的碰撞声在夜色中激起阵阵回响。剑锋之间摩擦生出的尖利声音让莉亚更加害怕。然后，两人停止了攻击，改为原地转圈，但手不离剑，依然保持防御的姿势。夜色中只能看清两个人模糊的身影。

短暂的停歇之后，科尔文率先出剑，一高一低，在空气中划出一个个圆圈，让人感到眩晕。而另一位防御者不断躲闪，一低一高，却又不断向前紧逼，趁机抓住科尔文的手臂。两个人撞到了一起，便互相扭打着好制衡对方，然后又分开。科尔文有些趔趄，好像是那个人重重地踩了他一脚。不一会儿，两人又开始保持防御姿态，转起圈来，还可以听到很重的喘气声。

莉亚感到非常无助。她该怎么做才能让形势朝着有利于科尔文的一面发展？锋利的剑尖之下，她可没有丝毫保护。能让她免于刀光剑影的，只有现下自己与他们之间的距离。

科尔文第三次冲了出去——但是被绊倒了。可能是那儿有块湿乎乎的石头，也有可能是泥土和野草比较湿滑，又或许可能是他的脚已经受伤了。他倒了下去，莉亚倒吸一口凉气，但是科尔文及时手肘撑地，挣扎着重新站起来。而对手的短剑已经架在他露出的脖子上。那是一把很短的匕首，莉亚一下认出来，还有高高挂在那人腰带上的剑鞘。

"赶紧投降，"他说道，"跑了这么远，我可不是来杀你的。莉亚——你在旁边吗？"

她听出了这个声音，认出了这个步态，看清了那把短剑。

竟然是乔恩·亨特。

最伟大的成就，在开始之初一度都只是一个梦。橡树源于橡子，飞鸟孕育于一枚蛋。而梦则萌发于现实。因此，你要时刻注意你的梦境。因为，灵力会通过梦境，启迪我们去思考即将发生的事情。而他人也会将满是邪念的梦境植入我们的内心，邪恶的种子便会发芽，铺就一条足以使我们自我毁灭之路。

——卡斯伯特·雷诺登于比勒贝克大教堂

## 第二十五章
## 莉亚的灵石

莉亚接过皮囊水袋,水的味道像是用长柄勺接下的雨水。她先吞了几口,然后忍不住大口喝起来。乔恩·亨特便从她手中夺下水袋。

"喝慢点,莉亚。水不多,大家得分着喝。"他把水袋递给科尔文,科尔文一边瞪眼瞧他,一边揉着自己的脚,但还是接过水袋,喝了几小口。

"你怎么找到我们的?"科尔文在黑暗中搓了搓手,又将靴子套了回去。

乔恩轻轻哼了一声,把面包掰成两块,莉亚和科尔文一人一半,"小伙子,我是个猎人。"面包不太新鲜,但还是挺松软,放在嘴里抿几下就能融化。面包外皮上还有松脆的干果,吃上去像是帕斯卡做的面包,非常美味。

"你没有骑马?"科尔文问道。

"单靠两条腿也能轻而易举跟上你们。把你们的踪迹抹去也不难。你们根本就没想到掩盖自己的足迹,所以我就跟着你们,把它们都抹掉了。阿尔马格手下也有一个猎人,非常强悍,他一直在寻找你们的踪迹。要不是我插手，你俩早被他们抓住了。"

莉亚伸出手，抓住乔恩的手臂，深切地感受到，站在她身边的是个大活人。他手臂上的护腕有些潮湿。莉亚的心渐渐平复。乔恩的弯弓掉在地上。"是大主教派你来的？"莉亚斗胆希望答案是肯定的。

乔恩点点头，"你在村口骑马逃跑的时候，我看到你了，当时就叫了你一声，但是你没看见我。"

"我想起来了，"莉亚说道，"原来是你？"

乔恩又在自己的包里翻来翻去，"这是给马儿吃的麦子，没有拿很多，但是总不至于让它饿肚子。莉亚，大主教让我找到你，确保你是安全的。梅德罗斯告诉我们，你拿着圣球，准备穿过比尔敦荒原，带着他到温特鲁德去。"他瞥了一眼科尔文，"他们还讨论了半天。我的任务就是，等你事情办完，把你安全护送回家。要是我办不成，帕斯卡就要杀了我。"

莉亚欣喜若狂，"我还可以回去吗？即便我做了这么多出格的事情？"

乔恩微微一笑，点点头，算是默许。他从来就不是个话多的人。她瞬间感到空落落的心又被填满了，差点又要落泪。她双手放在胸前，轻轻拍了几下，脑海里不断重复乔恩的话，意犹未尽。她依然可以回到米尔伍德，而不是永远被排斥在围墙之外。

科尔文低声说道："为什么？"

"嗯？"

"为什么大主教要帮我？"科尔文从泥土里拽出一把草，"他为什么又会原谅她？"

乔恩封好皮囊水袋，重新系上包带，"我不会去试图弄清，大主教做事是出于什么原因。他比我英明的多。他派我来找你们，我就过来找到你们。你们两个运气还算不错,在比尔敦荒原的第一天算是平稳地过去了。你们直奔温特鲁德而去,每走一步,好像都有灵力在引导你们。可是昨天,你们两个就开始来回徘徊,就像喝醉了的两头猪在苹果园里乱拱,直到你们发现了这条路。要是你们在这条路上继续往前走,阿尔马格就会抓住你们。他们的马跑得更快,他的手下都是一些出色的骑手。为了抓人,他们根本不顾马儿的死活。我以为他们把你俩抓住了,结果你们又返回沼泽地。于是我先他们一步,找到了你们的踪迹。现在他们只好又回头,看你们是从哪里又走进了沼泽地。我费了好大劲,抹掉了你们的脚印。最起码,我先追上了你们。到底发生了什么事情?你把圣球弄丢了?"

"它不听我的命令。"莉亚很不好意思。

乔恩站起来,伸了伸腿,"它不能指方向了?"

莉亚将斗篷系得更紧了些,好让它盖住自己的肩膀,"是我的错,我实在太害怕了。"

乔恩没说话,想了想便又说道,"这么对你们说吧。没有圣球的引导,我们是走不出比尔敦荒原的。即便是白天,也不行。就我自己来说,我可不想冒险被他们抓住。你的恐惧阻止了灵力倾听你内心的声音,"他低头看着科尔文,"你好歹是个圣骑士,怎么没有帮助她克服恐惧呢?"

科尔文抬头看他,扬起下巴,"只有她自己才能做到。我已经……我已经教她很多有关灵力……"

乔恩摇摇头,"她可不是圣学徒!她也不能成为圣学徒。但是你是圣骑士,有没有试过将神力赋予她?"

科尔文大吃一惊,"我从来没尝试过。我……我……不是说……"

"你是一个圣骑士。你肯定可以。你有权利,请灵力将神力赋予另外一个人。"

"可是我不知道咒语,咒语是什么,我把它们记在圣书上了。可我现在没有……"

"小伙子,这又不是什么难题。我看大主教演示过一次。我来找你们之前,他就将神力赋予了我。你可以将勇气赋予她。"

科尔文站起来,因为焦虑,表情有些扭曲。

"你成为圣骑士多久了。"莉亚问道。

"没多久,"他听上去有些不好意思,"我以前从来没试过。我不知道准确的咒语是什么。"

乔恩哼了一声,"这和咒语又没关系。你早就知道,这和灵力有关。让它借你说话。她需要勇气,那就赋予她勇气。"

"给我些时间!"科尔文大喝一声,便转身背对着莉亚和乔恩,攥紧拳头,手臂绷了起来。

乔恩让他一个人静了一会儿,便说道:"小伙子,我可以帮助你。我听过那些咒语。只要你知道圣符,你就能赋予她神力了。至于圣符,我可没辙。"

"我知道。"科尔文的声音听上去有些冷冰冰的。

"那就来吧,小伙子。虽然你还很年轻,可是你有这权力啊。快拿出点本事来吧。不然治安官和他的手下明天就会抓到我们了。我告诉你,他离我们可不远。"

科尔文转过身,眼神如钢铁般坚毅。

"我该怎么做呢?"莉亚问道。

"你就跪在原地,"乔恩说道,"把一只手放在莉亚头上,用另一只手划出圣符。然后你说出她的名字——莉亚·库克。最后通过灵力的转化,将神力赋予她。大主教说过,神力随意念而来,而不是咒语。你必须将意念转化为咒语。"

一阵风吹过，树叶发出沙沙的响声，野草互相摩挲着发出细微的沙沙声。不远处，蝉鸣此起彼伏。

科尔文听上去很坚定，"你们两个都把眼睛闭上。不能让你们看到圣符。"

虽然跪着，莉亚还是把背挺直，双手交叠放在胸前。她闭上眼睛，虽然觉得自己的样子有些蠢。科尔文一步一步来到她身边，她能感受到他身体的热量由远及近的变化。他面对莉亚，跪了下来。她能听见他下跪时的声音，感受他重量的变化。这时，她的心狂跳起来，有些口干舌燥。她感觉到科尔文的手就快要落到她头上，但还有些距离，就好像他害怕这触碰一般。噩梦里，阿尔马格就碰到了她的头发。他的手指像毒蛇一般缠绕在她的头发之间。梦里的她止不住地颤抖，只能干等着，连呼吸都被剥夺了。脑海中又浮现出他的剑刺入她胸膛的画面。她甚至能闻到阿尔马格身上那种芦苇淡淡甜甜的味道。那些烟雾般的怪兽又出现了，一个个嗅着她，不停地在她的手臂、后背和双腿上蹭来蹭去。她只想放声尖叫："求求你，不要碰我……不要让他碰我！"如果他碰到我，一定会有不好的事情发生。

科尔文的手轻轻落在莉亚的头顶上方，动作轻柔，但无比坚定。他的手和手指举重若轻般，压在她头发上，贴合着她的头顶弯出一个弧度，最后落在上面。这轻轻的触碰，让莉亚全身为之一颤。

"莉亚·库克……"

这是他第一次喊出她的名字。她的耳朵里，充斥着尖叫、怒吼和咒骂，但没有一个是科尔文的。这些声音来自于莉亚心底深处，就好像她睁开另一双眼，这双眼睛带着她成为另一个独立的个体，来审视跪着的那个自己。科尔文在她对面，但是他的身后发出一束刺眼的光芒。烟雾般奇形怪状的怪兽尖叫着飞了出去,和周围的雾气一起纷纷沿着山丘向后退去,就像水从裂开的桶里缓缓流出一样。那场噩梦之后,莉亚的胸膛里始终残留着什么东西不曾消失,可现在它正渐渐消散。这么多天以来,莉亚第一次觉得呼吸有了意义。在自己身后,她仍然能看见阿尔马格发光的那双眼睛,只是他渐行渐远,满脸痛苦。

莉亚终于能感受到灵力的存在。她不停地抽泣。是的,那种感觉又回来了。她不再害怕和恐惧,也不再感到羞耻和厌恶。她终于再次感受到来自米尔伍德的温暖。从小到大,她一直都在它的怀抱之中。即便米尔伍德大教堂现在离她有几十英里远,那微妙的安全感、那种归属感,还有家的感觉——全都回来了。她现在终于明白,这就是灵力的力量。一直到现在,它从未离开过她——她呼吸的每一口空气中也都有它的踪影,可从前却浑然不觉。守护大教堂的这股灵力,现在借科尔文那只温暖的手,又回到了她的身边。

她并没有听清科尔文又说了些什么,但赋予神力的过程已然结束,他便拿开手。莉亚心里并不希望他这么快就抽回手,她希望自己能永远安然地躲在他的庇护之下。睁开眼睛,她看见他跪在面前,热泪盈眶。

"它们都消失了,"她轻轻呢喃道,"那些雾气,还有烟雾般的怪兽,还有阿尔马格。它们都消失了。我再也不会害怕了。"

"我知道,"他轻声回应道,哽咽着几乎说不出一个字,"你周围竟然全是邪灵。我……我竟全然不知。但是它们现在都消失了,全部消失了。"

天下起了雨。

圣球指引着他们,穿过比尔敦荒原纵横交错的小径,往西北方向进发。今天和昨天一样,又闷又热,非常不舒服,眼前的景致毫无生气——但是他们终于有伴了。莉亚还是有些口渴,但也不再觉得它折磨人了。乔恩带了吃的过来,大家可以一起分享,都是帕斯卡从厨房拿的,还亲自用麻布包起来。帕斯卡非常担心莉亚,坚持要跟着乔恩一起来找她,刚走到门口,大主教便勒令她回去,威胁她如果胆敢违抗他的命令,便要接受严厉的惩罚。乔恩还说,治安官的手下在教堂门口对大主教出言不逊,索伊那会儿就躲在大主教屋里,和大主教待在一起。村民们都警告治安官的手下,他们要是再不走,就会掀起暴动,把他们赶走。

"把莉亚带回米尔伍德,"大主教说过,"不论在温特鲁德会发生什么,她必须回来。乔恩,带她回来,带她回家。"

莉亚听完,内心的感受无从表达。她只是一介贱民,却被那么多人出手相救。大主教不但要保护她,还公然挑战治安官的权威,仅仅是因为她偷走了十字圣球,并决定帮助科尔文。从小到大,她从未像现在这样敬爱这位老人。这种感觉实在很陌生。

在比尔敦荒原,对淡水的需求总是第一位的,莉亚便请圣球指明一条前往温特鲁德的安全路线,沿途还需要有淡水。圣球上的两根指针清楚地指明了方向,她可以耐心等待大口喝水的机会了。

黄昏之前,他们的确走到了目的地。眼前的景象却吓了他们一跳。

光秃秃的山丘当中有一大片树林,全是长满苔藓,绿地发黑的橡树。四周杂草丛生,一潭一潭死水上漂浮着成片的昆虫,蛙叫此起彼伏。各种各样的昆虫扑楞着翅膀"嗡嗡"飞来飞去,连前面的路都快看不清楚了。他们跟着圣球,小心翼翼地往树林深处走去,枯瘦的树枝和灌木丛时不时卡住他们的头,挂住他们的胳膊,好几次都像是走不过去了。最后终于来到树林中央,那儿有一块大圆石。石头周围的土地比较干燥,他们绕着石头转了几圈,听到它发出微弱的声音,显然是块灵石,雕刻人脸的那一边朝向东边,迎着太阳,朝西的那一面长满苔藓,零星还有一些地衣长在上面。周围没有其他多余的石头,因此它看上去有些遗世独立,仿佛永恒存在一般令人印象深刻——可是却又显得异常孤独。这片树林就好像是围绕着它生长起来的。

科尔文和乔恩盯着雕刻在灵石上的面庞,不约而同地瞪圆了眼睛。他们面面相觑,然后看着莉亚。

"怎么了?"莉亚问道,凑过去看了看,那是一张人脸——一个女孩子的脸,有着卷卷的头发。她从前也看到过各种各样的灵石。这一块也没有格外特别的地方,除了它的头发和她自己的有些相像而已。

"我的伊渡米亚啊。"科尔文屏住了呼吸。

乔恩的表情也甚是惊讶,"我同意。"他看看灵石,又看看莉亚。

"究竟怎么了?"莉亚有些生气,是圣球带他们到这儿的。

乔恩伸出脏兮兮的手,手指沿着石头上眼睛、鼻子和嘴巴的轮廓慢慢描画,"这是大主教做的。我发誓,我认得出他的手艺。我知道他做的路标。这块灵石一定是大主教做的。但是,是什么时候呢?有多久了?"

"根据上面的苔藓来看,"科尔文接道,"肯定有很多年了。就在这里——这片树林里只有这一块石头。"

"是大主教做的?"莉亚问道,"是什么问题让你们两个大惊小怪的?"

科尔文摇摇头,也伸出手,摩挲着石头上雕刻的痕迹,"不。是这张脸。"他回头看着她,眼里充满了好奇,"这是你的脸。"

莉亚看着乔恩。

"是你的脸,莉亚。就连头发都……"

莉亚感到一阵眩晕,就像儿时大家都喜欢玩的那种游戏,双手展开,原地不停转圈直到自己晕得站不住。是大主教雕刻了这张脸。她的脸……还是她母亲的脸?为什么她能使用圣球,而科尔文却不能?为什么她的灵力如此强大?

即便这种奇怪的感觉让她觉得有些难受,可是她依然不停地问自己,难道大主教就是她的父亲?

## 第二十六章
## 困顿

人人都说，米尔伍德大教堂没有镜子，唯一的一面镜子放在大教堂的一间密室内。镜子会让人心生傲慢，于是它就从这片土地上消失了。莉亚从来不介意这一点。和大部分女孩一样，她有许多小伙伴，比如索伊会帮她捋顺头发或者是抹去她脸上残留的面粉。多数时候，莉亚只在洗衣房脏兮兮的水槽里瞧一瞧自己的倒影，或者借着野鸭塘的池面瞅一瞅，有时干脆就对着亮闪闪的勺子照一照。

现在，这块灵石上雕刻着她的脸。她伸出手，抚摸着鼻子和下巴，然后用手背轻轻抚过它的脸颊。石头触感光滑冰凉，但却依然能感受到其中快要汹涌迸出的力量。莉亚略作沉吟，灵石的眼中便流出了水，冲洗她的双手。水——干净的水。她把手洗干净后，又掬起手接了几口，喝得异常满足。水又清又凉，从头发丝儿到脚趾头，全身都跟着打了个激灵。水流直冲石头的基部而去，然后蜿蜒流进灌木丛，穿过厚厚的莎草和枯萎的树木。莉亚拼命喝着，直到觉得解渴才停下。科尔文洗了洗手后，也跟着喝了几口。最后轮到乔恩，他拿出皮囊水袋，把水灌到袋口，然后自己也喝了几口。

"就在这儿休息吧，但是只能呆一会儿，"乔恩擦完嘴说道，"我去把我们的踪迹抹掉。别等我。我知道怎么找到你们。"

他正准备走时，莉亚一把抓住他的胳膊，"乔恩，为什么大主教在灵石上雕刻了我的脸？"

"我不知道，莉亚。"

她压低声音，"你有没有觉得……他可能是我父亲？"

他的眼神很严肃，"谁都有可能是一个贱民的父亲，可他绝对不可能。不，我不知道他为何雕刻这块灵石。但我以前亲眼见过他雕刻的过程。这一块的确像是他的作品。"

"那这块石头怎么会在这儿？"

"或许他知道，有一天你会来到这里，而且会需要它。他的灵力非常强大，他能预言未来。"他得意地笑了笑，"这也可能是为什么他能成为大主教吧。现在我得去把我们的踪迹给抹了。"他揉了揉她那一头乱发，"要是帕斯卡看到你现在这副模样，不知作何感想。走之前，洗把脸。你可真脏。"

"你居然就这么说出来，太过分了，乔恩·亨特！都不知道艾尔萨·库克看上了你哪一点？"

他只是咧嘴一笑，算是回应莉亚的一番挖苦，摇摇头，又沿着他们来时的路，大步跑进了错综复杂的橡树林，拿着弓箭的手紧贴身侧。

她转过身，发现科尔文跪在灵石边，就着水流伸出头，拼命搓洗自己的后脖。马儿正慢悠悠吃着草。她集中意念，为水流加了点火——不是很多——这样就不会烫伤他。

"水热了。"他的手指伸进头发不停揉搓。

"热水洗得干净些，"她笑了笑，往另一边走去。水滴四溅，落在泥地上,也洗去了他身上的污垢与灰尘。现在她更了解他了——他也会嫉妒,也会不耐烦。他们之间产生了一些微妙的化学反应。方才凝视她的时候,他那份恻隐之心和眼中的泪水,有些不一样了。可是莉亚还是有些犹豫,是否要靠近他,就怕他同之前一样又缩回去。

"如果我帮你,会洗得更快一些,"莉亚边说,边拿起手搓起了他的头顶心,就像她帮索伊洗头的时候一样。科尔文愣了一下,脸上的水汇聚到鼻尖,一滴一滴落下来。水很温暖,要是有肥皂就好了。

他卷起袖子,搓起了自己的胳膊。莉亚就用手指一点点理顺他的头发,顺便还使劲儿搓掉他脖子上厚厚一层泥垢、皮屑和硬皮。没过一会儿,他的衬衫和战衣便湿透了,紧紧贴在里面一层的银丝软甲上。

"科尔文,让我看看你眉毛那儿的伤口。"

他抬起头看着她,头发往后一甩,发梢还滴着水,整个人看上去焕然一新,下巴和嘴边冒出一些细茸茸的胡茬。莉亚用斗篷的包边浸了些热水,挤干后,沿着他的眉毛轻轻擦拭那条伤疤。他皱了皱眉,咬紧牙关。伤口已经不再流血,但是会留疤。菘蓝已经让伤口愈合了。

"好啦。你闻上去不会臭烘烘啦,"她笑了笑,"伤口正在愈合,真好。你回家的时候,你妹妹都不一定会注意到这条伤疤。"

"她和你一样,很机敏。"

"我觉得精明这个词更适合我。算是给我留点骄傲的本钱。我也够脏的,你来帮我洗一洗吧。然后我们就可以出发了。不能在这儿耽搁太久。"

"帮你洗?"他有些没反应过来,看上去像是被吓到了。

莉亚把头发盘起来,"就帮我抓住头发就好。一般都是索伊帮我的,但现在只有你能帮我了。要是你肯屈尊,就帮帮我这个贱民吧。"

水温不冷不热正合适,不过莉亚喜欢热一些的水,心里便默念道,"更多的火"。灵石的眼睛发出红光,水蒸气冒了出来。她最擅长擦擦洗洗,很快便洗好了。幸亏科尔文帮她把头发提着,没过多久便前前后后把胳膊和脖子都搓了一遍。她使劲搓洗自己的脸颊,恨不得把每个毛孔里的污垢都洗出来。

"把我的头发放下来吧,"说罢,便开始尽情享受热水从头皮一泻而下时的那种灼热感。莉亚拨弄着头发,借着水流将头发捋顺,直到发尾滴水。然后她把指环从衬裙里掏出来,就着水流洗干净,让它恢复金光闪闪的样子,然后塞了回去。指环贴着她的皮肤,暖呼呼的。

"要是帕斯卡把我的另一条裙子也打包给我就好了,"她边说边把自己的卷发挤干。现在她身上这条裙子已经被扯坏了,裙边破破烂烂的,满是尘土。它原本可是蓝色的,现在已经变成一种灰绿色。"到现在,你都没怎么说话,"他们一起走到马儿身边,"从今天早上我们离开到现在,你说的话大概不超过十个字。现在都快要黄昏了。"

"你一直在和你的朋友说话,"说着,他收起缰绳,轻轻捋了捋马鬃,"我不想打扰你们。"

"你要相信乔恩。"莉亚答道。

"对我来说,相信任何一个人都不是件容易的事情。即便是你——也是经历许多之后,我才开始真正相信你的,还记得吗?"

"所以,你现在是承认,你相信我了?"

"莉亚,你已经证明了你的忠诚。在相信任何人之前,我必须确定这一点。我答应你,我会用我的方式来报答你。"

科尔文又给马儿喂了一个苹果。莉亚抽出绳子,解开袋子,拿出圣球,集中意念,"请为我们指明一条去温特鲁德的安全路线。"

指针毫无动静。

恍惚间,莉亚担心她又失败了,可是现在她心无旁骛,内心没有存留一丝疑惑和恐惧。应该没有什么可以阻止灵力介入她的想法。

"怎么回事?"他问道。

圣球下半部分又冒出一行一行神秘的字符。指针没有转动,像河面上的鸭子一样悬浮着。

莉亚再次集中念力,"请为我们指明一条去温特鲁德的路线。"指针转了起来,最后指往了西北方向。

"前后两次有什么不同?"他问道。

莉亚咬住嘴唇,"我请它指明一条安全的路线,可是它没有动静。"

虽然看不懂圣球上的文字,但是即便没有翻译,莉亚的直觉告诉她,这些话是一种警告。圣球这是在提醒他们,前方并没有安全的路线。灌木丛里发出的异响也让他们警惕起来。

科尔文的脸色刷的一下惨白,"是治安官的手下。"

"但是,如果他们在我们后面,为什么前方没有安全的路呢?"莉亚慌忙问道。

科尔文看了看另外一边,伸出头,"快听。他们应该是从四面八方向我们这边进发。那为何圣球还要带我们来这里?"

"可能这里的确是最安全的一条路——我是指之前。但是我们耽误太久了。"

科尔文一把抓住她的肩膀,"灵力一定会带我们离开的。莉亚,你要相信它。恐惧只会让他们更快地追过来。"

恐惧就像一窝蛇一样,在她身体里不断扭动,蓄势待发,莉亚拼命想要压制住它。乔恩在哪里?可她现在不敢大叫他的名字,这样无异于直接告诉治安官他俩的位置。

科尔文在褡裢里一阵翻找，拿出梅德罗斯给他们的第二把剑，塞进莉亚手里，"或许你用得上。"

"我不知道怎么用……"

"我知道！我会尽最大努力保护你，但是在我和别人纠缠的时候，会有人把你抓走。万不得已，你就把它当成木棒挥来挥去就成。"

"可是它很重啊。"莉亚掂了掂剑的分量。

"不重怎么杀得快，"他大喝一声，"别连着剑鞘一起挥来挥去。如果他们来了，把剑拔出来再行动。剑锋得朝下。你……"他停了下来，好像听到了什么声音。

"是什么？"莉亚转过身，朝着乔恩离开的方向望去，"我们应该跑吗？"

"怎么跑？"科尔文哼了一声，"我们需要马。如果还有其他地方可以躲，圣球一定会告诉我们。莉亚，相信灵力，它不会让我们失望的，绝不会。来吧，往这儿走。"他抽了一下缰绳。

莉亚忽然记起梅德罗斯之前说过的话，"如果你走这条路，你们就会被抓住。"她一字不差地想起了这句话，甚至连梅德罗斯的口音都仿佛缭绕在耳边。当时她对这句话的理解是，如果他们走了这条路，就会在路上被抓住。现在她终于明白过来，之前的理解完全错误。他们之后才会被抓住，或者是因为他们选了这条路。

"科尔文。"她叫住他。

前方树林里冒出几个骑手，正朝着温特鲁德的方向前进。是三个治安官的手下，他们满脸疲惫，眼中尽是怨气。马儿已经跑得口吐白沫，骑手不停地踢着马肚子，马刺上血迹斑斑。看着这些马儿，莉亚的心都揪了起来。

科尔文深吸一口气，拔出剑，好吧，三打一。

"别这么做。"莉亚提醒他。

"我可以把他们三个都杀了。如果灵力助我一臂之力，我一定可以办到。"

"梅德罗斯说过的话，你还记得吗？"科尔文迈开步子往三个骑手那儿走去，莉亚拽住他的衬衫，猛地拉了他一下，"梅德罗斯说过！如果我们走了这条路，就会被抓住。"

科尔文很愤怒，"求你了！别让你的恐惧影响到我。"

莉亚恨不得一巴掌扇过去，"我是害怕，可是不像之前那样了。听我说，圣球带我们到这儿。它预感到会有事情发生。没错，我们要相信灵力。我们一定要相信它。"

"是屈服于他们吗？你怎么知道，圣球是不是要我们杀出一条路呢？"

莉亚眼角的余光，瞥到那三个骑手懒懒散散地过来了，看上去不太着急的样子。想来搜捕已经结束——现在是要大开杀戒了。

莉亚抓住科尔文的手臂，"我不想你死，科尔文。"她低声说道，"如果你的妹妹在这里，她也会这么说。求求你，就把我当作你的妹妹。为了她，千万不要这么做。"

其中一个骑手说话了，声音又低又粗，"这小子看上去像是要哭鼻子了。快看看他呀。还直打哆嗦呢。小伙子，来呀，可别哭哇。我们可是千里迢迢才赶到这儿的。"

"这一路追得可真够惨的，"另一个紧跟着说道，语气中满是嘲讽，"你现在总不会退缩吧？"

第三个骑手直接跳下马，手里握着剑，"盔甲侍卫，要是你不打算和我们对打，就来帮我们擦鞋吧。"他慢慢走过来，靴子擦过草丛发出沙沙的声音。另外两个也跟着跳下了马,"我们的靴子有些脏了。就用你身上那件战衣来擦擦嘛。你这个小哭包圣骑士!谁让你是德蒙特的人!"他把手关节压得呱啦呱啦直响,吐了口唾沫。

如此挑衅,科尔文愤怒地紧咬牙关,他看着莉亚的眼睛,轻声说道:"你就是我的妹妹。"

有那么一瞬间,莉亚真心希望他能大声说出来。

科尔文转过身,冲向那三个骑手,手中的剑迎着落日的余晖反射出一道亮光。莉亚周围便只剩刀光剑影。可她的脑海里却听到了尖叫声,那是科尔文战衣上的鲜血发出的尖叫声。

三对一,科尔文很快就被撂倒。或许是和乔恩对战后,他的脚还肿着,也或许是哪里有一块石头把他绊倒了。她怔怔地看着他就这么倒下,眼睁睁看着那些士兵对他拳打脚踢。莉亚一步一步往后退去,把自己的脸埋在马鬃当中,却依然能听到那阵阵尖叫。可以想象这些人对其他圣骑士犯下了何等令人发指的暴行。他们继续殴打科尔文,莉亚实在看不下去,哭了起来。

每每一个圣骑士设定一个目标之后，内心便需为实现它而勇往直前，不可左顾右盼。怀疑和惧怕会不断侵蚀他，让向前的道路支离破碎，这条路继而就会变得曲折、徒劳，最终毫无意义。一旦心存怀疑和惧怕，终将一事无成。它们永远是失败的源头。每当它们在不知不觉间侵蚀你的时候，所有的目标、能量，还有毅力，所有这些强大的意念便日渐式微。只有我们坚信自己可以，意念便会孕育而生。只有克服怀疑和恐惧，方能成功。

——卡斯伯特·雷诺登于比勒贝克大教堂

## 第二十七章
## 复仇

科尔文又被踢了一脚,莉亚听到了一记闷哼声。她仿佛听到,那些死去的圣骑士在不停地尖叫,声音响彻整个树林。尽管她内心暴怒,但又回想起科尔文之前和她说的——许多圣骑士都被谋杀了,德蒙特为此才揭竿而起。决定性的时刻已经迫在眉睫——梅德罗斯早已预言,温特鲁德即将爆发一场屠杀。如果科尔文能活着走出战场,一定也是因为她。刹那间,如醍醐灌顶,她明白了一切。或许她的救生常识可以救科尔文的命,或许把他的尸体从战场上拖下来就足够了。但是,即便科尔文要死,肯定不会在比尔敦荒原,而是在温特鲁德。

她松开紧紧抓住马鬃的手,转向那三个士兵,内心坚定而诚挚。她一定要送他去温特鲁德。她一定要信守诺言。

"放开他!"她冲着他们大叫一声,希望那三人可以就此停手。不等他们有任何回应,便冲上前去,一把抱住奄奄一息的科尔文,用自己的身体阻挡他们的暴行。他现在满脸是血,脸上的肌肉也因为疼痛不断发颤。

莉亚狠狠地盯住那三个士兵,在他们眼中窥到一丝震惊。一个士兵往后退了一步。

"不就是个贱民么。"另一个眯起眼睛。

"我说了,放开他!"莉亚再次大叫出声,直勾勾地盯着那个士兵,高声说道:"别碰他。也别乱踢他。放下你们的剑,他没有要和你们打架。"三个士兵有些犹豫,有两个一头雾水,摇了摇头,"快放下剑!"她命令道。

其中两个照做了,"砰"的一声剑落到了地上。另一个仍然握着剑,只往后退得更远,好保护自己不被莉亚伤害。

远处传来树枝被踩断的喀嚓声,更多士兵走过来,为首的便是阿尔马格。他一动不动地盯着莉亚的眼睛,眼中的神情令人害怕。她的勇气逐渐瓦解,牙齿开始打战。

科尔文抓紧她的手,轻轻说道:"别怕他。"声音听着有些粗哑。

阿尔马格跳下马,他的马已经染上了大片血迹。莉亚感觉自己像是被许多无形的东西包围起来。那些看不见的怪兽,又开始拿鼻子和嘴巴戳她的背脊和手臂,轻嗅科尔文的身体和他身上还在流血的伤口。莉亚抖得更厉害了。

那个揍过科尔文的士兵,手里拿着剑对着莉亚乱挥一气,说道:"她……她……阿尔马格……"

"闭嘴,"阿尔马格打断他,"她是德蒙特家族的人,一出生便带着强大的烙印,但终究不过贱民一个。她根本不知道自己在做什么或者怎么做。"

莉亚低头看着科尔文的脸,科尔文也望着她,压低声音,"别怕他。"

"我该怎么做?"她强忍住眼泪,轻声回了一句。现在,她只想逃走,躲开这个在黑暗中眼睛会发出银光的人。之前的那种安全感烟消云散。前一晚积攒而下的镇定自若在这一波猛攻下灰飞烟灭，只剩余烬。

"米尔伍德，"科尔文说出四个字，因为疼痛便挪动了一下身体。他紧紧抓住莉亚的手，力气很大，莉亚都觉得疼，"只要想米尔伍德。"

"啧啧啧，对，想想米尔伍德，"阿尔马格已经走到他们身边，听到了他们的对话。"我亲爱的小宝贝，快想想你的米尔伍德，想象教堂里的每一块石头破裂开来，每一扇窗玻璃粉碎，稀世珍宝悉数尽毁，圣书被拿去融化做成首饰，挂毯被扯下来吊在柱子上，放火烧成灰。孩子，赶快想啊，快想想——这些全部都是因为你。还有，大主教的头会被钉在教堂大门口示众。这一切全部都是因为你。对，快想想。"

他说的每一句话，都仿佛化作真实的情景在莉亚眼前浮现，每一个字都让她身临其境，她甚至可以看见大教堂在熊熊大火中渐渐崩塌。

科尔文又抓了抓她的手，想要坐直身体说话，可阿尔马格却用剑首猛击他的头。科尔文悄无声息地倒在了地上。

"不！"莉亚惨叫一声。

阿尔马格冷冷地看着他，然后扭了扭头。她能看见他脸上被她抓伤的那条伤疤。"多尔布雷克，哈顿……曼斯，还有弗雷尔。你们四个，用铁链把他捆起来，绑到他自己的那匹马上去。明天天亮前，把他送到国王的营地。本来，现在就可以让你们把他给砍了，但是陛下或许更喜欢自己动手。"他眯起眼睛，目露凶光，"科尔文·普莱斯，国王之表兄，因叛国罪，现被逮捕。抓住他。"

莉亚抱住科尔文，拼命摇头，始终不敢相信事情竟发展到如此地步。阿尔马格抓住她的胳膊，猛地把她从科尔文身边拽起来。一个士兵走到科尔文跟前，面无表情地给他戴上铁手铐。还有一个抓住马儿，马儿一开始不停地哼哼，不断反抗，但另一个士兵过来抓住了缰绳，马儿便安静了下来。另外两个把科尔文扛起来，横过来放在马鞍上，用很粗的绳子将他绑紧。这一刻，莉亚心如死灰，科尔文看上去像是死了一般。

她想要抽回自己的胳膊，但是阿尔马格抓得更紧了，莉亚疼得都快叫了出来。她想要说话，可是发不出声音。她仿佛坠入绝望的深远，希望被一点点蚕食干净。

乔恩·亨特！

她想起了乔恩，可现在为时已晚。乔恩究竟在哪里？

阿尔马格仿佛能听到她内心那些疯狂的想法，说道："孩子，没有人会过来帮你。我们的猎人可是个优秀的神箭手。你们的猎人早被抓住了，尸体也已经被扔在臭水沟里了。他已经死了。"说罢，嘴角勾起一抹邪恶的笑容，"我们验过，他已经死了。"

此刻，黑暗仿佛将莉亚整个吞没，她如溺水般沉浸在悲伤中，无法呼吸。四个士兵骑着马离开了，其中一个牵着科尔文的马，带着科尔文离开了树林。往近处的山望去，日渐西沉，余晖洒在比尔敦荒原上投下一片又一片阴影。待余晖散尽，莉亚所有的勇气也荡然无存。

阿尔马格的手下开始安营扎寨，他给莉亚戴上手铐，猛地把她推到中间那块大圆石上去。夜幕很快降临，不久他们便生起两堆篝火，火苗发出噼噼啪啪的声音。马鞍被卸了下来，马儿疲惫不堪，无力地甩着尾巴。一张张满是泥垢的毯子在地上摊开。有一个士兵搭了一个简易帐篷，他带着一把弓和一个箭筒。莉亚知道，就是他杀了乔恩。

他看上去非常冷酷无情，莉亚对他恨之入骨。

她低头看着身下的草地，突然想到了科尔文。她所有的努力到头来终化为一场空，现在一切毫无意义。为了帮助他而做的一切事情也前功尽弃。最后，治安官仍是抓住了她，梅德罗斯说的一点也没错。莉亚忧心忡忡，她想过逃跑，可是阿尔马格一眼不错地盯着她。时不时还打量她，那种认真的眼神简直是下流，莉亚愈发觉得恶心，他对她一定图谋不轨。

即便莉亚看不见那些烟雾般的怪兽，但是她深知，此时此刻它们就围绕在她身边。科尔文叫它们蚀心邪灵。一定有什么不好的事情即将发生。它们对此一清二楚，所以都热切地想要成为元凶之一。

"快要黄昏了。"一个士兵说道。

"都已经过了，"另外一个吼了一声。

"快了，"阿尔马格说道，"添些柴火。"

莉亚知道，或许她也没剩多少时间了。不论如何，太阳下山后他们便会有所行动。她把头往后靠向大圆石，闭上眼睛，眼不见为净。手腕很沉，铁手铐的重量都压在大腿上。

"一切都源于你内心所想。"

这是科尔文说的，也是他的大主教教他的。那么，她应该想些什么呢？士兵们前前后后忙着扎营，期盼着夜幕的降临，而莉亚的思绪也飞了起来。米尔伍德。她集中精神，回想米尔伍德的每一处角落和每一种声音。脑海里浮现出圣学徒在回廊研修金圣书的场景，每晚她都要把大主教的晚餐端去他的宅邸，一般是一碗汤和一些面包。她还想到了鱼塘，鼻尖仿佛还萦绕着那种油腻腻的味道，然后她想起了自己最喜欢的一个地方——苹果园。没错，每到春天，苹果园花开繁盛，白色的花瓣纷纷扬扬，在空中不停旋转，好似雪花飞舞一般。

她牵起嘴角，尽管悲伤，仍强加一丝笑容。在米尔伍德的时候，她和索伊会坐在坟场的废墟那儿，吃着野果，聊天嬉闹。还有堆成一座小山的尸骨罐子在树林里慢慢腐朽，想到这个场景，她耳中便回荡着笑声，想起自己在那边玩耍的日子，这个秘密只有自己知道，别的贱民一概不知。对了，还有大教堂下面的地道，她想起来，大主教设计出迷宫一般的地道，来保守自己的秘密。她已经等不及要去探索每一条密道，直到将地底下的地形烂熟于心。

"孩子，是时候了。"阿尔马格在她耳边说道。

莉亚幡然醒来，方才脑海中的湛蓝天空，瞬间回到现实，漆黑一片。

"不要怕他。莉亚——不要怕他！灵力不会抛弃你，除非你先抛弃它。"

这听上去像是科尔文说的话，是不是他在同她讲话？

她继续集中意念，照着他说的，努力回想米尔伍德的一切。她为大主教送去晚餐，是一罐咸汤。他特别喜欢帕斯卡煮的汤，尤其是融化了芝士的热乎乎的炖汤，里头放了切碎的洋葱和苹果。

"你拿了我的一样东西，"阿尔马格说道，"你一直在用它。我可以感受到你身体当中散发出来的力量。你注意到它留在你身上的痕迹了吗？它会在你的胸膛上留下记号，水也无法将它抹干净。随着时间的推移，它会越来越多。"

莉亚仍然闭着眼睛，即便已经感受到阿尔马格的呼吸就喷在她的脸上。灵力的确存在。她知道它就在那儿。思绪又把她带回了那个暴风雨的夜晚。门口站着乔恩·亨特，浑身湿透，泥浆顺着衣服滴了下来。大主教正在骂帕斯卡，他的胡子因为淋了雨，湿乎乎的。然后他集中意念让暴风雨骤停。他是怎么做到的？

"一切都源于你内心所想。"

不，不是大主教的意愿让暴风雨停了下来。科尔文说过，你不能强迫灵力。如果你强迫它，它就会逃走。你要做的，是对灵力敞开心扉。你要去寻求它的意愿，理解它的目的。

那为何灵力会大费周章引领她走到现在这般田地？为什么十字圣球带着她来到比尔敦荒原这块灵石这儿，却没有告诉她一条逃跑的路线？肯定有一条路能带她离开这一片树林。一定……

"不要有所怀疑！莉亚，千万不要有所怀疑！"

阿尔马格的声音冷冰冰的，却依然刺耳，"一旦你尝到了它的力量，内心的欲望便会不断膨胀。孩子，你有没有感受到那种饥渴？不论你想要什么，你都可以得到——任何东西，只要是你想要的。把它还给我！"莉亚感觉他的手指掠过她的皮肤，来到喉咙这儿。但是她没有一丝恐惧。脑海里闪过米尔伍德的一草一木。他的手有些颤抖，指尖也在打颤。好像是有什么力量让他感到震惊。他想要把莉亚衬裙里的指环拉出来。

"快给我！"

莉亚依然紧闭双眼，只想着大主教让暴风雨骤停的那个晚上。她记起来了，当时她能感受到大主教的内心所想，他怕她学会使用灵力。他害怕最终她能够拥有它的力量。

"你需要我做什么？"莉亚心里轻轻说道，"我一定会去做的。我会完成你让我做的事情。"

她心里仿佛有一把钥匙转动起来，打开了一扇门。只能这么描述。这扇门通向所有的可能，全部的联结、思绪、洞见和智慧——脑海中千丝万缕如今汇聚在一起，好似结成一张蛛网。一切都清楚明了。一瞬间，她恍然大悟。

灵力没要抛弃她，将她丢给治安官和他的手下。而是灵力将他们"送"到了她的手上。

思绪停顿之间，她听到了尖叫声——它们如此浑厚，此起彼伏，夹杂着痛恨与复仇之火。那些被治安官和他的手下杀死的圣骑士，正是他们的鲜血在向她叫嚣。那些烟雾般的怪兽不见了，取而代之的却是鲜血的声音，像是在祈求她尽快行动，为正义而战。

是时候了。

忽然，莉亚又想起她和科尔文呆在厨房的时光。他之前说过的话让她内心一阵发紧，融融暖意流便全身。"灵石可以帮你将体内的力量散发出来。石头代表的就是我们。"真是振奋人心的一句话。当时他这么说，她只觉得无比深奥，根本无法理解它的源头是什么。经过之前几日，现在她已经了解更多相关知识，明白了这种深奥要义究竟是什么。或者可以这么说，能够召唤出火、水、瘟疫，甚至是起死回生的力量，始终沉睡在她内心深处，而非石头。

她的背撞到了那块刻着她脸的灵石。灵力知道，她的一生终将会迎来这一刻。多年前，它引导大主教刻下这块石头，并不是因为大主教预见了现在这一切。而是，他之所以这么做，是因为灵力将所有事情的源头捏在了一起，现在只等莉亚的作为。

莉亚睁开眼睛，发现治安官已经将她的指环捞了出来。

那只闪着金光的指环，串在一条绳子上。她从九岁起，便戴着它。对于莉亚来说，它就是灵力真实存在的最好证据。

阿尔马格看着指环，疑惑丛生，表情因为震惊和惊讶扭曲了起来。他看着她。

"我连灵石都不用就可以生火。"她想道。

她全身仿佛烧着了一般，脑海中的那扇门依然敞开。灵力强大的力量瞬间冲破她的身躯，在树林里燃起墙头那么高的火焰。这把火如洪水一般，扫过橡树和草地，沿途的一切均化作灰烬。它越烧越旺——比她在大教堂厨房的烤炉里召唤出的所有火焰都要旺上几十倍。

她手上的铁手铐慢慢融化了，而自己却毫发无伤。治安官和他的手下被烧死的时候，没有发出一声尖叫。他们只是瞬间被灵力的仇恨噎住了呼吸。一刹那，一切都结束了，他们的诡计最终一败涂地。多年来，他们一直以为自己才是这一切的主宰。即便来到生命的最后时刻，阿尔马格依然笃信她戴着他的魔徽。火焰如疾风骤雨般咆哮而过，夜晚的星空都被染得通红。树林成了一片火海，冒出一条又一条黑烟。这股力量太过强大，连土地也跟着震了一下。莉亚胜利了，那些死去的圣骑士，他们的尖叫声也臣服于这火焰的叫嚣——消失了。她身后那块大圆石，也因为瞬间冲出的火焰裂了开来。

莉亚慢慢站了起来，眼前的景象如炼狱一般，可她毫发未损。因为那股力量，她现在还觉得晕乎乎的。她知道，如果灵力要让她用手抬起一座山，她也一定能够做到。她低头看了看，那枚金指环还好端端地挂在胸前，荡在裙子外面，还好灵力保护它免遭荼毒。她打开挂在腰间的袋子，拿出十字圣球，它也因为灵力发出强烈的光芒，亮得让人睁不开眼。

"带我去找科尔文。"她眯着眼睛，圣球开始转了起来。指针指出了一条路。

# 第二十八章
## 坟墓

莉亚穿过熊熊火海，突然听到有人大声叫她的名字。她好一会儿才反应过来，那是科尔文在大叫。脑海中那扇大门砰地一声关上了，灵力在她身后便一下遁入空虚，消失得无影无踪，仿佛钻入那已经碎成几块的大圆石的裂缝中，发出嘶嘶的声音。灵力一旦消失，她也仿佛被抽空了力气，有些摇摇晃晃，试图让自己站稳，但还是往前摔了下去，双手插进烧焦的泥土，倒也不是很烫。

科尔文站在那儿，发现了她。他匆匆奔过来，一把抱起她，离开这片还在燃烧得噼啪作响的树林。她抬头看着他，满脸诧异，想要挤出一个笑容，却实在没有力气牵起嘴角。

"终于找到你了，"他愤愤然说道。汗珠从脸上滑落，在火光的映衬下变成了粉红色，"还要再走远一些。"

莉亚把头轻轻靠在他的胸口，睡着了，手中依然紧紧握住十字圣球。

她醒过来的时候，依然疲惫不堪。照天上星星的排列方式，现在已经是半夜了。周围一片寂静，空气冰凉，每呼吸一口空气，便冒出一阵白雾。全身骨架仿佛被注入镇定剂一般动弹不得。胳膊和腿虽然还很僵硬，但再也不用担心周围冒出任何声音了。莉亚心满意足。她转过头，发现科尔文就睡在她身边，脖子枕在胳膊上，嘴巴微微张开，脸上乌一块青一块，血迹斑斑，嘴唇上也满是伤痕。尽管动不了，她还是爬起来，把自己的斗篷盖在他身上。这么多个晚上，他睡觉一直没有盖毯子。虽然看到他在那边瑟瑟发抖，但他也从未抱怨过冷。莉亚往他那儿靠过去一些，但是注意不碰到他，闭上眼睛，很快便又睡着了。

等她再醒来时，天已大亮。终于恢复了些力气，她便用手肘撑着爬了起来。原来昨晚，科尔文又把斗篷盖回到她身上，现在全身都暖融融的。

他就在身边，睁着眼睛，一只手撑着头，目不转睛地看着她。脸上的血迹都干了，还有几个明显的乌青块。

"莉亚，你还好吗？"

她点点头。他的表情实在温柔，让她有些猝不及防。

"我以为那场大火是治安官干的。当时担心极了，怕我就这么辜负你，怕你被火焰吞没。但是我知道那是灵力的力量，我能感觉出来。你一直很善于用火，只是没有意识到你居然这么厉害。"

莉亚笑了笑，"我自己也没有料到。"

"谢谢你把斗篷给我盖。我早上醒来的时候，看到你在发抖。你比我更需要它。我不介意冷一点。"

"好啦，你不也冻得发抖吗？"莉亚低下了头。

"可是很奇怪，"他抓起手边的斗篷，揉了揉，捏住 把布料往鼻子凑，"你从大火里走出来的时候，不管是你还是你的衣服，都没有闻到一点烟气。"

莉亚坐了起来，有些尴尬。从他们现在的位置望过去，可以看到近处的那片树林，还有几处依然在冒烟。"它不能伤害我，"说罢，探过身子去看他的手，两人离得很近，科尔文的手几乎就要擦过她的胳膊。她很想紧紧抓住他的手，说声谢谢，可是她不敢，"科尔文，谢谢你教我怎么用灵力。昨晚，你的话救了我的命。"

"没什么好谢的，"他扯着沼泽地上的草把玩起来，有些不安，"我来得太晚了，是你自己救了自己。"

"你是怎么从那些士兵手中逃脱的？"

"和你一样，用灵力。我醒过来，发现自己被捆起来，绑在马上。我知道你只有一个人，而且一定很害怕。我必须得回去找你。灵力赐予我力量，挣开了绳子。莉亚，你知道吗，我从来没有感受过如此强大的力量，就好像我可以单手碎石一样。我杀了那几个士兵，骑上马便往回赶，可是看到那片熊熊火海的时候，我几乎失去了所有的希望。"

莉亚笑得非常腼腆，"不，你千万不要放弃任何希望。"

"当时就快放弃了。"他说道。

莉亚抱紧双臂，想要暖和点，好不再发抖，"我知道为什么灵力会救我们。昨天晚上我全部都明白了。治安官和他的手下杀死了这么多圣骑士，正因为如此，灵力才会把他送到我的手上。是灵力要为那些圣骑士所留下的鲜血复仇。"

"说得没错。我之前已经隐约猜到了一些。灵力把他送到你手上并不是巧合。你的家族或许就是被他们所杀害。莉亚，还记得我和你说的有关灵力的事情吗？你的力量并不关乎你是谁。不论你的父母是谁，他们一定非常强大。我想他们许是死了。你有没有向圣球证实过？"

"没有,"她说道,"我没想过。我要试一下吗?"

"我觉得你可以试一下。"

"我把圣球放在哪儿了?"她开始在斗篷里翻找圣球。

"你睡着的时候,我把它放回你的布袋子里了。它还是不听我的。"他耸了耸肩,做了个鬼脸,惹得莉亚忍俊不禁。

她打开布袋子,拿出圣球。白天,就不用眯着眼看它了。她用手掌托着球,精美的字符渐渐浮出来,弄得她的皮肤痒痒的。

她集中意念,"如果我的父亲还活着,请带我去找他。"圣球的下半部分便出现了几行文字。即便她看不懂,但也已经心知肚明。她又问了一句,"那我的母亲呢?"此刻,她心里还尚存一丝侥幸。答案是一样的。指针没有动静。

"不奇怪。"科尔文意味深长地说道。

"为什么?"莉亚有些失望。她从来不知道自己的父母是谁,也不知道他们仍然健在还是早已离世。她抱着膝盖,盯着圣球上的文字,梅德罗斯说那是普莱利语。

科尔文声音轻柔,具有安抚人心的力量,"如果他们还活着,他们一定不会抛下你。那晚,我赋予你勇气的时候,我能感受到那股强大的力量。摸着你的头时,我可以感受到你的父母就在你的身边,还有他们对你的爱。灵力将已经死去的人都引导了过来。莉亚,他们深深地爱着你。他们一定没有无情地抛下你。"

眼泪在莉亚的眼眶里打转,她喉咙一紧,定了定心神,"你能这么说,真好。"

"我第一次在厨房醒来的时候,对你不太友好。是否该相信你,我的确经过了一番思想斗争。更糟的是,从那晚以后我一直都没有好好睡过一觉,直到昨晚。这么多天来,昨晚是我睡得最香最踏实的一晚。"他摇摇头,轻轻笑了起来,站起身,向莉亚伸出手,拉着她起来。因为早晨的寒气,他的手依然冰冷。

"你的那个猎人在哪里,"他看了看周围,"我想他这会儿应该能找到我们了。"

莉亚觉得五脏六腑都搅了起来,就好像科尔文踢了她一脚。

在圣球的帮助下,他们最后在峡谷里找到了被遗弃的乔恩的尸体。那片树林没有被火海波及。乔恩的胸前有三根箭穿过。莉亚跪在他的身边,瞪大了眼睛,始终无法相信眼前的一切。太可怕了,她不敢相信这是真的。眼前这具僵硬苍白、毫无生气的尸体,怎么可能是乔恩·亨特呢?不,他应该永远是充满活力,坚不可摧的。而不是现在这样——如同一枚碎裂的贝壳。莉亚再也控制不住,恸哭起来。科尔文来到她身边,跪了下来,环住她的肩膀,满是血迹的脸上,悲痛欲绝。

莉亚很爱乔恩·亨特。她最初的记忆中便有他的身影,特别是帕斯卡厨房里那一幕又一幕的场景。他是大主教最忠诚的仆人,甚至被派到比尔敦荒原营救他们。这不公平,命运不该如此!她的心头仿佛被深深割了一刀一般,痛不欲生。

她绝望地看着科尔文,"你可是圣骑士,你快把他救回来!"

科尔文目瞪口呆,"莉亚,别这样!"

她攥紧拳头,指甲都快嵌进肉里去,"我知道你可以做到。你不是说,一切都源于内心所想。我知道灵力可以让他活过来。"她发疯似的把指环从衬裙里掏出来,"我知道,一定可以的。那些尸骨罐子全是空的。科尔文!它们全是空的!灵力一定可以让他活过来。他教过你怎样赋予神力。那就把生命赋予他。求求你了!"

科尔文有些难过,"莉亚,没错,灵力的确可以起死回生。我相信这一切都有可能。圣书上也是这么写的,但是就这一个世纪以来,也很少有一个大主教可以有如此强大的灵力做到这一点。你明白我的意思吗?它需要一位大主教,而不是一个圣骑士。我办不到。"

"可你如果相信……"

他拼命摇头,"莉亚,不是你想的这么简单。如果这是灵力的意愿,我甚至可以把一条河化作一片沙漠。我知道我绝对可以。但是现在,灵力告诉我,我甚至都不能轻易尝试。你不可以强迫灵力。"

莉亚知道科尔文说得一点也没错,可这并不能减轻她内心半分苦楚。灵力有自己的意愿。她只好捂住嘴巴,不住地抽噎。乔恩·亨特一直被她视为生命中很重要的一个人。她总是捉弄他,逮着机会就和他比试一番,想让自己显得更聪明一些。可现在,他不在了。她已经开始想念他那总也理不干净的胡子和头发,还有身上那皱巴巴、溅满泥浆的衣服。或许,他注定要在比尔敦荒原失去生命。

大主教会说什么?她要去告诉他,正是因为自己,乔恩才会死,她不敢。大主教会是什么反应?他会不会怒不可遏,还是冷酷无情,懊悔不已?他派乔恩过来是为了要把莉亚带回来。她跪在乔恩身边,拨弄着他皮带的尾端。她觉得,大主教一定会暴怒,甚至可能会永久禁止她进入大教堂。

她不想把他的尸体留在比尔敦荒原,可是他俩现在没有办法带上他。所以,她决定带上他的一些东西回到米尔伍德。他还是个贱民,但是她希望别人同她一样,永远记得他是怎样一个伟大的人。

她伸出手,解开他的皮带。

"你要做什么?"科尔文问道。

"他为救我们而死,"莉亚边说边松开皮带扣子,"大教堂现在需要一个新的猎人。我想要把我能带回去的东西都带回去。我要把能证明他是怎样一个人的东西带回去。大教堂从来不会浪费东西。"她的眼泪不住地往下掉,"新的猎人一定会需要这些。我永远不会忘记他。永远不会。"说罢,擦了擦眼睛。

"我也不会。"

莉亚拿走了她认为最能证明他是一名猎人的东西——他一直戴在身上的皮腰带,一把短剑,一把弓和一只手工做的箭筒,里面装满了箭,还有一副射箭手套和护腕,都是为了保护他在拉弓弦的时候不被割伤。莉亚没有多余的袋子装这些东西,便一股脑儿都戴在了自己身上。佩戴着本属于乔恩·亨特的东西,带给她一种很奇异的感觉。皮套散发着特别的味道。握着他的短剑,她觉得自己和乔恩融为一体。每到夏天,乔恩会在苹果园教莉亚和索伊射箭,每次两个姑娘的手肘都会留下一片淤青。眼泪又打湿了眼眶,莉亚觉得这一切都太难了。

莉亚忙活的时候,科尔文从乔恩的身上取下那只装着食物的帆布背包,然后小心翼翼地把刺入他胸膛的三支箭取下来,扔在一边,随后把尸体放在高一点的地方,在边上跪了下来。

"把眼睛闭上。"他对莉亚说道。

"你要做什么?"

科尔文叹了口气,"我要给他一个圣骑士式的葬礼。你不可以看到圣符。"

莉亚走到他的身边,慢慢闭上眼睛。她的心底有一块地方,似火烧般疼痛,好像昨晚的那场大火依旧在她内心燃烧着。她还不知道圣骑士和他们的许多习惯。她只是一介贱民,所以永远都不会知道。这实在不公平,可是世事如此。她紧闭双眼,心里仍然有一丝不甘,想要睁开眼睛偷看。

科尔文的声音低沉，饱含深情，愈发嘹亮，"我谨借伊渡米亚之圣手，虽不知完整的教义，仅因我还只是一个年轻的圣骑士。但是我跪在此地，谨以灵力的力量，将比尔敦荒原的这片土地划作乔恩·亨特一生最后的安息之地。我以灵力的力量祈求，当未来某个黎明再次来临，他重获新生，以重塑自我。我们将永远铭记他最后的安息之地，所有人将永远铭记他为我们所做的一切。世人将永记我们的诺言。安息吧。"

"安息吧。"莉亚轻声呢喃，睁开眼睛，最后一次凝望这张早已灰白的脸，随后跪了下来，轻轻吻上他胡子拉碴的脸颊。最后，他俩捡来石头，将他安葬。

我非常喜欢《伊休斯》圣书中的一段话，我也鼓励所有的圣学徒牢记这一段话，因为它蕴含了所有的秘密，即便是我，也需要百般思索才可领会字里行间的意义，"面对灵力，每一位圣骑士都需持谦卑之姿态，严禁弄虚作假，方可完全掌握灵力。只有如此，他便可获得洞悉一切事实真相的力量。每时每刻，灵力都将知会他该说什么。这些圣符便会跟随他——他可以医治病人，消除蚀心邪灵，远离那些掌控致命毒药之人。他走的每一条路，都不会有狡猾奸诈之人在暗处伤害他。他便如安上雄鹰之翼，攀上意念的高峰。如若灵力要求他，赋予他人起死回生的能力，他也会大声说出。但这一切的一切，都取决于灵力的意念。"

——卡斯伯特·雷诺登于比勒贝克大教堂

## 第二十九章
## 温特鲁德的夜色

温特鲁德是一个不起眼的小渔村,三面环水,地处两条宽阔河流的交汇之处。这两条河汇流在一起,汇入大海。莉亚从未见过海,她从未想过,海水竟然如此广阔无垠,蓝的如此摄人心魄。许多小舰船正停泊在港口。

上空青烟缭绕,莉亚发现村里满是燃烧着的火堆。大批的士兵正在蜂拥而至。

"难道一切都结束了?"科尔文非常震惊,他扯了一把缰绳,喃喃自语道:"我们来得太晚了吗?"

"不,我没觉得,"莉亚往南边望过去,在山顶的位置他们可以看到布里奇沃特小镇的南面。那儿蜿蜒着一条长长的队伍——正是国王的军队——他们依然在向温特鲁德进发,已经有大批的军队正在以合围之势包围温特鲁德。"温特鲁德还没有烧起来,那一定是德蒙特的营地。"

科尔文轻轻吹了声口哨,"没错,国王的军队正在赶来。他们会在村子的外围安营扎寨。快看那边——那是前哨部队,就是国王的先锋部队。通常来说，每个军队都会分成三个部分。第一部分就是先锋部队，他们冲在最前面。然后是主力部队，一般来说人数最多。剩下的就是后卫部队了，也就是后备部队。看来，先锋部队已经到达。我的伊渡米亚，他们怎么比风还快！这样的话，不到半夜，主力部队和后备部队也会集结。看来，战斗明天就要打响了。"

"这么快？"

"一点没错，"他的眉头又皱了起来，"我原本想早一点到这儿，先告诉德蒙特的。"他摇摇头，因为激动脸涨得通红，"看看德蒙特的军队。梅德罗斯说的一点没错。只有对方的十分之一……如果看得没错的话。对方是我们的十倍。"他有些难以置信。

莉亚有些担忧，"你记得他还说了些什么吗？"

"莉亚，梅德罗斯说的每句话都像刻在我的脑子里一样。他说，我需要在温特鲁德这场屠杀中幸存下来。他强调这会是一场屠杀。不然还能怎么样呢？"

莉亚想要抓住他的胳膊，安慰他，可依然没有勇气伸出手，"他说了，你会活下来，如果你的妹妹为你守夜的话。我觉得……科尔文，我觉得他指的应该是我。"

他点点头，望着前方，有些愣神。莉亚可以感觉到他内心的恐惧。他的脸色煞白，一动不动看着前面，心里一定满是疑问。

"科尔文，看着我。"

他转过头，满是血丝的双眼擎着泪，低声说道，"我来得太晚了。我还是来晚了。"

"你在害怕。我可以感觉到你内心的恐惧。梅德罗斯说，如果今晚我为你守夜，你就有可能活下来。有关阿尔马格的一切，他说的也全部应验。路上发生的一切，他都说中了。这次，他还是不会错。"

他闭上眼睛，"他说，有可能活下来。有可能可不是一定能。我之前想，我们或许还有机会。如果时间足够，我们还能重振士气。或者撤退到更有利的地形。这里原本只是起点，本不该是终点。"他咬紧牙关。

"我应该怎么做？"莉亚真想抓住他的肩膀，拼命摇晃，"我要怎么守夜？我只知道整晚都不能睡觉。"

"可万一，他指的是我的妹妹马尔恰娜呢？她才刚在比勒贝克完成第一年的学业。如果是她今晚守夜与否，才事关我的命运，到时又会如何？"

还真是滑稽。现在变成她反过来教他这个圣骑士怎么用灵力了。"科尔文，你不能有任何犹豫。还记得你是怎么对我说的吗？一旦犹豫，便如服下毒药。你必须集中意念，千万不能有丝毫犹豫。你要做的就是坚信一切，并且只管照做。恐惧会让你停下脚步。灵力引领着我们来到这么远的地方是为了什么？你不能就此罢手。"

他转过头不去看她，声音很轻，莉亚听得有些吃力，"如果理由就是，我去死呢？"

莉亚突然想起，他离开米尔伍德的那个早晨。那时，他才刚刚对她许下承诺，他会教她阅读。即便是那个时候，他也怀疑自己能否从这场战役中存活。当时有那么一瞬间，她仿佛窥探到了他的灵魂，明白了他内心的恐惧。他害怕自己死了以后，没有人会告诉他妹妹，究竟是什么灾难降临到了自己哥哥的头上。然后，尽管害怕，他依然坚定自己要及时赶到温特鲁德的决心。现在他们来到了这里——虽然没能及时阻止这场战争，但是他们依然可以参与到其中。他内心最害怕的那一刻就要到来了。

"科尔文。"她叫了他的名字。

他看着她,有些绝望。

"灵力将我们两个结合在一起。它把你带到厨房,是因为我会帮你疗伤。它引导你来到厨房,是因为它从一开始就知道我会用十字圣球。现在,圣球将我们两人带到了温特鲁德,仅仅是为了一个原因。现在,圣球还在我手里。"她抓住他的手臂,他瑟缩了一下,莉亚便放开了手,"如果明天你死了,我一定会找到你,然后找到你的妹妹,告诉她,你在哪里倒下,你在战斗中是多么勇敢。如果明天你受伤了,我就会把你拖出来,就像在厨房里一样,好好照顾你,帮你疗伤,恢复身体。如果明天你毫发无伤,那我们就一起庆祝。科尔文,不管发生什么,你只要知道我会一直注视着你。我知道我只是个贱民,可是我会一直睁着眼,直到第二天早上再次看到你。"

眼泪在眼眶里打转,但是他还是拼命忍住了。待收拾好自己的心情,他便说:"我不需要教你怎样守夜。你已经领会它的要义。当你为他人舍弃自我的时候,当你为他人而非自己背负苦难的时候,灵力很快会感受到这一点。帮助他人也是帮助自己。莉亚,谢谢你。你给了我直面恐惧的勇气。我会迎接它们的挑战。"

她笑了,为他那一句真诚的谢谢而感动,"我只是提醒你一些你早就烂熟于心的东西。"她探头往山谷看去,"那我们去找德蒙特吧。"

他摇摇头,"你还是呆在林子里比较安全。藏在山里对你来说容易一些。要是你去营地的话,我该怎么解释你为何出现?又怎么保证你的安全。如果我们的军队败了,国王的军队会怎么对付你?不不不,还是这里比营地更安全一些。知道你在这里,我今天晚上也能睡得好一些。"

她想要和他一起去,但是科尔文说得没错。她动了动,想要下马,科尔文拉住她的手,帮她跳了下去。

站在马边,她抬头看着他。他的脸上因为淤青,还有些脏兮兮的。眉角还有一条疤,嘴上有好几道裂口。太阳正渐渐落下,余晖为天际线镶上了一道橙色的金边。山下只有营火闪烁着微弱的光芒。她很想给他一个吻别,可深知他一定又会缩回去。

"科尔文,明天我一定会找到你的。"

他笑着看她,握住圣剑的剑柄,双脚夹了一下马肚子,穿过树林,直奔山下德蒙特的营地而去。

快到半夜了,国王的军队逐渐集结起来,好似一场喧哗的狂欢。随着最后一支部队的到达,整个军队开始欢呼起来,喝彩声仿佛要撕裂夜幕,吓得猫头鹰和蝙蝠纷纷乱飞。温特鲁德周围的山地上搭建起一只只帐篷和临时岗亭,武器乒乓作响,金属碰撞声此起彼伏,士兵们的笑声一浪高过一浪。而德蒙特的军队像是被制服了一般,悄无声息。一整晚,营地都没有一丝火光,连上空的夜色都比周围浓重了几分。

莉亚坐在一棵矮矮的橡树墩子上,乔恩的弓就放在大腿上。她有些累,但依然强打精神,默默等待着。国王的军队一定是故意狂欢作乐,她就是知道。她早就意识到这究竟是怎么一回事。战斗还未打响,他们便放肆庆祝,就是为了动摇对方的军心,大肆炫耀他们注定是这场战斗的胜者。德蒙特的军队的确寡不敌众,只有一千多个人?或者更少。莉亚心想,尽管有许多圣骑士,但这其中不乏很多人就和科尔文一样——还算不上一个合格的骑士。那晚,斯卡塞特把科尔文带到大教堂厨房的时候,天降大雨。那是多久以前的事情了。整个世界都换了一副面目。

国王的营地又传来一波欢呼的高潮——喝彩声夹杂着大笑声,差点让莉亚疏忽了那一声"咔嚓"——是树枝被踩断的声音。她一下坐了起来,竖起耳朵仔细辨别声音的来源。就在她的身后,应该是一队人马。恐惧如幽灵一般潜入她的心底,仿佛月亮被乌云蚕食一般。她立刻意识到,邪灵如期而至。心中的恐惧又化作那些不停嗅着她的怪物。

莉亚吓坏了。黑暗之中,她孤立无援,黑压压的树影压得她有些喘不过气,只有一丝月光透了进来。她努力回想米尔伍德的一切,从回忆中汲取力量。那些坚硬的石墙上,总是刻着一块又一块带着阴郁面孔的灵石;每到圣灵降临节,集市开张第一天,厨房里总会弥漫着诱人的味道,她总是乘帕斯卡不注意,偷偷尝一点奶油醋栗泥;大主教偶尔也会表扬她。

那些美好的回忆和愉悦的感受,仿佛又开启了她内心的那扇门,她才得以看见周围究竟发生了什么。整个山谷都笼罩在无数邪灵之下,它们在士兵之间鬼鬼祟祟地来回穿梭,不停侵入他们的脑海。山脚下的草甸上,邪灵在德蒙特的营帐间神出鬼没,不怀好意地露出阴险的笑容,已经等不及在黎明到来之际嗅闻这片土地上的血腥之气。这番阴森可怕的场景让莉亚一阵晕眩。竟然有如此之多的邪灵!那些烟雾般的怪兽,一个接一个,重叠在一起,呈排山倒海之势匍匐在营帐之间,目之所及竟被它们全部占领。它们蛰伏在每一片草叶,每一颗橡子上。更糟糕的是,她可以感受到它们邪恶的欲望——那种嗜血的贪念和复仇之心。屠杀即将到来,它们虎视眈眈,迫不及待要就着这惶惶的人心饱餐一顿。

莉亚转过身,尽量把自己藏好,抬头往山上看去,尽管周遭非常暗,但她依然可以分辨出那些士兵的影子。他们每个人都穿着斗篷,避免暴露闪闪发光的锁子甲和胸甲。一人一把剑,是圣剑没错,可是莉亚觉得不对头。不，他们不是圣骑士，全是冒牌的。莉亚茅塞顿开，明白了个中缘由。国王派他们深入德蒙特后方，假装效忠于他，最后叛变。山丘上全是国王的人马。他们经过她的藏身之处，尽量保持安静。国王的营地又传来一阵欢呼声，莉亚终于明白，制造这些声音的真实目的就是为了掩盖这些冒牌骑士的行踪，从而分散德蒙特的注意力。到时候他只会顾忌眼前的战斗，却忘了后方的形势岌岌可危。

莉亚意识到，自己需要立刻向德蒙特的军队通报这个情况。可是她该怎么做？

她紧紧握住手里的弓，赶忙悄悄往山下跑去。因为天黑，看不清路，她莽莽撞撞地，不是踩到地上的树枝就是撞到了灌木丛。

"等一下。有什么东西在往下面跑，"莉亚听到背后有人压低声音说话，"莫里斯，塞文，你们去看一下。可能是对方的侦察兵。别忘记拿上你的弩弓。"

莉亚的心提到了嗓子眼，只能尽量放轻脚步，不管不顾地往前跑，可仍然无济于事。士兵一个个都跳下了马，跟在她身后往山下走去。

"我也听到了。听上去——怎么像是头鹿。"

莉亚停了下来，一颗心怦怦直跳。黑暗中，虽然看不清他们的脸，可是却能清楚听到他们的脚步声。

"它停下来了。快！你们往那儿找，我往这儿找。"

莉亚又跑了起来，中途又回头看了一下，差点撞上一棵树。等回过神来，便绕到树干后面藏起来，可没想到另一边居然是悬空的。她倒抽一口冷气，就这样毫无防备地摔了下去。

莉亚脸部朝下，重重地摔在地上，疼痛从她的脚踝一路蔓延到大腿。小腿火辣辣地疼,一只脚肿了起来。她痛得无法呼吸,可还是紧紧捂住嘴巴,不让自己叫出声来。

"你听到了吗?就在那儿!"

山的这一边仿佛被削去了一半,泥块像雨一样落了下来。她抬头看了一眼刚才差点把她绊倒的那棵大树,应该是很久以前被闪电劈成了两半,露出埋在地下的树根,树干内部已经中空。多年的雨打风吹,将树干的裂口周围冲刷成一个小小的洞。她正好落在洞口旁的一片灌木丛边。现在既然无法爬到德蒙特的营地,就必须找一处藏身之地,这里看起来不错。莉亚抓着乔恩的弓,爬了进去。她能听到国王的士兵说话的声音。

"现在往哪里走?你听到了吗?"他们就在她的正上方。莉亚使劲把自己缩到中空的树干里。

"没听到。它好像是撞到了哪里。你觉得是头鹿?"

远处山下的林子里又传来一阵咔嚓声。"在那儿。看见了吗?应该是头公的,不是母的。快走。"

莉亚喘着粗气,蹲下身,脚踝上传来一阵钻心的疼痛。她紧咬嘴唇,不断思索该怎样才能去营地通知科尔文。

对了,灵力。

她想起来,以前科尔文教过她。他说过,有些人灵力非常强大,不管距离有多远,都可以与另外一个人直接交流。尽管痛得只想在地上打滚,她试着集中意念,把心里想说的话告诉现在还不知在哪里的科尔文。她脑海中描画出科尔文的模样,想起他看着她时,那温柔的神情。心底流过一阵暖流,她一下红了脸。

"科尔文?"

她似乎能感受到,他帮她跳下马的时候,手指的那份触感和那只大手的力量。当时,她多么想在他脸上印下一个吻,当作告别。

"莉亚?"

听上去像是一声呓语,莉亚并不确定自己是真的听到还是幻听,可她继续说了下去。

"快告诉德蒙特。国王在黑暗之中往你们的后方派去了叛徒。"

"莉亚?"

"快告诉他,科尔文!你们要小心!"

突然,她感觉自己被什么东西拖走了。有一只无形的手,猛地抓住她的后颈,把她拽了过去。肯定不是士兵。那只手并不存在,可是她却实实在在地感受到了那股力量。莉亚心里咯噔一下,脑海中传来一个低沉的声音——浑然有力,却愤恨交加。

"你是谁?"

这句话仿佛一记大锤落下,砸得她近乎窒息,说不出话来,即使她想说也没有用。藏匿在这座山上的蚀心邪灵,如乌云压境般,怪叫着向她涌去。躲在暗处的那个人究竟是谁?他的意念竟是如此强大,又是如此邪恶。她如蝼蚁般,被回荡在脑海中的那个声音紧紧扼住咽喉——随时都能置她于死地。不知为何,莉亚突然明白过来他到底是谁。这段记忆并不存在于她心里,而是从他处借用得来。

他是国王。

# 第三十章
## 温特鲁德之战

　　国王的意念在莉亚脑海中破开一条口子，像是化脓溃烂的伤口，永远无法愈合。一旦靠近，便被脓水玷污，而它也像阴郁的黑雾一般不断向周围蔓延。天空没有一丝云彩，可是山雨欲来风满楼，山下的村子马上就要迎来一场电闪雷鸣，狂风呼啸而过，冰雹砸向大地。雨并未落下，可暴风雨仿佛预见了第二天早晨会发生的一切。莉亚好似看见尸横遍野，德蒙特的士兵浑身浴血。她惊恐地看着早已战死的他们被敌人乱砍一通，长矛刺入头部，这是在警告那些反对国王的人，如若反抗，便是这等下场。莉亚越想越害怕。

　　温特鲁德之战注定不会是一场势均力敌的战斗——而是一场彻底的屠杀。国王绝不会如科尔文所说，按部就班派三个部队依次上战场。不，他们一定会从四面八方包抄而来，如洪水猛兽般将中间那一小股士兵瞬间淹没。德蒙特的军队无路可逃。待他们全部阵亡，绝望的莉亚就会看见国王的士兵，又从屠夫变成小偷，扒下阵亡将士们的银丝软甲，偷走他们的圣书，融化以后锻造成金币、酒杯、又或者是汤勺。科尔文也会死去。莉亚无助地在茫茫尸骨中寻找科尔文的身体,可是眼前只有成堆的尸体!

"不!"

莉亚震惊于自己内心所爆发出的情感力量,她渴望科尔文能够活下来。那份祈求是如此真实。不,它比渴望还要强烈许多,是强烈的恳求和坚持。不论第二天一早发生什么,不论国王的军队届时如何包围他们,科尔文决不能死。她唤起自己内心所有的意志,集中意念全力以赴,只重复一件事情——科尔文一定要活着。可正在这时,仿佛有一股力量扼住了她的呼吸,她快要窒息了,死亡即将降临。国王的意念要杀死她。

"你是谁!"

莉亚意识到自己的生命所剩无几,万分惊恐,再一次退缩。邪灵压得她喘不过气,一个字也说不出,就连张口都困难重重。就在她几乎要被痛苦和惊慌击倒的时候,她攥紧拳头,低下头,内心放声尖叫。

"放开我!"

正在这时,她内心深处的灵力被唤醒了,一股暖流瞬间袭遍全身。心脏和头脑仿佛被灵力贯通,她重新拥有了无穷的力量。此时的国王,就好像被关进黑屋子,连烛光都无法正视。在莉亚强大的灵力示威下,他的意念渐渐消散。她张开嘴大口地喘着气,终于又可以呼吸了。这时,害怕早已被愤恨所取代。原本紧紧箍住她意念的东西不见了。

莉亚可以听到大主教和科尔文心里的想法,不出所料,她也窥探到了国王内心真实的想法。他心中的不安让她大吃一惊。其实,他非常害怕。他怕极了盖伦·德蒙特,担心自己同他父亲一样软弱。他每上一次战场,每打赢一次战役,那种恐惧扭曲成暗黑的力量,在他心

The Wretched of Muirwood 281

头留下一道伤疤,而他的灵魂便萎缩一分。他害怕可以使用灵力的人,因为灵力无法倾听他的祈求,不会服从于他的召唤。他只能仰仗脖子上的那根项链和那枚魔徽,点燃微弱的烛光,或者从嘎咕怪石中召唤出一丝水流。但是他却害怕这枚魔徽和串着它的项链,三番五次毫无顾忌地索取,让邪灵反过来控制住了他,就像阿尔马格那样。魔徽将他们两人变成了傀儡。

莉亚抬起头,望向天空中那璀璨朦胧的万丈星河。她再次向灵力敞开了自己。现在她还不能睡,但她明白仅凭自己一人之力无法挽救科尔文。救下一条命,一定要付出更多。

"我只是个贱民,"她对着心底的灵力轻轻说道,"我要付出什么才能获得自己想要的?科尔文出身尊贵,还有一个爱着他的妹妹,也在祈求他健康平安。若鲜血无法换取公正,那么用我的命来换可好?如果我们两人之中,必须有一个要死去,就让那个人是我好吗?"

她将自己的心愿告诉满天繁星,然后静静等待,在一片寂静中聆听那个声音。接着,像是有了回应一般,她觉得自己慢慢变成一个巨人,而国王却小得像一只蝼蚁。她能清楚看到山下的营地里,国王坐在自己帐篷的宝座上,茫然地盯着眼前的火盆,手里握着一杯苹果酒,他的手在不停地颤抖,琥珀色的浆液溅了出来。

"你究竟是谁?"他乞求道:"我知道你。我认出你是谁了。你究竟是记忆还是幻影?"

他无比惶恐,有些语无伦次。莉亚意识到,他甚至不知道,她究竟是真实存在的人还是一具幻象。他沉迷于自己心底的欲望,嫉妒和贪婪蒙蔽了他的双眼,更不要说发现她的藏身之处了。他可以感知到莉亚的意念,能听到大部分的内容,但是它们无法连贯起来。莉亚内心的灵力,居然可以强大到将自己的意念从他的掌控中挣脱出来。这着实让他担惊受怕。

"姑娘,你究竟是谁?"

此时,一个声音传来,纵然微弱,莉亚还是听清了。是的,如果要让科尔文活下来,必须有人死去。这份意念好似千斤重担,与冲破桎梏的灵力一起,像一座山一般压向莉亚。她晕了过去。

莉亚睁开眼,天已经亮了。大地仿佛都在震动。她靠着那棵被劈开的树根内壁,烧黑的碎木屑弄得她的脸痒痒的。稍动一下,便觉得脚踝痛得厉害。耳旁战火隆隆,战马奔驰而过,马蹄声如雷鸣一般,风声萧萧夹杂着刀枪剑戟的碰撞声。莉亚一下坐直了身体,泪水夺眶而出。她居然睡着了!守夜就不完整了!

她踉跄站了起来,双腿发抖。尽管脚踝钻心一般酸痛,可是她还是能站起来。怎么回事?她怎么睡着了?脑海里的记忆像一块块碎片,如一团乱麻搅在一起,毫无头绪。她走出树洞,看向温特鲁德边上的战场,国王的骑兵穿过草甸,从三个方向朝盖伦·德蒙特的那一小股部队进发。每一面都至少有五排黑衣骑士,手中的长矛在黎明时分的曙光照耀下闪烁着明晃晃的白光。他们从四面八方涌向德蒙特的军队。每一个德蒙特的士兵都没有骑马。原来他们的马全被系在很远的地方。

"不!"莉亚想放声大叫。国王的骑兵渐渐逼近,而德蒙特的军队却在原地等待。后者排成四列,呈一个方阵。每个士兵面朝外部,肩靠肩,手里握着剑。双方越来越近。战马奔过的隆隆声如雷鸣般划破天际。莉亚嘴唇都快咬破了,此刻的她如此无助,只能任由一场血腥屠戮自此开始,梅德罗斯的预言一点没错。

"科尔文要活下来,"她默默集中意念,"求求你,让他活下来!

希望我说的没有太晚!"

可是光靠意念还不够。她必须要有所行动，得做些什么助他一臂之力。莉亚现在躲在峡谷的树林中，她注意到不远处也就是峡谷旁边的另一座山头上，骑兵列队擎着各色战旗，巨幅战旗被绑在旗杆上，迎风飘扬，猎猎作响，就好像是蟒蛇吐出的蛇信一样，鼓舞着国王军队的士气。再远一些才是那些往前进发的骑兵。

因为距离很近，莉亚甚至能看见骑兵头盔的弧度，兵器上的花纹，还能听到战马因为不耐烦发出的嘶鸣声。她注意到一面红色与金色相间的旗帜，旗面破烂不堪，残留着烧焦的痕迹。她突然记起以前在米尔伍德听说过这么一件事情，国王在战斗中会挥舞过去战败国的战旗，来奚落如今的对手，目的就是为了动摇对方的军心，瓦解他们战斗的意志，让他们丧失胜利的决心。

为什么这面破损的红色战旗竟然透出一种熟悉感？长矛尖绑着长长的旗杆，旗杆下方悬着的这面旗帜，边缘破烂不堪，中间撕开一道口子。旗帜中央有一个圆圈，当中是一个叉。圆圈的上下左右都用金线绣着文字，衬着红色的背景甚是显眼。这些椭圆的字符形状很奇怪，看着不像文字，可那种熟悉感萦绕在莉亚心头，无法忘怀。

她从袋子里拿出十字圣球，方才恍然大悟，战旗上的文字就是普莱利语。圣球正是用普莱利语与她沟通的。那面战旗属于普莱利公国。

一种难以名状的情绪溢满莉亚的心头。她抽噎了起来，不知自己该放声大哭还是拼命忍住，可是怎么也控制不了自己。呼啸而过的战马不断加速，步步逼近德蒙特的军队。长矛在曙光下闪闪发光。那面普莱利战旗就在那儿，承载着光芒与荣耀。她有一种强烈的感觉，那是属于她的旗帜，属于她的祖先们，属于她的家族。她甚至感到无法呼吸。

**"他被送到了你的手中。"**

她的脑海中仿佛又开启了那扇门，如同那次在比尔敦荒原一样。当时阿尔马格和他的手下也被送到了她的手上。此刻她意识到，国王的军队也注定要被她所了结。他们到达温特鲁德的时候，不早也不晚。不，应该这么说，灵力让他们就在这个时刻出现在这里。她能感受到，山下的战场上，德蒙特的意念是如此坚决。他没有半分怀疑，没有一丝惶恐。他带领着一小队人马，虽仅是一些青涩的圣骑士，可是每个人都怀揣勇气，坚信灵力一定会拯救他们。他已经布置好防线，抵御从四面八方涌过来的国王的骑兵。即便隆隆的马蹄声搅起的是死亡的哀歌，德蒙特依然坚信他能打赢这场战役。他选择战斗。灵力将莉亚带到这里，为的就是拯救他们。

**"他被送到了你的手中。"**

若国王的军队知道国王内心的想法，或者他的意念被强加于军队，那么他要是倒下，事情又会如何发展？莉亚低头看了看圣球，**"国王在哪里？"**

圣球开始转了起来，两根指针转过前进的骑兵，指向了小山。那里有一群士兵，拿着战旗，围成一个圈。最终，圣球锁定了中间那位在头盔上戴着王冠的人。但是莉亚出于本能，知道那个人绝不是国王，他只是一个诱饵。

随后，她恍然大悟，脊背一阵发凉。国王选择高挂一面普莱利战旗，可他万万不曾想到，自己选择的这一面战旗属于她的祖先，那可是她的战旗。莉亚也是这几天才渐渐意识到这一点，此刻想来，也是大吃一惊。如若国王战败，一切都将改变。整个王国的未来都将被改写，对圣骑士的杀戮可能会就此作罢。现在灵力要她有所行动，否则德蒙特的军队就要战败。她知道接下来要做什么了。

她紧紧抓住乔恩·亨特的弓箭,往山下跑去。浑身上下仿佛充满了力量和信心。她从箭筒里抽出一支箭,回想乔恩之前教她射箭时的每一个要领,怎样抓牢手里的弓,怎样上箭,才能让杂色的剑羽被置于上方。她用指尖勾起绷紧的弓弦,使劲向后拉至嘴边。这么远的距离是无法瞄准的,她之前从未尝试过,当然也从未在这么远的距离上射中过任何东西。可是,有一个声音一直在鼓励她,要对灵力充满信心,它一定能让她射中目标。对此,她毫不怀疑。

前进的骑兵就要和德蒙特的军队短兵相接,战场上传来阵阵低吼。甚至能听见双方在战斗前一刻的喘息声。

"他被送到了你的手中,否则德蒙特的士兵就要全部阵亡。"

随着弓弦一记弹响,箭飞了出去。突然,国王猛地一怔,箭穿过他盔甲中的裂缝直直刺入他的脖颈,他从马上坠了下来。国王死了。普莱利战旗从他的手中滑落,旗杆插入山顶。旗面在风中舒展开来。灵力的力量冲破莉亚的身体,掠过战旗,拂过山下的战场,如灵石中迸涌而出的火焰一般,呼啸而过,所到之处便结下一层安全的防护网。

德蒙特的阵地上忽然冒出一支支长矛。每一支都深深插入泥土中,刀尖向上抬起,像一排钢牙般迎向直冲而来的国王的骑兵。对方的战马一时间刹不住,未曾料到等待它们的竟然是长矛尖利的刀锋,顷刻间人仰马翻,四散溃逃。那些长矛从一开始就藏在草丛里吗?

后续不断有战马撞上长矛的刀尖,莉亚愣愣地看着,直到自己再也看不下去。她再也忍受不住体内就快将自己燃烧起来的灵力。在灵力的重压之下,她再次被击倒,晕了过去。

意念决定一个人的精神世界丰富与否。当太阳拨开乌云，荣耀也将在最泥泞的地方闪现它的夺目光芒。每一位圣骑士幸福与否，都取决于自己的所思所想。

——卡斯伯特·雷诺登于比勒贝克大教堂

# 第三十一章
## 阵亡

莉亚觉得有什么东西正戳着自己的后腰,渐渐醒转过来。"醒醒。姑娘,快醒醒。都结束了。我都刻完了。你都没有看到后面发生的事情。能听到我说话吗?嗯?快醒醒!"

是梅德罗斯的声音。莉亚慢慢坐了起来,脑袋里全是糨糊。全身的力气仿佛被抽干——整个人都被掏空了。她睁开眼,看向坐在边上的梅德罗斯,发现他俩现在就在战场旁的山坡上。他腿上搁着一本圣书,页面上有些地方像是起皱了一样落下许多金铜碎屑,梅德罗斯正小心翼翼地拂去它们。他时不时读着圣书上的文字,指尖摩挲着蚀刻出的凹痕,仿佛在品尝一道美食。他发现莉亚醒了过来,便轻柔地说起话来。

"不到中午,这场温特鲁德之战便结束了。一场屠戮后,村子边的这片战场一片尸山血海。国王的军队就此溃败,许多士兵仓皇逃进比尔敦荒原,他们躲过了追捕,不愿赎罪,纵然逃过一劫,却被沼泽地给吞了。史册将永远铭记盖伦·德蒙特的荣耀以及他的军队如何巧用计谋,未雨绸缪。他们是如何利用长矛围成一个圈,击退战马,保护自己。也有人会说,那是因为德蒙特只接受圣骑士的效忠,他们值得灵力保全,免遭国王毒手。不管别人怎么说,都只是接近真相,但绝不是真正的事实。能赢下温特鲁德之战,靠得是来自米尔伍德大教堂的一个贱民。每一个见证这场战役的人,对她的存在和所作所为一无所知,更不知她是如何用灵力,单枪匹马对抗国王的整个军队。没有人会知道。只有我知道,还有读到这段记录的人会知道。全世界都未必会知道这个秘密。但是我,梅德罗斯知道这个秘密,因为我认识这个贱民。我不会告诉别人她的名字叫什么。"

他合上圣书,连同刮刀一起插进羊皮封套,把封套折叠好,将沉甸甸的圣书背到自己身后。莉亚看着他,嫉妒他会阅读。她也想看看他还写了些什么,正在如饥似渴地偷看圣书之时,突然想起一件事情,仿佛被铁锤击中一般。

"德蒙特有多少人在战斗中阵亡了?"她问梅德罗斯。

"多少小骑士?大概他们都得死。但是小妹妹,没多久你就会知道的。"他慢慢站了起来,把手搁在权杖上。他以前还拿这扭来扭去的玩意戳过她。

"那么——国王的军队被打败了?"

梅德罗斯点点头,拿起权杖朝着战场挥舞起来,"就像我之前对你说的那样,这就是一场屠杀。不要以为德蒙特赢了,就没有什么损失。他的军队里,没有一个人是毫发无伤的,要么浑身是血,要么奄奄一息。每一个圣骑士作战时都勇猛无比,但是他们仍然不知道自己是怎么赢的。"他眯起了眼睛,"他们绝不会相信你,即便你告诉他们事实。"

"你的口气听上去可真像大主教。"莉亚不怀好意地说道。

他得意地笑了,"或许就是呢。大概我在米尔伍德周围呆的太久了。小姑娘，我第一次见到你，灵力就明确告诉我，你正是那个会颠覆这个王国的人。我想，这或许是浸透在你的血液之中的。孩子，快去找你的那个小骑士吧。到那堆尸体里去找找。"

"他死了？"她的心瞬间冻结成冰。她真心希望梅德罗斯不要丢下她一个人，而是留下来回答她的问题，好抚慰这突如其来的伤痛。可是，她也意识到，不该说的话，他绝不会透露半个字。

"用圣球吧。他就在那儿。然后你得回到米尔伍德。大主教一定会想见你。没错，他要见你。就这样。"

莉亚忧心忡忡地站了起来，拍了拍裙子上的尘土，显然没什么用，裙子依旧那么脏。迷雾中，她看见山下的战场上尸横遍野，士兵在那儿徘徊。

"找到科尔文。"

莉亚对着圣球集中意念，只想着科尔文，不去想战场上的杀戮，不去想自己肿胀的脚踝。她抹去不争气的眼泪，尽力让自己乱跳的心平静下来。笨重的四轮马车载着成堆的尸体，从隔壁村子来到战场中央。小孩子在边上胡乱跑来跑去，他们看着那些尸体，却没有丝毫惧怕。这番景象看着的确有种怪异感。晨雾被渐渐吹散，只剩战场上的一缕缕硝烟。

空气中的味道难以描述——那是死亡的气息。莉亚在大教堂的厨房里长大，每天就是和食物的气味打交道。她知道面包刚出炉时的味道，也能在打扫壁炉的时候描述煤尘的味道。她能报出每一种香料的名字，不管它们是混在一起，还是互相搭配，是烤还是炖，她都能分辨出它们的香气。可现在这股恶臭袭来，让她只想作呕，即便用手捂住嘴巴也无济于事。

圣球的指针指向尸体堆得最高的那个方向。下半部分又浮现出新的文字。莉亚停了下来，往前看去，在一堆尸体中寻找那张熟悉的脸，突然发现科尔文正穿过晨雾向她走来。他走得有些迟缓，像是拖着一大堆石头一样。脸上被熏得黑乎乎的，又新添了许多伤疤，战衣早就血迹斑斑。可当他看到莉亚的时候，脸上却绽放出笑容。漫长的黑夜终是过去了，太阳重又升起。他慢慢走近她，莉亚发现他的领子那儿闪闪发光，原来脖子上戴着一根宝石项链，随着步伐一下又一下拍打他锁子甲胸前的口袋。

他脱下沾满鲜血的手套，塞到皮带后面，手上脏兮兮的。可是能看到他的笑容——真的是太棒了。莉亚很想伸出手碰碰他，确认他还好好活着，可还是有些害羞。她舒了一口气，咬住自己的舌头，不让自己抽泣起来。

"莉亚，你听说了吗？"他咧嘴笑着问她。

"怎么了？"她很开心，科尔文还活着，心跳都加快了几分。

他摇摇头，似是在回味一般，还不舍得与别人分享，"老国王死了。他的儿子，也就是王位继承人在战场上被抓住了。大家尊称他为国王二世。他现在就在德蒙特的营帐里。我刚从那儿过来。德蒙特已经被立为护国公了。"他抬起一只手，抚了抚自己的领子和那串项链，"莉亚，就在刚才，国王二世以他的名义封我为圣骑士，还荣获温特鲁德勋章。授封仪式不久就会举行，我父亲的爵位就会传授于我。莉亚，我从来没想过……也未曾寄予过任何希望……这一切就像一场梦。梦里面，我在黎明时刻醒来，这场战争还未曾开始。你告诉我，这一切……一切都是真的吗？"

莉亚多么希望科尔文可以张开双臂，过来拥抱她，可是他没有。她只好用微笑粉饰内心的沮丧。"现在，我是不是应该称你科尔文爵士了?每次见你还得行屈膝礼?"

他依然笑嘻嘻的,"不,莉亚。绝对不用。因为你,灵力才让我活了下来。我只要一有怀疑,就会死,敌人就会杀了我。可是每每我觉得害怕,便会想起你。"他往四周看了看,意识到两人正站在死亡漩涡的中心,"快走,这里不是你该呆的地方。跟着我一起去我的帐篷里,把你的圣球藏好。来,抓着我的手臂。戴上斗篷的帽子,别东张西望。这里太可怕了。"

两人穿过渐渐散去的晨雾,科尔文声音很是雀跃,"昨天晚上,我感觉到你在提醒我,说假的圣骑士会从后方靠近我们。我便提醒德蒙特,我们的后方可能被人设了埋伏。那个时候,我们很艰难,能知道这么一个消息再好不过了。那队骑兵人不多,来到我们面前后,便声称要加入我们的队伍。我猜他们是要找机会刺杀德蒙特。其中有一个主动伸手向德蒙特行礼,一般圣骑士之间都采用这种仪式,向对方表明身份。但是德蒙特却要求看他的银丝软甲。那个人便犹豫了,你知道,他戴着魔徽,皮肤上一定都是魔徽留下的文身。等他们发现瞒不住的时候,便准备突围而出,不过我们轻而易举便制服了他们。他们还供出了林子里的同党,我们也一举拿下。"

科尔文带着莉亚穿过泥泞的田地,朝着营地走去。昨晚,她便看到了国王的这些帐篷,一根根竖起的旗杆上挂着三角旗,绑着过去各个战败国的战旗。

"德蒙特知道我们的麻烦是什么。我们四面受敌,弄不好就是全军覆没。危急时刻,他突然想到自己的父亲曾教过他一个战术。当年的梅思福战役,他们也曾讨论过这个战术,可最终没有十足的把握,便放弃了。德蒙特觉得当年他父亲战败,就是因为没有接受灵力给予他的这个启发。这个战术就叫盾牌阵——就像你把许许多多的长矛和刺枪密密麻麻插在一个盒子上。如此一来，便可以抵御来自各个方向的攻击。这是一个绝佳的战术，可是需要极大的勇气。骑兵直冲你而来的时候，你得迅速站起来，这可不容易。我们虽然寡不敌众，但是这一招弥补了我们的短板，他们的第一波攻势便失败了，我们的阵法也完好如初。"

他带着她绕过一个士兵残缺不全的尸体，那个士兵死去的时候一定很痛苦。"灵力希望我们能战胜对方。战斗的时候，这种感觉越来越强烈。莉亚——没有一个人能伤到我。我觉得灵力像是一团火一样流遍我的全身。它赋予我巨大的力量，让我去做以前想都不敢想的事情。它保护我免遭任何人的毒手。"

"它保护了你们所有人。"莉亚心想。她又想把梅德罗斯的话重复一遍给他听，可是他的警告历历在耳，便选择了沉默。

两人终于来到营帐前，科尔文带着她走进一顶小帐篷。深蓝色的表面上有一道道灰色的镶边。帐篷里应有尽有，毯子、桌子、蜡烛，还有能睡觉的小床，上面盖着有毛边的毯子。空气中弥漫着一股牛油的味道，终是掩去了另一边战场上的那股恶臭。

"莉亚，你一定很累了。先在我的床上休息一会儿。桌上还有吃的喝的。我会派个骑手到米尔伍德，告诉大主教你现在安全了。如果他不允许你再回去，我会拜托别人照顾好你的。实在不行，我就带你回我家里。"他站在帐篷门口，直直地盯着她，"莉亚，你会学会读书写字的。即便是我亲自教你也没有问题。休息一下吧。今天还有很多事情要做。"

"再派一个骑手到比勒贝克大教堂去，"莉亚对他说道，"去告诉你妹妹，你一切都好。把之前你不能对她说的一切都告诉她。"

他笑得更加灿烂了，"我会的。我还会告诉她，有关你的所有故事。"

莉亚醒过来的时候，浑身暖意融融，小床果然舒服。突然发现眼前有一个从未见过的年轻男子正盯着她看。两人面面相觑，眨眨眼睛。她蹭地坐了起来。

"别害怕，"他原本坐在箱子上，这时也迅速站起来，抬起双手，做出抚慰的姿态，往后退了几步，"你叫莉亚。科尔文告诉我的。他让我好好看着你，不让别人打扰你休息。"

莉亚揉了揉眼睛，有些尴尬，又有些不好意思，眼前这张脸着实英俊非凡。年龄看上去，比科尔文小一些，又比自己大一些，大概十六、十七岁。身高腿长，玉树临风，长长的头发泛着浅浅的亚麻色光泽，不太时髦，可依旧掩不住那份潇洒帅气。

"你这么看着我多久了，"莉亚忽然意识到自己身上的裙子脏兮兮的，一只袖子还被扯破了，一个姑娘还带着男人的护腕和腰带。"你是谁？"

他瞪大了眼睛，"我是不是让你难堪了。抱歉。你昨晚守夜的时候，我有足够的时间擦掉脸上的血。我早该知道，你和我的姐妹们一样，都是要漂亮的，可现在才意识到，好像有些晚了。实在抱歉。我叫埃德蒙。我的哥哥是诺里斯·约克伯爵。"

他向前走了一步，诚恳地看着莉亚的眼睛，两只手却不知该放哪儿，"我们的庄园虽然挺小，但现在我继承了它。"他的脸上透着些许痛苦，"这么说吧。我的哥哥被派去把科尔文·普莱斯带到温特鲁德。我们两家的领地互相接壤。我哥哥原本是要在米尔伍德附近找到他，再把他带来这里。后来我才知道，是你把科尔文带来这里，因为我哥哥被门登豪尔的治安官杀了。是你，在米尔伍德附近的一座花园里找到了他的尸体。"

他低下头,好一会儿才说,"我非常感激你。因为你,科尔文把我父亲的剑和银丝软甲带回来还给了我。他也把哥哥那件带血的战衣还给了我。虽然我还不是一个圣骑士,但是一年以后就是了,只要灵力允许。"他顿了顿,有些脸红,然后对着莉亚鞠了一躬,"米尔伍德的莉亚,我想亲自向你表达我的谢意。和科尔文相比,我的感激之情好像没那么强烈,但是我是真心实意的。如果没有你,我今天便不能上前战斗,赢得我的领巾。我会永远感激你,一直把你当作我的朋友。"

莉亚不知道该说些什么,她被埃德蒙的这份感激弄得有些六神无主。她从没想过,派去接科尔文的圣骑士居然是另一个领地的伯爵。"埃德蒙,我也很高兴能见到你。"她自己都觉得这句话听着有些虚伪。只觉得自己特别不好意思,承受不起他的友谊。

他马上站了起来,走到帐篷的门帘那儿,"我去告诉科尔文你醒了。"他掀开帘子,往外瞧了瞧,"那居然是德蒙特。我的伊渡米亚,发生了什么?"他嘀咕道。

莉亚掀开毯子,也跑到帐篷门口,站在他边上。未见其人却闻其声。那人声音嘹亮有力,饱含情感。帐篷外,一百多人围着一辆四轮马车。一位年纪稍长的圣骑士站在马车上,说话的那个人正是他。满脸都是没有擦干净的血迹和污渍,莉亚都看不清他的五官,一头黑色的卷发上还沾着汗水。他一只手夹着头盔,身体另一侧挂着圣剑。说话的时候,声音有些嘶哑,让莉亚想到了大主教。

"国王的传令官告诉我,许多人在今天这场温特鲁德之战中倒下了。统计已经结束。每一位士兵的尸骨都已经妥善安葬。国王一方,超过八千人战死了。"人群里一片倒抽冷气的声音,夹杂着阵阵叹息,"整整一天,有些问题一直困扰着我。我们又牺牲了多少兄弟呢?我不知道那个从战场上被拖下来的小伙子究竟怎样了,他可浑身是血?今天,就在我们的战旗下,有多少人倒下了?特罗布里奇和霍兰德还在救治当中。今天,你们当中很多人都受了重伤。可现在,已近黄昏,"他抬头看着天边那一抹血色般的晚霞,极力忍住胸口即将奔涌而出的强烈情感,"伊渡米亚慈悲,今天,我们没有一个兄弟牺牲。没有一个人。我……我的震惊无以言表。"

人群里又起了一阵骚动,德蒙特高举双手,示意大家安静。莉亚看到了他鬓角的灰发。人群渐渐安静了下来。他的嘴唇都有些颤抖,"正是灵力的意愿,我们才得以大获全胜。我的兄弟们,今天,在座的每一位都可以说……这一天属于我们。"

莉亚看到,泪珠在他的眼中打转,她知道他在想什么。当年梅思福一战的场景历历在目,在那场战役中,他失去了自己的父亲,思及此,怎能不哽咽。

## 第三十二章
## 米尔伍德大教堂

两天后,一行人骑着马在午夜前回到了米尔伍德大教堂。莉亚坐在马上,脸靠着科尔文的背,睡着了。米尔伍德周边的村子一片沉寂。大教堂的大门紧锁。中心街市两边三三两两坐落着几幢房子,被油烟熏得黑乎乎的窗子里透出微弱的灯光。叶子从粗壮的橡树上飘零而下,同这拂煦而过的微风一样发出一阵叹息声。

科尔文骑着马往大门去,一个门童睡眼惺忪,提着灯笼,早已候在门口,"大人,明早才开门。"

"请转告大主教……"

"普莱斯伯爵,大主教知道您来了。我奉命在此等候您。他已经在朝圣驿站为你们留了几间房。就在那边。明早,请作好准备前去觐见大主教。等大门一开,会有人请你们过去。"

"谢谢,"科尔文说罢,便扯了一下缰绳,让马掉头。埃德蒙和其他几个骑兵也跟着科尔文前往驿站。

"到驿站花不了多少时间,"埃德蒙若有所思地说道,顺便打了个哈欠,"你还要为她守夜吗?"

科尔文看着眼前的驿站,回想起上次在这里是谁救了他,往事历历在目。想着想着,便出了神,一语不发,最后点了点头。

"我和你一起吧,为了她好。她配得上最好的一间房。"埃德蒙跳下马,帮着科尔文把莉亚抱下马,科尔文便一个人抱着莉亚上楼了。

莉亚在软绵绵的床垫上醒过来,发现自己身上盖着雪白干净的被褥,靠着蓬松的枕头,这些可都是整个村子里最好的床品。屋子也被火盆里星星点点的余火烘烤得暖意融融。她抬起头,环视四周,渐渐认出了这间房。几天前,就在这间房里,治安官的手下坐在桌子边饱餐一顿,随即便昏睡了过去,她趁机救下了科尔文。正想着,有人敲了敲门,门打开后,一个姑娘走了进来,莉亚一眼认出那是布琳。她一手捧着一条棕色的长裙和一条新的腰带,另一只手端着一盘面包和白奶酪。

"他们让我来帮你,"布琳欢快地说道,"大主教的管家刚刚从地道里上来。他准备带你回去,但我们先得让你把自己洗干净。"

莉亚把双腿伸到床沿外,抓着被褥和床单,留恋着那一份柔软,"我是一个人来的吗?我都不记得是昨晚到这儿的。"

"难道你还想让圣骑士和你共处一室,在这儿睡觉?"布琳把餐盘放到桌上,走到窗前,打开百叶窗往外看去,"大部分圣骑士都睡在楼下的大厅里。有两个守在你门外。弗什伯爵和诺里斯·约克伯爵整晚都呆在公共休息室,没有睡觉。我们问他们累不累,他们就说不累。现在他们和普雷斯特维奇一起在厨房里等你。你还记得我吗?你现在可以告诉我你叫什么了吗?"

莉亚点点头,"我叫莉亚。我当然没忘记你,你叫布琳。我也不会忘记你们一家人为我做的一切。"

"好吧，弗什伯爵也没有忘记，"她沾沾自喜地笑着，"他赏了我们一大堆东西。快来。我来帮你梳头。你的头发像草窝似的。或者帮你洗洗吧。"

莉亚走到窗前，向外看去。黎明时分，天边透着一抹淡淡的粉色，在紫色天空的映衬下，大教堂的轮廓模糊不清。莉亚的心怦怦跳了起来，莫名有些激动。布琳拖过一只小凳子放到火盆边上，莉亚便走过去烤火。

旁边有一面镜子，镜子里的她让自己都觉得有些讨厌。她转过身，拿起一片热面包吃了起来。布琳拿过一把梳子，先是把莉亚头发里乱七八糟的杂草清理干净，再把头发绑起来，梳得更加起劲。莉亚的衣服其实已经可以拿去烧了，幸好布琳拿来她自己的裙子。虽然有些小，穿着还有些紧，但是挺合身。她把装着十字圣球的袋子挂在腰带上。布琳从火盆旁边的水盆里捞起一条毛巾，绞干后，把她的头发拎起来，擦了擦她的脖子和耳朵。莉亚又洗了洗自己的脸和手。水很暖和，让她想起了比尔敦荒原的那块灵石，当时科尔文帮她撩起头发，她才能擦擦洗洗。想到这里，心头便像小鹿乱撞一样。真想现在就见到科尔文，虽然还有些紧张。他让她睡在最软的床上，还不让别人打扰她。莉亚内心不禁一阵欣喜。

擦洗完毕后，莉亚走到镜子前，细细观察镜子里的那个自己。曝晒在太阳下面这么多天，皮肤比自己想象得更黑些。脸上和手臂上还留下了一些细碎的小伤疤，下巴下面那一条伤疤最明显，这还是在温特鲁德的时候，从山上摔下来的时候留下的。她看见自己脖子上那条绳子，便轻轻扯出一直戴着的那枚指环。听见布琳走过来，便又赶紧塞了回去。

"这些东西怎么处理，"她捧着一条皮腰带、短剑、护腕、卸了弦的弓，还有一个箭筒。看到乔恩·亨特的物件，莉亚眼前便闪过他的身影，心如刀绞。没错，她安全回到了米尔伍德，可是他却孤身死在比尔敦荒原。顿时，莉亚哽咽起来，痛苦浓得化不开，多说一个字都像是要崩溃一般。她怕自己又哭起来，便强行忍住。

"它们一定得回到大教堂，"她最后轻轻说道，"我会带上它们。谢谢你。"

莉亚迫切想要见到阳光下的大教堂。可一想到要离开科尔文和埃德蒙，内心又泛起一阵失落。他俩马上就要成为伯爵了，可抛却阶层观念，始终平等对待她。她一把抓过乔恩的东西，跟着布琳走出房间。出门时，又回头看了房间最后一眼。

守在门口的两位士兵都穿着德蒙特军队的衣服，莉亚经过时，他们诚恳地向她点头示意。下楼的时候，脑海中又浮现出科尔文当时与几个治安官的手下在楼梯间缠斗的情景。斯卡塞特瘫在地板上不停颤抖，而科尔文也拿回了属于自己的圣剑，那也是他父亲的剑。

"诺里斯·约克伯爵可真是帅，"布琳说，"我给他送早饭的时候他对着我笑了笑。他帅吧？"

"没错，很帅。"可是她私下觉得，他太漂亮了，太彬彬有礼了，有些过头。在她看来，两个人里面，还是科尔文更出挑一些。

布琳打开厨房的门，莉亚走了进去，科尔文和埃德蒙同时站了起来。管家普雷斯特维奇也在那儿，正拿着面包蘸蜂蜜，吃得很香。待吃完最后一口面包，他慎重站了起来，同莉亚打招呼。普雷斯特维奇是个秃头，头顶上留着没几缕头发。虽然很矮，不过举止从容，讲话有些慢条斯理。

"莉亚，欢迎回到米尔伍德。"普雷斯特维奇语气中带着热情而真诚，随后他示意布琳关上门，布琳照做了。布琳的家人都过来了，莉亚认出了他们每一个人。再次看到这一张张熟悉的脸，她心中很是高兴。

普雷斯特维奇往楼下看了看，双手背在后面，拍了一下，看着眼前这两位骑士，眼光锐利，"大主教传令，今早大教堂开门以后，他会接见科尔文伯爵和埃德蒙伯爵。你们两位可以带上随从，大教堂欢迎你们。但是太阳下山以后，你们必须离开。你们只是路过这里，如果逗留的时间过长，我们就会怀疑你们此行前来的真正目的。"

他看着两位，神色严肃，"大主教接下来还会有其他的指令。我再重申一次，只有今天，你们才是他的客人。下山之前，你们必须离开，前往下一站。莉亚，你随我从地道走，不能让别人看见你们一起从大门进去。"

莉亚有些犹豫。科尔文盯着她，可是她看不太懂他眼里的意思。他下巴咬得紧紧的，可看上去也不是为了要控制自己不发脾气。脸上的污泥早已擦干净，胡子也刮过了，下巴非常光滑，可是过去几天留下的伤疤依然明显。他似乎是想单独和她说几句话，但是又不敢在这么多人面前说出口，特别是大主教的管家还在这儿。

"走吧，"普雷斯特维奇向莉亚招手示意。

她手里抓着乔恩的东西，随普雷斯特维奇走到梯子那儿，准备下到地下室去。

"莉亚。"

科尔文叫住了她。她转过身，疑惑地看着他一步步走来。他看着她，那份深情仿佛直抵她的心底，"姑娘，我不会忘记你为我所做的一切。我会信守我的承诺。"他又靠近几分，在她脸上轻轻印下一个吻。虽然只是轻轻一扫，莉亚浑身打了一个激灵。走之前，科尔文在他耳边低声说道："圣灵降临节。"

言下之意便是邀她当日一起跳舞，她看着他，虽然只是微微一笑，可胜过千言万语，毕竟在这么多人面前说话不合适。圣灵降临节就要到了，今年是她第一次在五月柱舞会上亮相。她点了点头，便随着普雷斯特维奇爬下楼梯，心里千万种情绪缠绕在一起。能回到家里真好。想到方才科尔文印在脸上的那个吻，那种温暖让自己的内心雀跃无比。等到了那天，她一个贱民和一个伯爵跳舞——那些洗衣房的姑娘都会怎么想呢？瑞奥姆指不定会怎么想呢？莉亚心里似是喝了口蜜一般，甜得不行。下楼梯之前，她又回头对着科尔文笑了笑。他也回了她一个愉快的笑容，目送她消失在大教堂的地道里。

在密道里，普雷斯特维奇从容地走着，没有说一句话。他们没有去大教堂，而是另走了一条密道，往宅邸去了。一块灵石挡在路中央，普雷斯特维奇对着它默念几句话，莉亚听不清楚。他转过身，看着她，压低声音严肃地说道："大主教绝不允许你撒谎，"他顿了顿，"但是，为了你好，他希望大教堂里的所有人都不知道你去过温特鲁德这件事。你的小伙伴索伊，自打你走后，便被藏了起来。从你逃走的那一天起，没有人看到过你或者她。我知道你们都有小秘密，我们也无能为力，不论你们互相之间说了什么，一定要确保第三个知道你们秘密的人是绝对可靠的。孩子，听明白了吗？别人知道的越少，越好。"

"谨遵大主教的命令。"莉亚答道。

"希望如此，"他说道，"一切都不容易。"普雷斯特维奇又转向负责开门的灵石。门的另一端也是一间地下室，一些光亮透过地板缝钻了进来。即便离梯子还有一段距离，莉亚都能听到帕斯卡嘟嘟囔囔的声音。

"一会儿这样,一会儿那样。她现在应该到了啊。普雷斯特维奇死哪儿去了?他是不是自己一个人在那边快活。现在也没什么事情可干,我是不是应该……是你吗?普雷斯特维奇,你把她带过来了?"

"她一直在我旁边。"他答道,示意莉亚先爬上梯子。

莉亚的心跳到了嗓子眼。她爬上梯子,掀开地上的暗门,便卸下了心头的担子。帕斯卡一把抱住她,她感觉自己的肺差点都要挤破。索伊也站在一边,眼中泪光闪闪。

"孩子啊,孩子,我的孩子,你终于又回来了。哦——莉亚——我最亲爱的莉亚!"帕斯卡紧紧抱住她,差点把她的眼泪给挤出来,"哦——莉亚,谢天谢地,我的伊渡米亚。你好端端地回来了。"她靠在莉亚的肩上,哭了起来,双手越抱越紧。帕斯卡的反应让莉亚受宠若惊,完全没想到她竟然会如此在乎自己。帕斯卡紧紧抱着她,不停地前后摇晃,"孩子,不能再像这样离开我们了。求求你了……你不知道,我的小心脏可承受不起。你走的这些天,我心里是多么着急难过。我受够了。"她双手捧起莉亚的脸,吻了吻她的额头,"找你的时候,我还差点摔断了腿。"

"没错,"索伊说道,泪珠在脸上滑落,"我一直在照顾她。"

"帕斯卡,"莉亚顿了顿,喉咙哽咽着说不出话,"索伊。"

帕斯卡又抓起她的手,亲了亲,"不,孩子。不,让我来说。你完全不了解我的心。你还太小,你完全不了解。有一天,当你成为母亲,你就明白了。现在,你先安静一会儿,我来说。这么多年来,我早该说这些话的。我一直没告诉你,这么多年来我一直把你当女儿一样看待。"她的手又握紧了几分,"你就像是我的亲女儿一般,是我的亲骨肉啊。真后悔你走的时候,没有及早告诉你,我心里如千刀万剐般难受。亲爱的孩子,灵力把还是一个婴孩的你留在这儿,从那时起，我就一直爱着你。我的伊渡米亚，谢天谢地，你又回来了。莉亚，你回家了。这里就是你的家。索伊，你的姐妹还是回来了！"帕斯卡一下把索伊拉进怀抱，"你们听明白了吗？我爱你们。你们都是我的女儿。我最亲最爱的女儿。"

莉亚满眼是泪，眼前一片模糊，索伊抱着她们的时候，她也紧紧抱着帕斯卡。她太高兴了，觉得自己的心都要爆炸一般。

大主教见到莉亚的时候，脸上带着慈爱的笑容，他转过身，让帕斯卡和索伊呆在走廊里。"容我和她呆一会儿。"说罢，便在她身后关上门。

他走到桌子后面，坐进自己的椅子，调整到一个自己觉得舒服的姿势。桌上摊着一本圣书，下面是一张羊皮封套。翻开的那一页，就写了几行字。另一半还干干净净的，没有半点痕迹。莉亚认出来那是梅德罗斯的圣书。

"欢迎回到米尔伍德。"他的声音依然低沉，如此熟悉。

"大主教，谢谢您还容我回来，"莉亚轻轻说道，觉得好像往哪里站，在他眼里都不对劲。与帕斯卡和索伊的团聚，改变了她的心意，连她自己都不敢相信这一切。此刻她的内心就好像水沸腾之际，那扑扑直跳的壶盖一样。两只手绞来绞去不知道该往哪里放。

大主教往后靠去，皱了皱眉头，"你能安全回来，我感到非常欣慰。"

莉亚愣了一下，鼻子一酸，又忍不住要哭起来，"是的，我回来了。可是，乔恩·亨特没能回来，我真的很难过。您不知道我有多么多么难受……"

他双手交握，神情甚是痛苦，似乎非常难以接受这个事实，"事已至此，我们都无能为力。莉亚，他的死不能怪你，这样不公平。是我派他过去的，所以要责备的也应该是我。现在，大教堂需要一个新的猎人。弗什伯爵派人传来这个消息的时候，我便开始考虑了。不要为此感到自责。这都是灵力的意念。"他抹了抹眼睛，不管是要抹去眼泪，抑或是眼里的脏东西，他的难过显而易见。"这一生，我们能成为最亲密的朋友，已是奇迹。下一世，我们依然会在另一个世界相遇并永远在一起，没有比这更美好的了。因此，当朋友离开的时候，我们才会哭泣。但是，我们定会在另一个世界与他们再次相遇。"说罢，泪珠从他眼中滑落。

看着眼前这位老人，莉亚心里五味杂陈。从小到大，她从未见过他哭泣。

"莉亚，"他顿了顿，似乎在思考该如何措辞，"你可能会觉得，我不允许你在米尔伍德学习是因为我反复无常的脾气。我敢肯定，你也已经替我想了千百种不答应你的理由。你或许还会觉得，你的这趟温特鲁德冒险之旅，会让我改变主意答应你的请求。"他又往后靠了靠，手放在身前，交叉而握，"我和别人一样，有许多顾虑。但是在这件事情上，我不答应你，是为了你好。莉亚，请你一定相信我。你要相信我做的任何事情，这一切全都是为了你好。那个暴风雨的夜晚，我早有预感。那晚，你从我房间里偷走一枚指环。也正是在那一晚，我开始真正意识到你的灵力已经非常强大了。"他身子向前靠去，声音低沉，饱含深意，"只要我还是米尔伍德的大主教，你就不会有丁点机会学习。"

莉亚听罢，仿佛被当头泼了一盆冷水，失望透顶。

"孩子，要学会控制自己的情绪。我还没说完。刚才的话，并不是全部。我并没有说，你一辈子都不能学习。我不知道，这个大主教,自己还能做多久。而你,要比我年轻许多。这些话在那时便经由灵力的意念告诉你了。现在我依然觉得一点没错。莉亚,你一定可以成为一个出色的圣学徒。而这也是我不愿让你成为圣学徒的原因之一。"

虽然很失望,但莉亚还是克制住了自己,"谢谢您,大主教。在这点上,我相信您的判断。现在,我才知道,我早该相信您的……"

"能获取你的信任还是挺不容易的。谢谢你。"

她转过身,准备离开,可中途又停了下来。她摸到腰上的袋子,便松开绳子,拿出十字圣球。虽然内心有一万个不愿意,但现在要把它还回去了,"非常抱歉,我把它从您这儿偷走了。以后,我再也不会了。"

正当她准备把圣球放在他的桌子上时,他抬起手制止了她。他脸上的表情——还有手上的动作,都让莉亚很疑惑。

"我得更正一下。莉亚,你没有偷走它。别的人来偷,都可以说是'偷',只有你不是。因为它原本就属于你。"

莉亚都没有意识到自己屏住了呼吸,"您是说?"

他的眼神仿佛能洞悉她内心的一切,这双眼睛中的深邃如海洋般超越了时间和空间的界限,"我们在你的睡篮里发现了这只圣球。所以,你明白了么?它听从你的指令,为你带路,我一点都不惊讶。既然你早已掌握了它的力量,你就得拥有它。莉亚,它本就属于你。这个十字圣球从来就属于你。"

有许多器物经由灵力的意愿被打磨成为圣器，供那些信仰灵力、甘愿奉献的人所用，助他们一臂之力。比如各种发光石，还有嵌在胸甲上的玻璃碎片，穿戴这样一件胸甲，便可听懂他国语言。许多圣器中，十字圣球可能是最为玄妙的。它的设计可谓巧夺天工，其工艺水准非人类所能企及。圣球是一种非常古老的圣器。根据浩如烟海的记载来看，总有肩负重大使命的普通男人和普通女人，于偶然之际发现圣球，并代代相传，严守它的秘密。只有圣球试图保佑的对象才可使用圣球。我个人认为，它们并不属于这个世界，而来源于伊渡米亚圣界的神力。

——卡斯伯特·雷诺登于比勒贝克大教堂

# 作者附言

我喜欢引用他人的经典名言。多年来，我收集希腊哲学家和罗马皇帝的导师那些充满智慧和洞见的只言片语，或者是不同信仰和宗教的教义，甚至是现代名人的语录，比如本杰明·富兰克林、约翰·亚当斯和安德鲁·卡内基。这些摘抄，结合上下文语境，编辑后即成为本书中比勒贝克大教堂卡斯伯特·雷诺登的语录，所以它们实则源于我们的现实世界。书中也不乏所罗门以及艾伦的智慧所迸发出的火花，而它们都揭示了许多人性的秘密。我尽可能试着将它们融入这套米尔伍德系列，希望有心的读者可以找到这些蛛丝马迹，解开答案的同时，也算是一种不小的收获。

你一定也会发现，这套系列中提到许多工艺制品以及文化传统，追根溯源，它们所代表的便是中世纪的生活。只要登录维基百科网站稍加搜索，便能理解诸如"十字圣球"和"嘎咕怪石"等意向，它们在若干世纪以前比比皆是，而现下并不常见。但是故事本身并不以中世纪的欧洲为背景。米尔伍德存在于另一个世界，但是在历史上和宗教上，与我们现世的世界又具备许多共同点。

最后，来说一说灵力。书中讲到通过灵力所爆发出来的各种力量实际上都可以在许多宗教书籍中找到源头。不论是从天空中召唤出火，还是从石头里引出水，抑或是在战场上抵御死亡，这些力量的原型都是从大量史籍中提炼而出，编排而成。这也证明了，自古以来，我们的世界原本就存在许多不可思议，难以解释的现象。唯一的例外就是书里那些"漂浮着的石头"，这个意向来源于艺术家克里斯托·瓦谢所创作的概念。他是我非常崇敬的一位艺术家，他的画作也成为了我创作的源泉。

图书在版编目（CIP）数据

米尔伍德的贱民/(美)杰夫·惠勒著；吴悦舟译.
-上海：上海文艺出版社.2017.8
（米尔伍德大地传奇系列）
ISBN 978-7-5321-6415-8

Ⅰ.①米… Ⅱ.①杰…②吴… Ⅲ.①长篇小说—美国—现代
Ⅳ.①I712.45
中国版本图书馆CIP数据核字(2017)第169088号

©This edition made possible under a license arrangement originating with Amazon Publishing, www.apub.com.
Simplified Chinese edition copyright:
2017 SHANGHAI LITERATURE AND ART PUBLISHING HOUSE
All rights reserved.
著作权合同登记图字：09-2016-691

书　　名：米尔伍德的贱民
作　　者：(美)杰夫·惠勒
译　　者：吴悦舟
出　　版：上海世纪出版集团　上海文艺出版社
地　　址：上海绍兴路7号　200020
发　　行：上海世纪出版股份有限公司发行中心发行
　　　　　上海福建中路193号　200001　www.ewen.co
印　　刷：崇明裕安印刷厂
开　　本：890×1240　1/32
印　　张：9.875
插　　页：2
字　　数：188,000
印　　次：2017年8月第1版　2017年8月第1次印刷
ＩＳＢＮ：978-7-5321-6415-8/Ⅰ·5133
定　　价：39.00元
告读者：如发现本书有质量问题请与印刷厂质量科联系　T:021-59404766